# Ciudad de zombis

# Ciudad de zombis

## Homero Aridjis

50 AÑOS
de buena literatura
ALFAGUARA
1964-2014

D. R. © 2014, Homero Aridjis
© De esta edición:
   Santillana Ediciones Generales, S. A. de C. V., 2014
   Av. Río Mixcoac 274, Col. Acacias
   México, 03240, D.F. Teléfono 5420 7530
   www.alfaguara.com/mx

La presente obra se publica en colaboración con
Fundación TV Azteca A.C.
Vereda No. 80
Col. Jardines del Pedregal
C.P. 01900, México, D.F.
www.fundacionazteca.org

Las marcas registradas:
Fundación TV Azteca, Proyecto 40 y Círculo Editorial Azteca
se utilizan bajo licencia de:
TV AZTECA S.A. DE C.V. MEXICO 2014

Primera edición: mayo de 2014

D.R. © Diseño de cubierta: Everardo Monteagudo

ISBN: 978-607-11-3325-0

Impreso en México

PRISA EDICIONES

*A Betty, Chloe y Eva Sofía*

On reconnait les *zombi* á leur air absent, á leurs yeux éteints, presque vitreux et, surtout, á l'intonation nasale de leur voix.

ALFRED MÉTRAUX, *Le vaudou haitien*

El hombre muerto está más solo que una mosca en una telaraña.

DR. ALEJANDRO RAMÍREZ,
*Tratado sobre la rehidratación de cadáveres*

¿Ves esos cuerpos que vienen por la carretera? Son zombis. ¿Ves ese cadáver en el espejo retrovisor del automóvil? La muerte está más cerca de lo que parece.

ROBERTO RODRÍGUEZ, *Morir en Misteca*

El muerto, convertido en sombra de sí mismo, vagará por la ciudad de los zombis hasta que lo libere el amor de una mujer.

DOUGLAS MARTÍNEZ,
*Anales de la guerra contra los zombis*

Un zombi no nació en un hospital, una casa o un camino, tampoco en una placenta, un cráneo o una planta. Se gestó en las sombras, en la materia orgánica, en un cadáver. Sus padres fueron nadie. Miremos con calma al zombi innominado que nos permite ver lo que seremos.

DANIEL MEDINA,
*Memorias de la ciudad de los zombis*

La Peste Negra. La Peste Zombi. La Muerte en Masa. La Muerte Anónima. ¿Qué seguirá? Cielos azules. Suelos rojos. Qué país.

TURISTA DE 2013

Sierras, caminos de Misteca que mi padre atravesaba. La Sierra del Humo, la Sierra del Sapo, la Sierra de los Arados (o de los Tarados), la Sierra de los Zombis. En su troca subíamos cuestas, bajábamos barrancas, cruzábamos arroyos, delante de nuestros ojos danzaban los polvos del desierto. La familia no había hecho antes un viaje tan largo. Bajo la luz de la luna pasamos el Camino del Diablo, un precipicio entre un pedregal y una loma. A las primeras luces del alba vimos entre los ocotillos a una muñeca destripada. Era la primera vez que mi madre acompañaba a mi padre, siempre renuente a dejar la casa. Yo, pegado a sus faldas, veía pasar cerros pelones, cerros pétreos, cerros color de arena. El Cerro de los Mil Cactos, el Cerro del Sicario Rabioso, el Cerro de las Cuatro Tetonas. Oía el tauteo de la zorra, el relincho del caballo invisible, el balar de una oveja perdida. Entre las sombras encajonadas de las piedras aullaba el viento. El Llano de las Cuevas y el Llano de los Ocotes Ebrios estaban señalados a cincuenta kilómetros, pero nunca se llegaba a ellos. En la distancia la cordillera parecía un milpiés con el cuerpo alargado y anillado y su espiral de rocas. En la nomenclatura del desierto abundaban los lugares con nombres de zombis, pero no habíamos visto uno.

"El viento nubífero presagia tempestad. Sonia ha llegado a la edad de la concepción, por eso, para broncear sus piernas, se alza el vestido", mi padre miraba a mi prima por el espejo sentada en la parte trasera de la troca. Llevaba los tenis en una bolsa de plástico para que no se le ensuciaran. Quería ponérselos en Misteca, no en la carretera. La abuela le había dado permiso de venir con nosotros, aunque temerosa de que los narcos la raptaran. Sus padres habían muerto en un accidente de tráfico en la México-Toluca. En los hoteles dormíamos en el mismo cuarto en camas separadas; aunque yo, con los ojos entrecerrados, la veía soltarse los senos.

Caía la tarde y el sol alumbraba la cara de mi padre. Nubes doradas se ponían en sus ojos como en un crepúsculo. "Perfidia. Canción ligada a su recuerdo", dijo el radio. Él conducía sin prisa. *El Diario del Centro* lo había comisionado para escribir sobre las muertas de Misteca. Yo llevaba la ilusión de conocer la ciudad, renombrada por su violencia extrema, pero también por sus centros de diversión, sus tiendas de videos y su museo de cera de monstruos de la política y del narco. Mamá Martha observaba los cactos, las liebres de orejas transparentes y las tortugas terrestres. Yo, entre padre y madre pensaba en Sonia, acostada en el piso de la troca. Para protegerse del sol se cubría la cabeza con una toalla. En el último pueblo se había comprado unas gafas desechables. Todo iba bien. Hasta que en Puerto Salgar pasábamos las vías del tren cuando un militar con uniforme de camuflaje ordenó detenernos. Primero levantó la mano, luego sacó una pistola. Soldados nos encañonaron con armas largas.

"¿Quiénes son esos hombres, papá?", pregunté.

"No lo sé, hijo".

"Parecen malos, papá".

"Ya te dije que no sé, cállate la boca".

"¿Son bandidos?"

"Que no te oigan, carajo".

"Buscamos a un traficante de drogas. Tenemos información que anda por aquí. Manos arriba todos. Vamos a realizar una revisión de rutina".

"Soy periodista, voy a Misteca para hacer un trabajo".

"Las preguntas las hago yo. Bájese".

Mi padre se agachó, tratando de no verle la cara.

"Documentos".

"Aquí están".

"¿Nombre completo? ¿Motivo del viaje? ¿Cuánto tiempo permanecerán en la región?"

Mi padre contestó a sus preguntas. Los soldados bajaron a mi madre del vehículo. Le quitaron las joyas, el celular y el dinero, la caja de zapatos envuelta en periódicos viejos que en el viaje había traído escondida. La herencia de mi abuelo. El paquete contenía siete monedas de un peso plata O.720 de 1924. Catorce monedas Moctezuma de 50 centavos con el 9 redondo. Cuatro Morelos de 1978. Un collar de perlas falsas que supuestamente perteneció a la emperatriz Carlota y que un desertor del ejército francés vendió en Nueva Italia. En la caja llevaba una bolsa de plástico con los rizos del emperador fusilado. Su amuleto.

Ante el asalto mi padre se quedó tranquilo. Pero de pronto le cayó el veinte que se trataba de un falso retén. Eran civiles disfrazados de militares. Las camionetas tenían luces adoptadas tipo patrulla. No usaban armas M16 como los soldados en otros controles. Lo sacó de juicio ver que los bandidos, hallando a mi madre de buenas carnes, se la llevaron a unos matorrales para violarla. Luego, hallándose él de rodillas con los ojos vendados, se la aventaron desnuda.

"Pueden irse. Me guardaré el sostén de la dama como recuerdo. Si alguien quiere reclamarlo pregunten en Misteca por el comandante Júpiter Martínez".

Sin responder, mi padre se estaba subiendo a la troca y pisaba el acelerador cuando una lluvia de balas lo hizo soltar el volante. El espurio comandante había dado la orden de abrir fuego ocasionando su muerte. El vehículo se volteó. Las llantas giraron en el aire. Mi madre, tratando de cubrirme con su cuerpo, cayó sobre mí. Entre los cristales rotos estiró las manos para parar los tiros. A jalones los militares la sacaron del carro. Yo, cubierto de sangre, la miré aterrado mientras Sonia se echaba a correr aprovechando una distracción de los asesinos.

"Estás detenido, hijo de puta", el supuesto comandante me cogió de los cabellos. Me apuntó a la cabeza con una pistola. "Soy Júpiter Martínez, acuérdate", ladró con acento norteño. Traía debajo del brazo la caja de zapatos de mi madre. "Mírame a la cara, ojete", me clavó los dedos en la mandíbula. "Ahora que eres huérfano serás libre para andar la ciudad de los zombis. Pero recuerda una cosa, allá los vivos muertos y los muertos vivientes son la misma cosa, sicarios drogados, secuestradores dementes, niños de la calle descerebrados, golfas emputecidas, políticos sicópatas, policías y militares asesinos seriales, como yo. Cuida tu trasero, si se presenta la oportunidad no dudarán en violarte o darte un tiro por la espalda. Salva tu pellejo. Te espero en Calle Mercurio 14. Trabajarás para mí. No me falles, cabrón, porque te descuartizo", se subió a un Hummer de la Policía Feral y se internó en el desierto. Desdeñó por barato el reloj swatch en la muñeca de mi padre, por cuya correa de plástico negro chorreaba sangre.

"¿Te morirás, mamá?", me hinqué ante su cuerpo.

"Tal vez".

"Me moriré contigo".

"Tendrás que vivir por mí".

"Vete de aquí hijo de la chingada", uno de los bandidos me dio una patada en el estómago.

"Déjalo, Kevin", el comandante le bajó el arma con la mano. Como perro perdido me fui por la carretera. La arena, los cerros, el cielo bochornoso y una roca semejante a una esfinge me parecieron hostiles. No sabía qué dirección tomar. Temía dar vueltas y volver al retén. Al caer la noche, entre los cactos, oyendo el ulular de una lechuza me quedé dormido. Al salir el sol llegué a una caseta de cobro incendiada. Una banda de sicarios había huido ante la llegada de otra banda. Unos traían uniformes militares; otros, de policías ferales. Unos parecían criminales; otros, convictos. Gente quemada esperaba ser recogida por una ambulancia. Cerca de la caseta ardían coches particulares, un tráiler cervecero y un autobús de la Línea Triángulo Dorado. Los pasajeros eran maltratados por los sicarios. Unos campesinos observaban los carros en llamas. No se atrevían a aproximarse por miedo a los agentes de la ley. A la orilla del camino estaba tirada una mujer con cara de pescado. Los lugareños la habían sacado de la presa vieja y trasladado a la caseta para entregarla a las autoridades. Un pasante de medicina dijo que podría tratarse de una zombi. No estaba seguro. Nunca había visto una.

Temeroso de que la horrible realidad ofuscara mi identidad, así como sucede con una explosión de gas que aniquila violentamente al vacío y a la persona, yo seguí caminando.

Al amanecer vislumbré Misteca. Mirando sus muros salitrosos, sus puentes de cemento, sus ríos pútridos, sus edificios de interés social vi caer del cielo una llama que a través de la atmósfera dejaba atrás un extraño fulgor. En tierra, se sepultó en la arena. Luego noté que la parte superior daba vueltas como si alguien por dentro la moviera, y como si el meteorito estuviese hueco. Movido el cilindro que servía de tapadera, el objeto intensificó su brillo, y apagado el metal ardiente, de su interior salieron criaturas ennegrecidas. Tambaleantes, se dirigieron a Misteca. No quise seguirlos, me daban miedo. Dudaba adónde ir cuando un perro cojo, amarillo de sol, vino a olfatearme. Su amo, un vagabundo, había muerto al borde de la carretera. En la gasolinera, me abandonó.

En la cafetería vi por televisión las noticias de la mañana. Una reportera habló de tres delincuentes capturados en Puerto Salgar por usurpar funciones militares. Un convoy de la Policía Feral había descubierto una camioneta sin luces y sin placas. Ordenó a los ocupantes apartarse de la carretera. Ellos, al huir, chocaron contra un poste. El cabecilla, Júpiter Martínez Zaragoza, de 32 años, podría recibir una larga sentencia por secuestro, tráfico de drogas y portación de armas de uso privativo de las fuerzas armadas, instalación de retenes falsos y por el doble homicidio de Miguel Medina y de Martha Gómez. Sus cómplices Kevin Gómez Portillo, de 22 años, y Jesús López Zavala, de 25, serían recluidos en una cárcel de máxima seguridad, donde se les mantendría en el más estricto aislamiento por ser delincuentes peligrosos. En la pantalla los estaba reconociendo cuando el encargado de la cafetería apagó el aparato, alegando que como no había consumo no había televisión. En la gasolinera le pedí un aventón al chofer de un camión de carga, un hombre de pelo blanco que iba al DF.

"¿Adónde van los hombres cuando mueren? ¿A otras galaxias o se quedan en la tierra?", pregunté con voz quebrada, la muerte atorándoseme en la garganta.

"¿Quién sabe? Hay tantos muertos en esos planetas que por fuerza algunos regresan a la tierra. ¿Viste a esas criaturas salir de la nave esta mañana? He aquí el tiempo de los zombis."

# CIUDAD DE ZOMBIS

*Los zombis*

El primero que vio a los zombis fue Roberto Rodríguez. Sus ojos descubrieron en la calle mal alumbrada los bultos semovientes. El fotógrafo de *El Diario del Centro* parado delante de la ventana de su cuarto, no podía dar crédito a sus ojos: Sombras tambaleantes con abrigos largos de colores muertos. Sombras de criaturas perdidas en la tierra. Sombras de difuntos medio descompuestos, medio resucitados. Sombras de niñas del tipo que ven cosas. Objetos cotidianos bañados de irrealidad. Multitudes estólidas atravesando el parque desarbolado.

Adelante venía una niña con los cabellos como llamas flotantes. Sus ojos obnubilados por un velo de lágrimas cambiaban de color. Con cara verdosa, chiches incipientes y uñas negras, avanzaba dando tumbos hacia el edificio donde él vivía.

"Día de Muertos. Los difuntos antes volvían en forma de mariposas, ahora regresan al mundo convertidos en zombis. Pero no son cadáveres insepultos que representan los verbos de la muerte, son otra cosa; si es posible decirlo, más siniestra". Después de observarlos Roberto con binoculares pensó que las criaturas podían ser migrantes escapados del estadio de futbol, el lugar donde los policías ferales los mantenían cautivos. O jóvenes que regresaban de un desfile de zombis. O fuegos fatuos salidos del Cementerio Colinas del Paraíso como luces con apariencia humana. O un ejército furioso de espíritus acompañado por brujas frenéticas en procesión danzante. U otra posibilidad, fantasmas de la noche, los *Nachtschar* o *Totenschar* de la leyenda suiza, que al dejar su cuerpo inconsciente y letárgico en casa, andaban de paseo o de farra por la ciudad bailando al ritmo de música inaudible con parejas invisibles. O siguiendo la ruta que tomaba la gente de la noche vagaban por valles y montañas, hasta que el primer canto del gallo rompía el hechizo.

"Tal vez salen de las maquiladoras y las casas abandonadas. O de los basureros del aeropuerto. O de los pantanos y los arenales del desierto donde de noche se mueven cosas. O de las aguas negras que bajo los arrabales conforman una topografía de lo hediondo. Entre las ratas y las cucarachas, ¿por qué no pueden anidar zombis?", pensaba Roberto, pero al verlos con los prismáticos de visión nocturna se dijo que podían ser muertos vivientes.

Abiertos en canal algunos llevaban el cableado de fuera; indecentemente mostraban músculos, nervios y huesos. Otros traían el cuello rajado, las quijadas descarnadas, los dedos de las manos colgando, los órganos y los intestinos expuestos, los ojos en blanco. Como larvas brotaban de su carroña, de los cadáveres en que se habían gestado como cuerpos ajenos. Parecían efectos de la inversión térmica en la noche otoñal.

Sin fijarse en los semáforos en rojo cruzaban calles y atravesaban las vías de un tren que no pasaba. Sin memoria ni meta, iban desorientados, ignorantes de sí mismos. En cueros o en harapos, en batas de hospital o con uniformes viejos, en mortajas o en trajes de época, sonámbulos pasaban entre los coches en movimiento o estacionados. Catatónicos se paraban delante de una puerta. O se caían en una zanja. O pisaban a un zombi caído. Olvidados de sus propios pasos retrocedían, se alejaban sin rumbo por el parque y la carretera bajo las luces verdosas, rojas, amarillentas apenas se distinguían unos de otros. Lentos se juntaban. Lentos se dispersaban. No sabían si ir por la derecha o por la izquierda. En diagonal o tenderse en un prado. Vacilantes arrastraban los pies. Marchaban en desorden. Mordían el vacío. Hurgaban en los intestinos, en las lenguas y los ojos ajenos buscando a quien devorar.

Eran zombis a medio hacer o a medio descomponer. A medio camino entre la putrefacción y la resurrección. Azulinos, grises, con las manos y los pelos cubiertos de orín tenían una expresión feroz y rencorosa como de criaturas enterradas vivas. Semejantes a atracciones de una Guía Pintoresca del Cementerio Futuro o a estantiguas de la mitología teutónica venían de Ningún Lado, iban a Ninguna Parte.

"Soy Zombi María. Ofrezco sexo por cerebro". Una criatura balbuceaba a la salida de la estación del metro. Con tetas ajadas y la caricia pronta en las uñas negras, la seguía la sombra de un perro del que no se veía el cuerpo.

"Te lo doy". Profirió un zombi pelirrojo a la orilla de un estanque. Levantado de un salto, pisó botellas rotas. No le brotó sangre, sino hilillos viscosos. Como iluminado por dentro, se internó en la noche.

"¿Quiénes son esos emisarios del Juicio Final? ¿Ex curas, ex banqueros, ex peluqueros, ex doctores, ex maestros, ex prostitutas, ex políticos, ex pintores, ex sicarios, ex carceleros, ex niños, ex campesinos, ex jueces, ex actores, ex militares? ¿Es una generación de exes que retorna al mundo? ¿Una plaga de exes dementes nos invade? Cada uno a su manera toca con manos torpes la melodía del fin". Por la ventana, Roberto los fotografiaba con su cámara digital mientras venían por los senderos del camposanto como convocados por El Señor de los Cementerios a una asamblea de espíritus.

En las divisiones de Colinas del Paraíso no había familias ofrendando panes y flores a sus difuntos. Sólo se veían palos cruzados sobre los montículos de los últimos fallecidos por accidente, violencia o droga. A algunos descorazonados, decapitados, quemados parecía que les había pasado un tráiler encima. Víctimas de la guerra entre los cárteles del Señor de los Zombis y El Señor de los Suelos que se peleaban el trasiego de drogas habían caído en las fosas comunes, entre los pinos y los cactos no devastados por vientos, sino por ráfagas de metralleta.

"Ya no tenemos espacio en el cementerio para tanto muerto". Había declarado a la televisión el general Porky Castañeda. Con su mandíbula rota en la mano izquierda, los televidentes no habían podido adivinar si se trataba de un zombi del tipo de los vivos muertos o de los muertos vivientes.

"Margarita, no me lo vas a creer, Misteca está llena de zombis. Son los mensajeros del Juicio Final". Roberto llamó a su ex esposa por el celular.

"Estás alucinado, estás viendo materias orgánicas descompuestas que producen en el aire cuerpos brillantes. No vayas a jalar el gatillo de tu pistola contra un prójimo inocente y te conviertas en asesino".

"Te juro, Margarita, acabo de ver organismos bioluminiscentes".

"¿De cuál fumaste?"

"De la hoja verde de la realidad".

"Una hierba que te hace ver fuegos fatuos como zombis, *Will o' the wisp, Will o' the wisp*".

*Elvira*

"¿Va a llover, papá?", Elvira me preguntó en el Bosque de Chapultepec.

"No, es un domingo nublado, pero no va a llover".

"Hay pájaros muertos en los prados, Tarzán quiere comérselos". Su perro labrador no se separaba de ella.

"Son pájaros migratorios, se quedaron a vivir entre nosotros".

"Algunos tienen sangre en el pico".

"Sentémonos en el pasto para ver pasar a los ciclistas", dijo Hilaria mi esposa.

"Pasé mala noche, venganza de los hongos silvestres". Acostado en la hierba, cerré los ojos.

"Cuidas a Elvira, voy a comprar helados". Oí entre sueños su voz.

"Te quedaste dormido, tonto. ¿Dónde está Elvira? ¿Dónde Tarzán?", Hilaria me sacudió.

"¿Qué?"

"Ha desaparecido, en el pasto está su celular".

"No sé qué me pasó, fue como un apagón".

"Me fui unos minutos y te quedaste hecho una piedra".

"Vamos a buscarlos".

"Muévete, buey", me empujó un vendedor de globos al que le pregunté si había visto a Elvira.

"No puede, buey, es un anciano". Se burló su amigo.

"No la mames, buey, tiene tu edad".

"Es más viejo que la luna, buey".

"Anda sonámbulo, buey".

"Anda moto, buey".

"Está cuerdo, buey".

"No la manches, buey".

"Me cae, buey".

"Disculpen, ¿han visto a una niña con un perro negro", pregunté a una paseante.

"No".

"La niña tiene ocho años, el perro es labrador".

"Vaya a La Casa del Lago, por allá andaba hace poco una niña con una mujer y un hombre gordo".

"Una banda de roba chicos se la habrá llevado". Pensé, sin hallar rastros de ella. En las inmediaciones del castillo revisé la cueva, los baños. Desde una roca vi a la multitud.

"¿Ha visto a una niña con una mochila azul, vaqueros de mezclilla, tobilleras blancas, tenis con cabezas de dragón? Es delgada, blanca, tiene pelo negro lacio. Estaba con un perro labrador", pregunté a un policía de ojos gachos.

"No, pero si la quiere hallar dese prisa, van a cerrar el bosque".

Hilaria y yo volvimos a casa y ella reportó a Locatel el extravío de una niña de ocho años. No sé por qué insistía en mencionar su edad, tal vez porque pensaba que con ese detalle podía impresionar a la gente. Mas a falta de respuesta hacia las diez de la noche salí a recorrer los alrededores de las estaciones del metro Auditorio y Constituyentes, y las calles adyacentes a Paseo de la Reforma. Bajo la luz exigua de los arbotantes deambulé por el bosque, vi maleantes drogados, perros ferales solitarios, niños de la calle inhalando solventes. Eludí a borrachos que exigían dinero y patrullas acechando en lo oscurito a parejas haciendo el amor. En el Panteón de Dolores había tumbas abiertas con perras recién paridas amamantando a crías. En la estación de Observatorio revisé los tableros con los horarios y las salidas de los autobuses de primera y de segunda clase hacia Michoacán. Adolescentes prostitutas vendedoras de chicles y favores me miraron sin entender por qué preguntaba por una hija perdida en una ciudad donde ellas andaban perdidas y había raptos todos los días. Aseguraron no haberla visto.

Les di el número de mi celular. Les ofrecí una recompensa a cambio de información. Me dieron la espalda para atender a automovilistas que las solicitaban. Cuando el cielo se puso gris abordé un taxi. Las gotas en los vidrios se convirtieron en goterones y el aire en ráfagas de viento.

"Te tomaste todo el tiempo del mundo para volver con las manos vacías". A la puerta del departamento me esperaba Hilaria.

"Nada". Dije.

Pasamos mala noche. Cansado de dar vueltas en la cama me levanté y fui al cuarto de la niña. Acomodé sus juguetes, busqué consolación en sus retratos. Elvira recién nacida. Elvira en sus primeros pasos. Elvira en su cumpleaños. Elvira sobre mis hombros. Elvira acariciando un perro callejero. Entre más fotos veía menos la conocía.

"¿Quién entró por la ventana? ¿Quién destruyó sus juguetes? ¿Quién despanzurró sus muñecas?", pregunté.

"Nadie entró por la ventana. Seguro Elvira estuvo jugando el juego del sicario que se roba a la bella durmiente", afirmó Hilaria detrás de mí.

"Nunca he visto tanta destrucción en juegos infantiles. Mira lo que escribió con lápiz labial en el espejo":

**Vendrán los narcos y matarán mis muñecas.
Me esconderé en el clóset.**

"Hallé en el baño sus *creepy dolls*. A las muñecas les cortó con tijeras las ropas y los cabellos, manchó sus pechos con tinta roja y con una lima les melló los dientes". Dijo Hilaria. "Sus animales favoritos tienen los botones y los trapos regados por el piso. La casa está destrozada, los muebles aplastados, las paredes de cartón quebradas".

"Los videos de Elvira en la máquina son juegos de perversidad en tiempo real, pero revelan sus escapadas a mundos virtuales: Tony Paranoia contra el Zombi de Cerebro Verde. Tony Paranoia contra el General de los Labios Blancos. Tony Paranoia explica cómo matar a un zombi: Apunta con el *mouse*, dispara con un *clic*, escucha el *sigh* y cobra la *reward*. Ese personaje tiene garfios en vez de manos y ojos color de flema, su forma de bailar encanta a las chicas. Más que los juegos de Elvira me impresionan sus sandalias vacías".

"Encontré en su diario una entrada". Hilaria me mostró la hoja: "Vinieron mensajeros del Señor de los Zombis para decirme que era su novia y que me iban a llevar con ellos". Lee lo que escribió en la pizarra:

## EL SEÑOR DE LOS ZOMBIS VENDRÁ POR TI EN SU ZOMBITRÓN

Horas después Hilaria se fue a reportar el extravío de Elvira a las estaciones de radio, los diarios y los canales de televisión. A las autoridades dejó nuestro número de teléfono a sabiendas de que era inútil.

En los días que siguieron colgamos retratos en los barrios populares y las zonas turísticas; acompañados por policías y perros rastreamos senderos, prados y aguas del lago artificial; exploramos las inmediaciones del campo militar, de la montaña rusa y de los juegos mecánicos; de noche anduvimos las calles de Sullivan y de Insurgentes entre gays y mujeres paradas. Yo me fui a los andenes del metro a revisar los tableros donde se colocaban retratos de personas robadas, desaparecidas, traficadas, ancianas o jóvenes, enfermas de Alzheimer, discapacitadas y de adultos mayores de ambos sexos con trastornos mentales. La interrogante al usuario, en la parte superior de la pizarra, era siempre la misma:

## ¿LA HA VISTO? ¿LO HA VISTO?

*Las desaparecidas*

En Internet apareció la lista de desaparecidas. La descripción física era de rutina: "Adolescente raptada, cuerpo delgado, pelo negro, tez morena, ojos vivaces". Ante la plaga de secuestros, la cantinela de las autoridades era la misma: "En México hay asesinados, pero no asesinos". En los noticieros no se mencionaba a las víctimas, se anunciaba la llegada del rey de España y se explicaban las medidas de seguridad que debían tomarse durante su visita.

"Tenemos tu perro. ¿Cuánto pagarás por su rescate? Si tu perro cuesta tres mil pesos pagarás diez". Chilló una voz en el teléfono.

"¿Cómo sabe que soy el propietario?"

"Por la placa que lleva el can".

"¿Y si no pago?"

"Lo sacrificamos".

"¿Tiene a la niña?"

"¿Cuál niña?"

"No le digas su nombre". Hilaria cortó la comunicación.

"Tons qué, pagas o se muere tu perro, cabrón". Al minuto el sujeto volvió a llamar.

Hilaria colgó.

"Yo reporto la desaparición de Elvira, tú la de Tarzán". Dijo. Prendió el radio:

"Una banda dedicada al secuestro de perros amagó con armas de fuego a una señora para despojarla de su Chihuahua. Luego exigió dinero por su liberación. Dos tipos armados llegaron en una camioneta a un criadero de Bulldogs y se llevaron a Churchill".

Escuché Circe Radio: "Cinco niñas fueron secuestradas para la prostitución forzada. La pornografía infantil está en su apogeo en los centros turísticos. Juana y Juan buscaban a su hija Esmeralda desaparecida a los 14 años cuando iba de la escuela a casa. Cuatro meses después las autoridades les entregaron los restos de otra chica entre huesos de animales y zapatos viejos. Como protestaron, después les llegaron rumores que ella había sido vista en compañía de un narco. Un zombi de cara gris. Indescriptiblemente feo".

"Daniela, de seis años, fue vista por última vez cuando comía una nieve en el parque. Su madre dice que aunque las pistas indicaban que la pequeña pudo haber sido llevada a Carolina del Norte ninguna autoridad la buscó".

"Salí de la preparatoria, estoy en la parada de autobús, llegaré en media hora". Karla, de 16 años, llamó por el celular a su madre Lorena. Eran las 13 horas del 26 de julio. Un compañero que la vio esperando transporte avisó que en la parada dos sicarios se la llevaron en un Chevy negro. Esa noche Lorena y su marido acudieron a la policía para denunciar el plagio. Los ministeriales se burlaron: "No se preocupen, se fue con el novio. Esperen 72 horas. Después de ese plazo, denuncien". A Lorena le advirtieron: "Búscala tú, cuando la ubiques nos avisas". La madre contestó: "¿Dónde la busco? Cuando la tenga ubicada no los voy a necesitar". Durante meses acudió a la policía para dar pistas sobre el paradero de su hija, hasta que un ministerial la amenazó: "Por tu seguridad, mejor no le muevas". Su advertencia era seria, a la salida encontró el cristal de su auto roto y volantes en el asiento con una calavera. Desde entonces, Lorena, que vivía en un territorio controlado por los Zetas, cubrió las paredes con fotos, puso sobre la cama de Karla sus libros, sus animales de peluche y sus zapatos tenis. Inició su propia búsqueda. En las zonas de tolerancia interrogó a las sexoservidoras, se metió en ambientes de la delincuencia organizada, repartió billetes falsos con el nombre y el retrato de Karla. Entró en burdeles. Ofreció dinero a cambio de información. Comprobó cómo el narco formaba parte del tejido social, que niños, amas de casa y ancianos servían a la compleja estructura del narcomenudeo y la industria del secuestro. Fue agredida a cuchillazos por desconocidos. Vendió lo que tenía de valor para pagar a rufianes que prometían localizarla. A los ocho meses un sujeto que se identificó como el comandante Miranda la llamó por teléfono para decirle que los narcos la tenían como a chica de consolación y si quería rescatarla debía entregar un millón de pesos. Ella pidió que la pusiera al teléfono y le habló durante un minuto una voz que aparentaba ser de mujer, pero era de hombre. El sujeto le gritó que estaba al mando y él decidía cómo hacer las cosas. No volvió a llamarla: "No sé quién era, las autoridades estaban coludidas con él". Buscó entonces a adivinadores y brujos. Le cobraban por señalar el paradero de su hija a través de cartas del Tarot y de hierbas mágicas. Un sacerdote de La Santa Muerte tatuado en el torso le prometió que su hija volvería en una semana. Se puso una capa para convertirse en Karla. Le dijo: "Estoy en el Norte, iré a verte en siete días". Al cumplirse el plazo y ver que no era cierto cayó en una profunda depresión. Acudió al peor de los lugares: al Servicio Médico Forense (Semefo). Allí el encargado del anfiteatro donde se almacenaban los cadáveres de mujeres no identificadas le mostró el cuerpo de una niña muerta a dentelladas, en el rostro una expresión de horror como si hubiera visto al diablo. Le dijo: "Chicas más guapas que la tuya aparecieron violadas y desmembradas". "Quisiera ver si es Karla". El encargado la insultó: "Qué gusto tienes de andar viendo muertas ajenas. Cada vez que en las noticias anuncian el hallazgo de un cadáver vienes aquí con la foto de tu hija. ¿No entiendes que la sacrificaron altos mandos del narco y no volverás a verla?" "¿Qué le estarán haciendo?" "Confórmate, si está viva la tienen de esclava sexual". "Este es un infierno". "¿Para quién?" "Para los padres de las desaparecidas". "Vete de aquí o llamo a la policía para que te desaparezca o se lleve a tu otra hija".

El caso de Darcy, la chica de 20 años que trabajaba en una heladería, me impactó. Alejandro, un sicario de Veracruz que se hacía llamar a sí mismo El Diablo la secuestró y la mató. Por el celular abierto de Darcy la madre escuchó sus gritos, sus ahogos y los golpes. Cuando fue a reconocerla al Semefo, en vez de la hija que conocía, esbelta, de piel blanca, ojos vivaces y cabello lacio, halló a una mujer con el rostro desfigurado, los labios hinchados, la nariz rota y el cuello con señales de ahorcamiento. Por haberlo denunciado por robo, El Diablo la había amenazado: "La llamaba para decirle que un miércoles moriría de un disparo; un jueves, ahorcada; un viernes, a golpes. Le había puesto fecha de caducidad a los días de dormir en su cama".

La narco-guerra había incrementado la violencia contra las mujeres. El crimen organizado tenía muchos rostros, entre ellos el del feminicidio. La inacción de las autoridades era una forma de complicidad y ocultaban las desapariciones. "Chicas pobres asesinadas". "Madres denuncian la indefensión en que se encuentran las adolescentes elegidas en la calle por su pobreza o por proceder de familias disfuncionales". Los responsables de las redes sociales contra el tráfico de mujeres me dijeron: "Los secuestradores llevan a sus presas a la frontera para venderlas para la extracción de órganos o la prostitución forzada. Ofrece dinero a los delincuentes o a los policías para que encuentren a tu hija. Dales más de lo que pueden obtener por venderla. Vete a Misteca".

*Misteca a lo lejos*

Un camión destartalado venía entre las dunas como una oruga azul. Al principio creí que transportaba burros, pero eran zombis con sombreros de paja. En la caja de redilas las criaturas extrañas se agarraban con los dedos de los bordes de madera. Al pasar alcancé a ver sus caras verdosas y sus cuerpos hinchados. Por los vaivenes del vehículo se iban unos contra otros. Gracias a la carrocería refrigerada llegarían a su destino en buen estado. Por la velocidad del camión, tal vez a tiempo. Con el pelo cortado hasta las sienes y los ojos en blanco, los viajeros parecían maniquíes. Sus figuras, una alucinación. Con mugidos de bueyes, camino del matadero. Más allá de la curva, se los tragó el olvido.

Quedó el desierto. Quedaron la vegetación rastrera, las montañas azulinas, las lagartijas tiesas que solían engullir alimentos más grandes que su hocico. Quedó el saguaro como una serpiente verde, el búho muerto sobre una roca. Sus ojos de amarillo profundo, con un círculo de noche en el centro, parecían asombrados. Sentí su soledad, la inutilidad de su muerte. A la hora del crepúsculo vislumbré Misteca. Sus edificios grises, envueltos en smog, revelaban su perfil oscuro.

Mi aspiración secreta era vengar la muerte de mis padres. Me urgía encontrar a Elvira. El jefe de Redacción me había advertido: "En Misteca los criminales no sólo disfrutan de protección policíaca, son policías, algunos llevan credencial de empresario y fuero de diputado. Cambian de lugar como de ropa, sus jefes los colocan en donde menos piensas, en oficinas de atención al cliente o en módulos de quejas ciudadanas; planean desde las cárceles secuestros y asesinatos".

"Durante años amordacé mi ego, pero la imagen de Elvira, mezclada a la del comandante Júpiter Martínez, es un pistoletazo en mi cabeza". Le dije. "Dame oportunidad de trabajar en reportajes especiales. Escribiré sobre la ciudad de los zombis".

"A cada rato matan periodistas, no quiero perderte".

"Durante años me dediqué a dar coba a funcionarios en busca de favores, es tiempo de arriesgar el pellejo".

"Desde la escuela eras atrevido".

"Mientras mis amigos frecuentaban antros, asistían a mítines políticos y veían partidos de futbol, yo leía *Los hermanos Karamazov* y la *Historia del famoso caballero Tirante el Blanco*. Viajaba en metro con *Las flores del mal* y *Amadís de Gaula*, intrigado por Urganda La Desconocida. Sepultado en el tráfico recorría los círculos del *Infierno*. Todo "normal", hasta que secuestraron a mi hija y recibí un correo electrónico de mi prima Sonia: "Ya déjate de pendejadas y ven a aplastar a los alacranes en dos patas que mataron a tus padres". "¿Dónde estás?", pregunté. "No puedo decirte, pero antes que vengas toma clases de tiro".

"Tú ganas, coge tu credencial y vete a la ciudad de los zombis. Sólo cuídate de no convertirte en uno de ellos, la maldad se pega por contagio. Recuerda una cosa, que allá al crimen perfecto se le llama accidente de carretera", replicó mi jefe comiéndose un taco al pastor.

"Pondré mi reloj en sintonía con el desierto, a medio metro de altura sobre el nivel del mal".

"Tira el reloj, pero no sueltes el móvil. Mándame mensajes donde estés. Aquí hay dinero para tus viáticos. No lo malgastes en antros".

En la Central de Autobuses del Norte apenas tuve tiempo para abordar la última unidad cuyo destino final era Misteca. El viaje resultó fatigante. El autobús se paró en Hermosillo, Puerto Peñasco y Cananea. En Nogales subieron miembros de una congregación que se autodenominaba "Misioneros del

Temporal del Último Día. Dentistas Sin Fronteras. Capítulo
Ayúdales a Sonreír". Los odontólogos, según explicaban ellos,
eran voluntarios que dedicaban su práctica a los desfavorecidos
y desde hacía cinco años desarrollaban su altruismo entre la
población que habitaba los lugares sagrados de las montañas y
no les gustaba que los llamaran *graniceros*, pedidores de lluvia
y de granizo. Procedentes de Utah, habiendo cruzado la frontera texana, llevaban en sus maletines medicamentos para los
dientes y las encías y botellas de Bourbon para la sed. El más
viejo era John, un dentista miope reconocido por sus colegas
porque podía recibir mensajes de los espíritus sobre los lugares
donde se iba a manifestar la lluvia "aunque estuviese haciendo
sol". Rosy, su esposa sesentona estaba encargada de cantar las
alabanzas y de repartir los sándwiches y los jugos de frutas a
los niños que sufrían de caries.

En su recorrido el vehículo atravesaba paisajes apacibles
y barrancas violentas. Por la ventana pasaban ranchos abandonados, prostitutas rurales, policías agazapados, tarahumaras
errantes y migrantes sedientos. Estos últimos se dirigían a pie
o en troca al Valle Central de California, donde les apodaban
los *Okies,* porque a cualquier pregunta contestaban "Okey".
"Okey".

Mientras el autobús alcanzaba elevaciones de rocas sedi-
mentarias y descendía por montañas pedregosas, cruzando
arroyos de arena y lodo, deslizándose a una velocidad más
grande que la que el chofer podía controlar, los dentistas bebían whisky como si quisieran agotar el último día de un trago.
Excepto Rosy y John. A la espera de la aparición de la Virgen
del Volcán observaban el cielo por la ventana. Para ellos "todas
las nubes estaban por un espíritu, todas eran espíritus de
Arriba". En el asiento de atrás yo miraba el retrato de Elvira.
Sentía vértigo, igual que si hubiera perdido para siempre sus
facciones y sólo tuviera las del retrato.

Al amanecer nos cruzamos con un camión con zombis
con uniformes color arena. Pertenecían a los Servicios de Limpia de la Minera Ontario Dorado. En bolsas de plástico echaban pedazos de animales muertos por las detonaciones. En otro

camión, aparcado en el polvo, mujeres campesinas cargaban costales, no de maíz, no de frijol, no de trigo, sino de piedras pulverizadas. Como sepultureros de la Naturaleza, los trabajadores se bajaban de las orugas mecánicas para levantar las pieles, las plumas, las alas, las vísceras y los huesos de zorras, coyotes, tecolotes, víboras y de lobos despedazados por los explosivos. Las enormes máquinas trituraban cerros, que se venían abajo como cuerpos a los que les cortan los pies, entretanto los camiones conducidos por vivos muertos avanzaban bajo un viento amargo con sabor a cianuro, las detonaciones sacudían el paisaje, la dinamita reventaba cuevas, volaba dunas y aplanaba laderas.

"Los sicarios prendieron fuego a los cerros, señal que pasaron por aquí. Los ahorcados duraron unas horas en los árboles, señal que regresaron por ellos".

"¿Cómo se llaman los cerros que se están quemando?"

"Nadie sabe su nombre".

"Mira eso". John indicó a algo que de lejos parecía un espantapájaros amarrado a un poste de señalamiento vial, pero de cerca era un joven amarrado a un madero en forma de cruz de dos metros de alto. El cuerpo presentaba huellas de "pasión". A sus pies, un letrero: Eladio Martínez Cruz, crucificado por violar mujer.

"Mejor mira pa'llá".

"Al fondo del autobús viene un pasajero extraño. Tiene encías negras, ojos blancos y nariz reseca. Durante el viaje no se ha levantado ni una vez del asiento para orinar ni ha mirado a nadie. En las enfrenadas, cuando la gente se va pa'delante, él se queda sentado. Es un zombi". La pasajera Norma fue a decirle al chofer. "Del pescuezo le cuelga una placa: *Zombi Rabioso. No se acerque*".

Sin responder, el conductor kilómetros después se detuvo: "Tienen quince minutos para echarse unos tacos, los de Empalizada son los mejores del Norte".

Los pasajeros bajaron. Excepto las mujeres, mirando por la ventana. Y el zombi, que se quedó sentado. Empalizada hacía honor a su nombre. El pueblo estaba hecho de adobes y palos. Los arbustos estaban sostenidos con palos, los tejados con palos, y los palos servían de pararrayos. Entre palo y palo, una manta en *spanglish:*

**BADRUMS LETRINAS**
**NO SOAP NO AGUA**

Un letrero advertía:

**CUIDADO CON LAS PADERES**
**SI SE CAEN MUERES EN EL EXCUSADO**

En Empalizada no había cabinas telefónicas. El poblado era una larga calle con viviendas de adobe y palos, tabicón y palos. En las azoteas las antenas parabólicas estaban sostenidas por palos. Delante de las ventanas colgaban macetas con geranios apoyados en palos. Un viejo con pata de palo sacaba polvo al andar. En una tienda de abarrotes, una vieja alemana con cara de muñeca idiota vendía cajetillas de cigarrillos Delicados, Tigres y Faros.

No se veían escuelas, farmacias, casetas de policía, sólo camionetas negras con placas de USA fuera de las casuchas. Por las puertas abiertas salía una música a todo volumen. No se veía prójimo en la calle o asomado a una ventana. El canto de un gallo, el ladrido de un perro y el rebuzno de un burro se oían detrás de bardas.

"Hey, vato, te vas a quedar ciego". Me gritó una mujer que hacía sus necesidades en una letrina. La blusa desabotonada, las chiches desbordándose, me apuntó con una pistola súper 38. El narco corrido en el radio creció de volumen. Iba a haber tiros.

Detrás de los palos estaba una brigada de fusileros con casacas y boinas rojas. El batallón, temido como grupo de élite del ejército por su alto nivel de arbitrariedad y sangre fría, dirigía las armas a mi cara. Al servicio del cártel de Los Norteños, armado con fusiles AK-47, operaba en la sierra, donde plantaban amapolas y mantenían laboratorios clandestinos. En el pueblo exigía a los campesinos un impuesto para dejarlos vivir. Los que no pagaban o no se integraban a la banda eran baleados, sus mujeres violadas y sus viviendas quemadas. Asaltantes armados, a pie o en camioneta, levantaban a sus hijas y reclutaban a sus hijos. Hartos de hostigamiento, las familias abandonaban el pueblo dejando atrás árboles esqueléticos, milpas destrozadas, puercos y porqueros degollados, y el palacio del ayuntamiento con las paredes floreadas a balazos. Haciéndose llamar *Los Vigilantes* eran grupos de autodefensas. Con mantas acusaban al ejército de contribuir a la violencia.

Los pasajeros volvieron a sus asientos. Salvo los Dentistas sin Frontera de la congregación Misioneros del Temporal del Último Día, a quienes la comitiva de recibimiento del "Programa Ayúdales a Sonreír" había llevado a la Escuela Primaria Benito Juárez para tapar muelas a niñas y a mujeres de la tercera edad. Les regalaban pasta y cepillos de dientes. Los voluntarios que atenderían a los hombres estaban en camino.

"Nos vamos". Todos a bordo, el chofer arrancó. En las afueras del pueblo un tráiler bloqueaba la carretera. Desconocidos le habían prendido fuego. Desde una casa un autodefensa vigilaba. Al kilómetro el autobús se detuvo. Acompañado por dos pasajeros, el conductor le pidió al zombi que por cortesía con los viajeros se bajara, pues su mal aspecto incomodaba. Mas como el muerto viviente pretendió no entender, los tres lo cogieron de los brazos y desde la puerta lo echaron a la carretera. Cuando se levantó del suelo, el viento del desierto sacudía tan fuertemente sus pantalones que casi se los arranca.

El chofer pisó el acelerador como alma que se lleva el diablo. El zombi parado entre los cactos, con ojos descoloridos vio al vehículo alejarse. Sin saberse si su dilatado mirar expresaba una amenaza, una desolación existencial o simplemente nada. Al borde de la carretera apareció un espectacular con una modelo en lencería:

**CERVEZA MORENA, CERVEZA RUBIA,
HOY ME TOCA LA CLARA**

*La estación de autobuses*

Cuando el autobús se acercaba a la estación el paisaje cambió. De las montañas y los precipicios se pasó a calles con topes y baches, a maquiladoras abandonadas y a edificios de cemento y vidrio. En la terminal un maletero con dientes de oro se dirigió a las pasajeras. Sus entrañas olían a rayos. No había multitudes aguardando la llegada de los viajeros, y nadie esperaba a nadie. Cerradas las ventanillas de expedición de billetes y los relojes parados en horas arbitrarias, en una pared un letrero alertaba:

**Si es fugitivo de la justicia evite Misteca. Será atrapado, no por los agentes de la ley, sino por El Señor de los Zombis. Si es cadáver y desea cambiar de apariencia, diríjase a la Clínica del doctor Alejandro Ramírez, Restaurador de Cuerpos asesinados.**

**Si quiere cambiar de identidad, obtener un rostro nuevo y documentos oficiales que lo acrediten con otra personalidad, búsquenos. Haga realidad sus sueños más brutales. Total discreción.**

Había otro anuncio:

**A las mejillas descarnadas les ponemos carmín.**
**A la boca desdentada, labios carnosos.**
**Al cuerpo desollado, piel dorada.**
**Al abdomen rajado, al páncreas invadido por tumores, al corazón baleado, cosemos.**

El pecho perforado, la espalda cercenada, la cabeza desprendida de su tronco, la espalda calcinada y las extremidades magulladas tienen compostura.

Los cuerpos pueden ser reparados, los miembros dañados funcionales. Cerramos incisiones con hilos quirúrgicos, reparamos manos.

A los acribillados llenamos los agujeros, hacemos presentables para el velorio y el sueño eterno.

Gracias a los servicios especiales del doctor Federico Lakra su difunto quedará como nuevo.

Despreocúpese si en el Semefo no hay espacio para su ser querido, si los gases son tóxicos y provocan infecciones, si los cuerpos putrefactos no tienen cabida en los refrigeradores llenos.

NOSOTROS RESOLVEMOS SU PROBLEMA. Volvemos a su difunto PRESENTABLE.

Avisos ciudadanos decían:

Soy Gladys García. Colombiana. Busco a mi hermana Silver de 15 años. En Cali me dijeron que la mataron en Sinaloa. Si sabe algo comuníquese a mi correo.

ZOMBIE EXTRAVIADA
Nombre: Cecilia Braccio.
Sexo: Femenino.
Edad: 50 años.
Estatura: 1.60.
Tez: Morena clara.
Ojos: Pequeños.
Cabello: Negro.
Señas particulares: Rechoncha. Cicatrices en el rostro que parecen costuras. Labio inferior colgante. Culo, gordo. Vientre, abombado. Piernas y brazos cortos.
Se extravió en el municipio de Xipe Tótec, Morelos.

En la pared del baño se ofrecía una recompensa por **Juana Manuela Gómez Robles.**

**Sexo: Ambiguo.**

**Cara: Alargada.**

**Ojos: Saltones.**

**Boca: Torcida.**

**Tipo físico: Semejante al personaje de "El corazón delator" de Edgar Allen Poe (se anexa ilustración de Harry Clark).**

**Ropa el día del extravío: Pantalones azules, camisa morada.**

**Reportar Información: Centro de Zombis Perdidos, Secuestrados y Ausentes.**

"A sus pies, señora". El maletero siguió por el pasillo a la pasajera que bajó del autobús con un zombi envuelto en un rebozo. El bebé calvo, desdentado, con expresión de viejo, era una monstruosidad. Sobre el pecho llevaba una placa:

**Soy Carlos Téllez Diosdado, pertenezco a la Casa del Migrante Scalabrini. Ave. Miguel Hidalgo (S/N), Tapachula Centro, Chiapas. En caso de extravío llamar al Tel.: (962) 625-4812.**

"¿Vio a esa mujer?", me preguntó otro maletero.

"¿A quién?"

"A Malinche Negra".

"No".

"Si no la vio no se apure, la verá otro día". Dijo, mientras el bebé con una navaja en la mano iba rasgando paredes. Hasta que la madre le metió en la boca un terrón de azúcar.

"¿Oyó lo que dijo?"

"No".

"No se preocupe, la oirá otro día".

En eso arribó una camioneta procedente del Triángulo Dorado y los narco-pasajeros con sombreros de palma tapándoles los ojos descendieron con portafolios negros. Traían vaqueros, camisas de seda, cadenas de oro, botas puntiagudas. Los *escortaba* una joven tetona con cintura de avispa. Desde el restaurante de comida rápida un halcón con gafas Ray-Ban los espiaba. En el cartel de la pared una buchona con un fusil Barret en las manos y la boca pintarrajeada, saludaba:

## BIENVENIDO A MISTECA
## LA CIUDAD DE LOS ZOMBIS

**Aviso a los asesinos seriales, se prohíbe tirar cadáveres de mujeres en el desierto.**
**Los infractores serán castigados**
**con todo el peso de la ley.**

En la larga avenida sin un árbol, que llevaba el nombre del presidente Díaz Ordaz, sobre el lomo de un edificio se leía: Real del Bosque. Terrenos en venta. A derecha e izquierda había tocones, cimientos, bloques de concreto, recámaras y muros con varillas que los constructores habían abandonado por la violencia.

Yendo por una calle con casas tan bajas que casi tocaban el piso, como la temperatura era superior a los 40 grados, tuve miedo de colapsarme sobre el pavimento y que manos desconocidas me trasladaran al Semefo y me sacaran los órganos con el pretexto de hacer una autopsia.

"Daniel, ¿dónde carajos estás?" Sonó en mi celular la voz del jefe de Redacción.

"Estoy entrando a Misteca".

"No vayas a confundir el calor de tu piel con el de una *teibolera*, la confusión puede resultarte fatal. Allí donde estás el deseo más seguro es no desear nada".

"Sí, señor".

"Te oigo cansado".

"Estoy cansado".

"¿Oigo ráfagas de metralleta?"

"Hay ráfagas de metralleta".

¿Cómo te sientes?"

"De la fregada".

"No te fíes de tus sentidos, en la ciudad de los zombis los servicios de limpia son tan eficientes que los cadáveres desaparecen antes de que caigan al suelo. Así la policía no tiene nada que investigar y los civiles practican las tres formas de la sobrevivencia personal: No veo. No oigo. No hablo. Mantente alerta. ¿Qué estás viendo?"

"Un antro a la derecha, un 7-Eleven, un antro a la izquierda, un Oxxo, otro antro".

"¿Qué más hay?"

"Zombis con pistola sentados en un café, como en la Barcelona de García Lorca".

"No seas poético, sé pedestre, tómales fotos de frente, de perfil, por atrás y por delante. Súbelas a Internet".

"¿Qué más ves?"

"Una troca roja con un esqueleto dibujado sobre la tapa del motor y letrero sobre las puertas: VIVAN LOS MUERTOS.

"Busca tu hotel".


## GRAN HOTEL DE MISTECA

Al final de una larga calle desierta estaba el hotel. Un hotel que era dos hoteles, el construido en el siglo XIX, y el nuevo, el anexo. Según el folleto del cronista Henry James López, Gran Hotel de Misteca tenía diez balcones que daban a patios desde los que se podían ver tres banderas tricolores. En particular, una gigantesca que ondeaba día y noche.

Con este conocimiento, el extraño que atravesaba la calle maleta en mano, vestido con ropa ligera para el clima, y con gafas con armadura de titanio sobre la nariz, se paró delante del inmueble en que se iba a alojar dudando si era el sitio reservado por su periódico. Perplejo, leyó el letrero de neón rojo. El edificio, rodeado por terrenos baldíos y geranios muriéndose de sed, con habitaciones con vidrios rotos más que ventanas, se levantaba sobre sus lodos como una alucinación.

## RECEPCIÓN DE MERCANCÍAS.
## BULTOS, CARTONES EN LA PUERTA DE AL LADO

Se avisaba en una pared. El problema es que no había puerta al lado.

## PERSONAL DE VACIONES *HELP YOURSELF*

En la recepción un letrero declaraba: "No pida un cuarto con vista al desierto, porque no existen cuartos con vista al desierto". Como no había nadie para atenderme, dudé si quedarme o irme.

## ELEVADOR DESCOMPUESTO. TÓME LA ESCALERA

A partir del primer piso, siga por la escalera de servicio, también de evacuación y de acceso al sótano.

## HAGA SU DESAYUNO

Una flecha señalaba a un comedor inexistente. Sobre la mesa sin cajones no había cafetera ni azucarera ni pan ni platos ni vasos ni tazas ni aparato alguno.

## COJA SU LLAVE, ESCOJA SU CUARTO

En el tablero, las llaves eran tan pequeñas o tan grandes que no correspondían a las cerraduras de las habitaciones.

## REGÍSTRESE USTED MISMO

En un cuaderno con nombres borrados, un huésped ignoto había dibujado un baile de calaveras.

## NO SOMOS RESPONSABLES
## POR CORRESPONDENCIA NO RECLAMADA

En el casillero envejecían cartas y paquetes no recogidos, entre ellos un telegrama dirigido a Carlos Mendoza, corresponsal de *El Diario del Centro*. Mi predecesor, quien investigando el caso de las chicas desaparecidas había sido asesinado por un sicario en moto.

## NO HAY LLAMADAS TELEFÓNICAS

El conmutador está fuera de servicio y la operadora fue despedida el año pasado.

## NO HAY LUZ EN EL VESTÍBULO, LA ARAÑA MURIÓ A BALAZOS

Decía un aviso junto al candelabro.

## CONSERJERÍA. AUTO-SERVICIO

Las maletas de avión y los portafolios abandonados por los huéspedes, tanto turistas como nacionales que se fueron sin pagar o que desaparecieron en la ciudad sin dejar rastro, han tenido que ser abiertos por seguridad o decomisados para cubrir la renta.

## INDUMENTARIA

En la oficina del gerente cuelgan trajes de huéspedes insolventes que partieron sin pagar la cuenta o no regresaron de una noche de farra. Si es familiar o amigo de uno de ellos, haga una solicitud por escrito para que puedan entregársele las ropas, liquidando previamente la deuda correspondiente.

## EL COMEDOR

Si al caer la noche le resulta melancólico un salón lleno de mesas y sillas vacías al fondo de un corredor vacío, como si los huéspedes y los comensales hubiesen sido aspirados por la zombi de la limpieza, piense que hay cosas peores en el mundo como la de no estar aquí.

## LA PUERTA DE SU HABITACIÓN NO TIENE CHAPA NUMERADA NI CERRADURA

Tranquilo, toda medida de seguridad es inútil.

## INTERNET

El hotel no puede proporcionarle ese servicio, pero cuenta con una vista espléndida sobre la plaza con la estatua de bronce de El Señor de los Zombis. En tardes claras y en noches de luna usted podrá deleitarse desde su ventana con esta atracción turística.

## JUEGUE AL BILLAR

El ganador y el perdedor es usted mismo. En el sótano hay una mesa de carambolas. Coja un taco, coloque la bola blanca sobre el paño verde y juegue a pegarle a la bola roja y a la bola blanca del tanto. Si el reloj del contador está parado y la pizarra de las anotaciones es decoración, no tiene importancia, el sonido que hacen las bolas de marfil al chocar una contra otra le hará olvidar la música del bar de la plaza compitiendo en sus orejas por el monopolio del ruido.

## SI NO PUEDE DORMIR POR ESTRÉS O JET-LAG O POR EL LETRERO QUE SE ENCIENDE Y SE APAGA EN SU VENTANA

Póngase la mascarilla que está en la mesa junto a su cama y las grandes letras del hotel desaparecerán. Si no desaparecen, o no puede dormir en toda la noche, no se preocupe, en esta ciudad nadie duerme.

## SOBRE LAS PERSIANAS

Los niños y la gente pequeña corren el riesgo de **ESTRANGULARSE** en los lazos de las cuerdas y las cadenas de las persianas al envolvérseles alrededor del cuello. Si detecta presencia de niños o enanos zombis mantenga las cuerdas a su alcance, mueva la cuna y el corral cerca de las cuerdas y las cadenas para que dichas criaturas puedan **ESTRANGULARSE**.

## SÁBANAS

Sobre la cama hay sábanas dobladas. Si están húmedas, póngalas a airear en la ventana.

## EL NIÑO DEL RETRATO

Si le parece extraño el niño del retrato, flaco anormalmente, con el pelo blanco, la boca torcida y los hombros mal alineados, no se alarme, es su primer contacto con el abuelo del Señor de los Zombis.

## LA SANTA APOLILLADA

Si le perturban las imágenes carcomidas no por el deseo sino por el tiempo, quítelas del muro, métalas en el clóset, olvídese de la muerte reguladora de hembras y hambres.

## CLIMA ARTIFICIAL

Si a medianoche siente que un manto espeso se le pega a la espalda, los brazos y la cara, no se asuste, no hay aire acondicionado, es el beso del desierto.

## ALGO SOBRE EL ESPEJO

No escriba en el espejo, no es papel de necios. Ni de asesinos seriales tipo "Jack el Descafeinado", quien mandaba mensajes escritos con lápiz labial a la prostituta que iba a asesinar esa noche: "Julia, te ama Jack".

## REVISIÓN

Si salió del aeropuerto sin que fuera revisada su maleta por los milicos y pasó la luz verde sin problemas, no crea que se ha salvado, en otra parte de la ciudad puede ser detenido por policías ferales que lo someterán a revisión extramuros. Lleve consigo acta de nacimiento.

## EL SILENCIO

El silencio en el Gran Hotel de Misteca no viene de la calle ni del bar de enfrente, viene de los corredores y del suelo, sube por las escaleras y baja del techo y las paredes, sale del baño y de los objetos, emana del abismo de usted mismo. Si quiere ruido, rompa la ventana y arroje los vidrios sobre la primera persona que pase allá abajo.

## MOSQUITOS EN EL ESPEJO

En las tardes calurosas legiones de mosquitos se congregan en el espejo. No se alarme. No está en Transilvania. Son

Dráculas diminutos fascinados por su imagen. Aplástelos a manotazos. No tenga piedad de sus alas transparentes ni de sus uñas largas, mucho menos de su aparato bucal en forma de trompa, durante la noche hallará a cientos en la luna del espejo.

## EN CASO DE MUERTE

Se recomienda al huésped que lleve en el cuello una placa con el teléfono de un pariente para notificarle su deceso. De otra forma, la administración confiscará sus pertenencias para saldar cuentas. Si éstas llegasen a carecer de valor serán rematadas o empeñadas. El huésped podría ser devuelto a su lugar de origen convertido en zombi en un ataúd de cartón.

## SALA DE BAÑO

Si encuentra un objeto personal o un recuerdo corporal del huésped anterior, dígase a usted mismo:

"¿Qué queda del amor? Una pestaña en el lavabo".

*Misteca de mi corazón*

Me ahorré el día, desperté de noche. Ansioso de comer algo en el primer restaurante que surgiera a mi paso, salí a la calle. La famosa Avenida Independencia era una cacofonía visual de gente grisácea, vegetaciones raquíticas, autos destartalados, multitudes desordenadas, centros comerciales con luces estridentes, tugurios de masaje, tiendas de conveniencia y moteles de paso. Quise sacar dinero, pero los cajeros automáticos tenían el acceso bloqueado con barrotes para que los ladrones no se llevaran el contenido, y el cajero. A intervalos, policías y ladrones acechaban a los clientes para asaltarlos; prostitutas en un bar, sentadas con las piernas cruzadas y los tacones en punta, estaban listas para caricias y patadas fatales. Patrullas con luces giratorias, milicos en tanquetas con las armas en alto y agentes ferales vigilaban las ventas de cuerpos y polvo blanco. A la puerta de un café de Internet jóvenes unisex ofrecían tiempo aire para celulares o repartían tarjetas.

CLUB DISTÓPICO
Exclusivo para jóvenes distópicos
que se sienten indeseables en la sociedad disléxica.

En las paredes los grafitos sentenciaban:

**Todo encuentro es una amenaza.
Patea al desconocido.**

**Ve por el mundo como si en cualquier momento
Vas a dar la mano o un puñetazo.**

Detrás de cada fachada hay un traidor,
Mátalo antes que te mate.

La realidad es falsa, la bondad es ficticia.
No sonrías a nadie.

Muchos se ofrecen para ser depredados,
Pocos son los escogidos.

Los políticos de Cacotopía viven en Cleptocracia,
Hazte socio del Club Nacional de los Corruptos.

Los ricos no dan caridad, dan empleo a sus bolsillos.
La riqueza ajena es la satisfacción de los tontos.

El policía para llegar a viejo se hace pendejo.
La justicia es una puta, la injusticia prospera.

Los dioses no existen, los cerdos sí existen.
A qué bestia hay que adorar.

Un zombi mendigo estorbaba el paso del público que salía de un cine. Como molusca sin concha una niña de la calle tomaba desnuda un baño de luna.

Atención Bellezas Decrépitas, Bienvenidas a Estética Zombi. Peluquería. Masajes. Spa. Jabones Mictlán.
Especial para Viejos Verdes, Viagras Caducos.
El Mal Aspecto es una Agresión Social.
Ojo, Vivas Muertas, Mejoren su Look Espectral.

En el cartel de la vitrina se mostraban a mujeres zombis con diferentes estilos de peinado. Todas con el cabello recogido, pues el suelto les era poco atractivo.

**Se Venden, Se Rentan o Se Traspasan Locales Comerciales, Residencias de Dos Plantas, Lotes Baldíos, Estacionamientos, Consultorios Médicos, Funerarias, Bodegas, Corrales para Exhibir Chicas Último Modelo. Oportunidades. Remates, Liquidaciones, Saldos, Gran Venta por Cierre, Permuta, Quiebra. Nos Vamos por Incendio.**

Para huir de la violencia o las deudas los dueños habían cerrado sus negocios, emigrado al interior del país o al otro lado de la frontera.

"Chisss, ¿vienes conmigo?" A las puertas de un hotel balbuceaba una adolescente con pantalones ajustados amarillo canario mientras leía mensajes en su celular.

Cogida del brazo, una pareja zombi corría con patines Winchester por una pista de hielo.

A derecha e izquierda, tiendas de conveniencia, establecimientos de comida rápida y giros negros. Se alternaban un Oxxo, un antro, un 7-Eleven, un antro, un Círculo K, un antro, un Extra, un antro, un Wendy's, un antro, un McDonald's, un antro, un Pizza-Hut, un antro, un Kentucky Fried Chicken, un antro, un Starbuck's, un antro, un Office Depot, un antro.

"¿Podría recomendarme un restaurante?", le pregunté a un evangelista con cara de optimista que asaltaba a los peatones con un bote de colectas y una Biblia en la mano.

"En Paseo del Triunfo hay lugares donde se habla español: Mariscos Gold, Hot-Tacos, Hamburguesas Nancy, New York Steaks, Texas Fried Chicken, Specials Brains in Black Salsa, Pizzas Sinaloa".

"¿Cómo explica este desmadre?", pregunté.

"No explico nada, porque no sé nada. Como verá mañana, de los muertos de la noche nadie dirá nada. Estamos en época de vacaciones, pero espérese a que regrese la morralla. Si quiere cenar, apresúrese, los restaurantes cierran en una hora", dijo, y se fue detrás de una oveja perdida.

*Tacos Anita. El Olor del Jalapeño*

Cochinita a los tres chiles para llorar de gusto. Anunciaba el letrero ominoso. Sin pensarlo dos veces entré y comí la especialidad de la casa mirando en la pared a una sirena pintada. A un metro de distancia moscas aviesas chupaban la sangre de un perro labrador. Doña Anita, la dueña del establecimiento no había cerrado la puerta de la cocina y podía ver su trasero al agacharse. Hasta que abandonó la caja y con un periódico tabloide hizo matazón sobre el lomo del animal. Como hacía calor, le pedí que prendiera el ventilador, pero señaló al aparato desenchufado.

Pagué la cuenta y me marché por la Calle 5 de Mayo hasta llegar a Pueblo Amigo, el conjunto de hoteles y restaurantes, bares de mala muerte y tiendas de *souvenirs* propiedad del Señor de los Zombis. En ese punto se juntaban la ciudad industrial y la residencial, las escuelas parroquiales y los callejones con paradas, mujeres así llamadas porque aguardaban a los clientes de pie y realizaban el acto de pie.

En la placita Roma aguardaban chicas en jaulas de vidrio. Procedentes de Brasil, Honduras y Tlaxcala habían sido instaladas temporalmente en Misteca antes de continuar su viaje a San Diego, Nueva York y Atlanta gracias a los contactos del jefe de la red de trata Noé Quetzal. Una joven de ojos verdes, cejas pintadas, cara amoratada y pelo color paja, con los senos cubiertos por un velo, mostraba su vientre. Dos menores en minifalda conversaban, hasta que vino una patrulla y los policías se las llevaron.

"Chóu, chóu", invitaba una tailandesa en lencería a la puerta del Hotel Paso del Norte, hasta que un joven que se desplazaba en bicicleta se detuvo delante para tomarse con su celular un autorretrato con ella, y se metió.

En Paraíso Grifo un cancerbero sujetaba a un rotweiller. Admitido el cliente, atrancaba la reja. Una escalera conducía a las mesas periqueras. Un guardia revisaba ropas y bolsos. Una cámara filmaba. Afuera gritaban los neones y los lenones:

## BOYS GIRLS NAKED
## NEW ARRIVALS

En las paredes la violencia pintada no estaba reñida con los llamados a la redención de los templos protestantes, los anuncios de *Jabones Mictlán,* de la pasta de dientes *Último Aliento* y de la vaselina *Contrición Final.*

Afuera de los bares negociaban turistas ebrios con pelafustanes barrosos sobre prostitutas y drogas. En calles aledañas ráfagas de metralletas quebraban el silencio como a un cuerpo del que salía sangre humana.

"Hey, cuate, *come here, don't fear*". Llamaba una cubana de pelo verde, hasta que se detuvo una camioneta negra con llamas pintadas en las puertas.

"Venimos a invitarte a una fiesta". Sicarios armados descendieron del vehículo y la cogieron de los brazos. "Te soltaremos mañana. O la semana próxima. Dependiendo de cómo te portes y de los planes del jefe".

"En esta urbe disfuncional no hay correspondencia entre cerebro y pies, entre orfanatorio y picadero", me dije, entre chirridos de autos quemando llanta. "Los inmuebles de acero y vidrio, sin profundidad ni arraigo, son escombros morales más que materiales. Los constructores de paraísos y de infiernos artificiales engañan a la puta rural con luces y promesas falsas. Los héroes de la violencia global son policías, hombres de negocios, traficantes de drogas y funcionarios públicos".

"Quemad los museos. Vaciad los canales de Venecia. Matad el claro de luna", parecía gritar en las calles un Marinetti enloquecido bajo una temperatura de 50 grados.

"¿Quiere un antro con chicas nice o un tour por la zona de los feminicidios?", ofreció un taxista.

"No, gracias".

"¿O echar un vistazo al lugar donde encontraron a Miss Sinaloa degollada?"

"No compro horror".

El chofer se bajó de su auto y tocó a una puerta.

"¿Quién es?", preguntó una voz cascada.

"¿Estás desocupada? Te traigo un cliente".

Abrió la puerta una chica. Sobre sus hombros se asomó un padrote con un guante de metal:

"Te dije que no molestes, cabrón".

El taxista corrió hacia su auto.

"¿Quieres una revolcada con la puta zombi?", el proxeneta me señaló un cuarto.

"No", dije, atravesando el Arco del Ratón Gómez Robledo, Campeón Nacional de Peso Mosca. Las calles con olor a cloaca nombres triunfalistas aludían a proezas deportivas, cantantes populares o gestas bélicas. Todas convergían a la Plaza del Cangrejo Nacional. Era medianoche y el calor aplastaba. Parejas fornicaban detrás de puertas desvencijadas. En una acera un niño inhalaba solventes mientras un policía arrojaba el cuerpo de una mujer en un baldío. Delante de mí se abrió un abanico de posibilidades: Vía del Vicio Nefando, Atajo de las Putas Tlaxcaltecas, Callejón del Diputado Ladrón, Monumento al Perro Agradecido, Puente del Policía Desalmado, Pasaje del Niño Desflorado, Cuesta del Urinario Público.

El Río Bravo, cruzando la frontera, llegaba a través del desierto al delta arenoso del Golfo de México, arrastrando a su paso basureros líquidos y desechos industriales color de orina y de arena. Infestado de lirio acuático, apesadumbrado por aguas negras, recibía las descargas de las industrias asentadas en sus riberas. Entre residuos de fármacos, materiales radioactivos, metales pesados y pesticidas flotaban los cuerpos de mujeres asesinadas, zombis acribillados, ramilletes de novia y espaldas mojadas ahogados. Del puente peatonal colgaban dos cuerpos. Un hombre vestido de negro con un reloj de oro y la lengua de fuera. Una mujer con las piernas tan bronceadas como si acabara de venir de Playas Misteca. Reconocí en ella a una pasajera del autobús mientras se balanceaba con los senos descubiertos. Los victimarios querían asegurarse que niños de primaria y secretarias camino del trabajo vieran a la pareja ejecutada. En el puente se encendió un neón.

## MISTECA DE MI CORAZÓN

*Daniel soy yo*

"Daniel Medina". La secretaria de la Oficina de Registro de Periodistas Foráneos miró al grupo de hombres y mujeres esperando ver quién respondía. El primero que reaccionó al llamado fue su jefe, un sargento del Estado Mayor pelado al rape, que desde que llegué no me quitaba los ojos de encima mirándome como a sospechoso.

"Daniel soy yo".

"Acta de nacimiento, credencial de elector, comprobante de domicilio, certificado de no antecedentes penales, tarjeta de crédito, fotografías recientes".

Parado delante de ella aguardé unos momentos para que me prestara atención, pues comenzó a cortarse las uñas. Abrí mi cartera y fui poniendo los documentos sobre el escritorio. Había esperado media mañana para que me diera el formulario.

"¿Con quién tengo el gusto?", pregunté. Pero no era necesaria la respuesta, junto a la computadora tenía una placa. Roberta Bodrio.

"¿Motivo de su visita?"

"Escribir reportajes sobre la trata".

"¿Cómo planea realizar su trabajo?"

"Visitaré lugares, haré entrevistas, tomaré fotos".

"No se meta con la gente equivocada. No podemos garantizar su seguridad. Su presencia aquí implica riesgos y usted es el responsable de lo que le suceda".

"Lo sé".

"Será mejor que se quite las gafas. Con esas cosas en la cara no se puede hablar en serio". Roberta Bodrio comparó mis facciones con las de la fotografía.

"¿Le molestan?" Guardé los lentes en el saco.

"Algo". La mujer sonrió, pero de inmediato borró su sonrisa como si se hubiera avergonzado de haber sonreído. "¿Dónde se hospeda?"

"En el Gran Hotel de Misteca".

"Ese hotel está clausurado".

"Mi periódico me reservó un cuarto".

"¿Se metió por un boquete?"

"Viajo ligero de equipaje".

"¿Ha establecido contacto con niños callejeros?"

"Todavía no".

"Son adictos a la calle y a la droga, tienen dañado su motor síquico-físico y manifiestan dificultad para caminar, moverse y comunicarse como los zombis".

"Conozco el problema".

"En esta época del año bajan de la montaña indias tarahumaras renegridas, con la pata rajada y la cara cuarteada por el frío. ¿Escribirá sobre ellas?"

"Tal vez".

"¿Cómo dijo que se llama?"

"Daniel Medina".

"¿Buscará a su hija Elvira?"

"¿Cómo sabe que la busco?"

"Nuestros servicios de inteligencia saben todo".

"Entonces sabrán quién la tiene".

"No se meta en líos". Roberta Bodrio acomodó la placa con su nombre sobre el escritorio y se dirigió al archivo de metal haciendo resonar los tacones de sus zapatos blancos. Llevaba pantalones de mezclilla, gafas con aros redondos, cabello teñido y unas facciones sobre las que prefiero omitir toda descripción. "Trámite terminado, puede irse".

En la calle estaba un autobús baleado por policías ferales. Los pasajeros sentados en hileras se agarraban con manos esqueléticas de los asientos. Todos sonrientes con los dientes pelados. Todos ufanos con las calaveras limpias. Todos correctos con las piernas cortadas y los zapatos regados por el piso. El chofer había dejado la gorra en el asiento. Sobre el parabrisas, un letrero:

### Salidas y llegadas a la terminal de autobuses están suspendidas

Una indígena tarahumara con un hato de yerbas sobre la espalda se asomó al interior del vehículo. Amamantaba a un bebé con la chichi derecha. Las piernas tostadas por el sol se le veían por debajo de la falda desgarrada. A esas horas Avenida Independencia estaba pulcra como la cubierta de un barco. La jornada de trabajo había concluido. Agentes de la ley acosaban a las obreras de las maquiladoras pidiéndoles papeles. Las ramas de los árboles proyectaban sombras oscuras. El sol se ponía en el Oriente. La luna brillaba en el Poniente. Escondidas en los bancos, arañas zombis. Ocultas en el follaje, lechuzas zombis. Paradas en los cables, palomas zombis. Sentada en el suelo, una joven con los ojos en blanco. A sus pies un letrero: "Soy Zombi María. Tengo hambre. Ayúdame".

"Señó, ¿dónde Promesa de Vida?", preguntó la indígena.

"Por allá".

"Va a amanecer".

"Primero a anochecer".

Ella se metió en la iglesia. Dos policías ferales se posicionaron afuera, pero al divisar a una vieja paseando a un perro labrador se pusieron a seguirla.

"No había visto a una garra andar con tanta prisa". Se rió uno viéndola correr. "La agarramos a la vuelta".

En eso en la calle aparecieron unas gemelas uniformadas como Girl Scouts con chaleco junior y calcetines deportivos. Una, que presuntamente estaba ciega, llevaba en el pecho una banda verde con su nombre: Cristal. La otra, una banda azul: Mezcal.

"¿Por qué te paras, *sister*?", preguntó Cristal.

"Acabar calle, *sister*, toparnos con pared".

"Prometiste pizza".

"Pizzería cerrada".

"Oler queso con tomate".

"Olor no venir de pizza, venir de cloaca".

"Yo querer tacos con sesos".

"No tener hambre, tú pedir tacos por joder".

"Quiero ser futbolista para patear al mundo".

"Patea lo que quieras, pero no patear a mí".

"Oler macho joven. Zombi encerrar efebo guapo".

"Respira hondo, calle ir a cementerio".

"No me meto en esa calle, no ser canario en mina".

"La ciudad es un laberinto, dar vueltas y vueltas y regresar a misma mierda".

"Yo decirte en Zacatecas no traerme a Mistecas".

"No Mistecas, Misteca".

"Cuéntame, ¿por qué pararnos milicos en aduana?"

"Cuando decirles venir de California ellos querer esculcar ropa".

"¿Por eso encuerar y hurgar adentros?"

"Por eso, y por otra cosa".

"Qué *carbones* los milicos, yo querer ser un pato para ir por el mundo haciendo cuac cuac".

Cristal y Mezcal clavaron los ojos almendrados en los míos, y sacaron una pistola.

"Tranquilas, hermanas, hombre pacífico".

"Creí tú ser aduanero". Dijo Mezcal. Y ciega y no ciega pasaron a la otra acera entre carros que venían a toda velocidad. Con sus tetas asomadas por el chaleco Cristal me perturbaba por su actitud de estar lista para la acción.

"Abrelatas con cabeza de zopilote". Un vendedor me ofreció un pájaro de peluche.

"¿Esas chicas andan *chidas*?", preguntó una niña bizca con gafas refiriéndose a las gemelas.

"No te les acerques, mira que son violentas, come niñas". La madre la cogió del brazo.

"Pequeña, a los sicarios y a los zombis no los veas de frente, un cruce de miradas puede resultarte fatal". Apareció el sacerdote Douglas Martínez. "Si pudiéramos mandar en un chárter a Marte a los zombis y a los corruptos haríamos buen negocio y viviríamos en paz".

"¿Cómo distingo a los muertos vivientes de los vivos muertos?" Preguntó la niña.

"Por sus movimientos rígidos. Pero no te les acerques. *Manneken*, el nombre que los holandeses dan a los maniquíes nosotros debemos dárselo a los zombis. Son hijos del Anticristo. Hace rato vi a un zombi comiéndose la cara de una mujer. El Señor de los Zombis tiene la culpa de lo que nos pasa, los artistas del Medioevo nunca hubieran imaginado a tanta gente maligna".

"¿Cómo se llama?"

"¿Él o yo?"

"Él".

"No puedo decir su nombre. El ciempiés tiene muchas patas y El Señor de los Zombis muchas orejas". El sacerdote pasó entre los zombis parados delante de una pared blanca como pingüinos fascinados por la nada.

La mujer entró con la niña a la tienda El Paraíso de las Damas. Una empleada con la blusa abierta le mostró la sección de ropa infantil. Un muerto viviente pretendía ser un maniquí línea *Fashion*, figurín de plástico que no se rompe ni se raya. En el restaurante un zombi cadavérico estaba a una mesa bebiendo una cerveza caliente.

Zombis iban por la tienda con los bolsillos agujerados, omisos del valor del dinero, y de los espejos en las paredes que duplicaban su cabeza volteada sobre los hombros como coche que avanza en reversa. Con parches no sólo en la ropa sino en la carne, perdidos bajo los candelabros, se abrían paso entre sedas, tapetes, linos, muselinas y cortinas de terciopelo. Y entre maniquíes desnudos color de rosa y criaturas obesas que atravesaban el pasillo.

Las empleadas de Servicio a Clientes y las vendedoras huían intimidadas por su aspecto salvaje, dejando que se llevaran ocultos entre los harapos aparatos domésticos, rollos de telas, medias, guantes y otros productos. O los veían impotentes ponerse en un brazo un traje de baño para niña de seis años y tragar medicinas contra la diabetes, la próstata, el corazón o los nervios junto a tabletas de chocolate que apenas cabían en su boca.

La multitud de zombis reflejada en los espejos me pareció doble cuando se dispersó por los cuatro departamentos empujando carritos; desbordándose en las secciones en las que se vendían anillos, aretes, relojes, collares, diamantes, rubíes y esmeraldas; toallas, sábanas, fundas, colchas, manteles; lácteos, pastas, arroces, chiles, pescados, crustáceos, aves y carnes; o perfumería, donde bebían agua de Colonia y rompían botellas para echarse fragancias sobre el cuerpo.

Todo bien, hasta que se fue la luz y la tienda se quedó a oscuras. Los empleados desalojaron a los clientes, salvo a los zombis atrapados en los elevadores o varados en las escaleras mecánicas. Y a aquellos entretenidos en meterse en los pies hinchados zapatos que no eran de su número. Y a los que con ojos blancos *espreyaban* perfumes en el aire.

"A esto lo llamamos saqueo". Les cerró el paso el gerente de la tienda cuando los vio salir cargados de televisores, hornos microondas, pelucas, abrigos de leopardo de plástico de vinilo y chaquetas de cuero para motociclista, y con vestidos cortos para escuelas de baile.

Cuando la mujer y la niña abandonaron la tienda venía una adolescente en bicicleta tan lentamente como si atravesara un silencio más largo que la calle.

"¡Alto!" Una muerte agente de tránsito le indicó con la mano izquierda.

"¡Siga!" La muerte levantó la mano derecha descarnada.

*Sonia*

En el Jardín Montoya, entre bancos de cemento y farolas sin luz practicaban esgrima de florete dos pandilleros. Las armas de esgrima no eran sables, sino varillas. Las mallas metálicas que protegían sus cuerpos, chalecos antibalas. Las caretas, pasamontañas. Atacante y atacado se tiraban golpes rectos. A muerte.

Entre el jardín y la Iglesia Promesa de Vida estaba Callejón Durango. Con las *paradas* se hallaba una chica de mediana estatura, rasgos finos, boca pequeña y ojos grandes que hacía la calle. Con su pelo brillando a contraluz, falda diminuta y gesto alerta se hacía notar.

"¿Sonia?" Mi voz fue como un rayo.

"Aquí soy La Morena, ¿quién eres tú?"

"Daniel. Desde el retén no nos vemos".

"Desde aquel día no he tenido noticias tuyas y ahora te presentas como si nada, ¿qué quieres que diga? Vete".

"Prima, déjame explicarte".

"Al verte creí que eras un tipejo más interesado en mi cuerpo que en mi persona".

"Desde que llegué a Misteca te he estado buscando".

"Bueno, ya me hallaste, puedes irte".

"Habrá tiempo para hablar del pasado".

"No jodas, el amor que te tengo es una versión del odio".

"Sácalo".

"En mi soledad me sentía tragada por los demás. Mi apatía se convertía en rabia y quería matar a los clientes con un picahielo en el vientre".

"Ya estás fuera de la botella en la que te sentías atrapada".

"¿Oíste una detonación?"

"Oí un cuerpo cayendo".

"Durante años viví por el deseo de verte y de hacerte pedazos". Sonia echó a andar.

"Escucha tu silencio".

"No jodas".

"Hey, ¿vienes? Chissss, ¿vienes?", llamaban las *paradas*. Los proxenetas y los policías les exigían pago de cuotas y derecho de piso. Prostitutas y prostitutos infantiles vendían sexo oral en carros destartalados y en casas con letreros de Se Vende. Se Renta. Por la ventana de un cuarto una sexoservidora sacaba medio cuerpo.

"Nos vemos". Sonia entró en una tienda donde expendían bebidas alcohólicas y drogas al menudeo. Sintiéndose acorralada salió tan bruscamente que chocó conmigo. La cogí del brazo. Sus ojos hervían.

"Dame cinco minutos, Sonia".

"Sonia está muerta". Ella entró en el Edificio 1. Atravesó un corredor decrépito. Subió un piso. Los tacones altos de sus zapatos rojos se atoraban en la duela. Choqué con su trasero duro. Volteó furiosa. Sacó del bolso una llave. La introdujo en la cerradura.

"Sonia, soy Daniel".

"No me buscaste".

"No sabía dónde estabas. Desde la muerte de mis padres mi ocupación fue la de salvar mi pellejo, comprende. Al volver a la Ciudad de México mi abuela materna se ocupó de mí. Tuve suerte, me quería como a un hijo y de noche dejaba su cartera abierta para que tomara el dinero de su pensión. No le tomaba nada, porque era diabética y necesitaba comprar medicinas".

"La pasaste bien".

"Algo, excepto que tuve que pelear por su afecto con un afgano al que ella alimentaba sin cesar. El perro pegado a sus faldas, el perro pegado a la mesa, el perro siguiéndola a la cocina tenía siempre el hocico abierto esperando el próximo bocado. Como ella habitaba en la Condesa mi vida transcurrió entre dos rutas de autobuses, Mariscal Sucre y Anillo de Circunvalación. Una me llevaba a los cines, la otra a la escuela de periodismo".

"Pensé que vendrías por mí".

"¿Cómo supiste mi dirección?"

"Por el periódico".

"Me apena hallarte en estas circunstancias".

"Después de la emboscada vagué día y noche por las calles de Misteca perseguida por policías corruptos. Una tarde llegué a la casa de una madama. Toqué a su puerta. Imagina qué pasó después. Me echaron del burdel por rebelde. Me volví una *parada* de Callejón Durango. Los hombres me acosaban. Apareció Adán, un enganchador que dirigía una red de trata con su hermano Noé Quetzal. Prometió llevarme a Houston. Me llevó a un hotel de paso y me encerró varios días sin darme de comer ni de beber, hasta que una noche me golpeó y me violó. Otro día, me llevó a comprar ropa porque era bonita y no le gustaban mis harapos. Me dijo: "Arréglate, vamos a una fiesta". Me llevó a Playas de Misteca. Los invitados eran hombres con uniforme y yo la única chica. Antes de marcharse, explicó: "Te dejo en esta casa, mis amigos de la policía están muy cansados, necesitan desahogarse, baila, chupa y échate unos palos. No te asustes si son muchos, uno a la vez. Te recojo mañana". La noche siguiente me paró en Plaza de los Mariachis. "No te dé pena". Dijo, y se fue.

"Viene, viene", los franeleros que vendían *cristal* abrían el paso a los carros. Nos rodearon briagos y adictos, y policías de los llamados "efectivos" porque pedían la extorsión "en efectivo".

En la glorieta había bares, puestos de tacos, tiendas de conveniencia, hoteles de paso, fumaderos de crack y clubs donde se ofrecía el "paquete combo", que incluía prostituta, cuarto, bebida o droga, y protección policíaca.

"Prepárate, vamos a salir". "El sábado siguiente Adán vino por mí al hotel". "¿Dónde es la fiesta?", pregunté. "Aquí donde estás es la fiesta. Sonia, tú eres la atracción. Párate con esas chicas y fíjate cómo le hacen cuando se les acercan gringos. La tarifa es cincuenta dólares, diez para el cuarto y el resto para mí. Les cobras en dólares, pero tu pago es en pesos. El horario de trabajo es de siete de la tarde a siete de la mañana. O hasta que no puedas. No trates de escapar, porque te mato". Por la tarde, Adán me preguntó: "¿Cómo te fue?", "Acabé muerta". "Nos engañó La Malinche Negra, me dijo que trabajarías en una maquiladora. Hoy la vas a conocer. No le digas a nadie quién es ella ni qué hace, tampoco me menciones, acuéstate con el que pague y punto. Acuérdate que si hablas, te mato". Dos meses después, Adán me dijo: "Viene el 16 de septiembre, los paisanos celebran las fiestas patrias y vamos a mandar mercancía a Los Ángeles, Atlanta y Nueva Jersey. Nosotros estaremos una semana en Nueva York. No necesitas maleta, en el paso fronterizo no digas nada a los agentes migratorios. Sígueme a distancia, si sueltas la lengua, te mato".

"¿Qué pasó después?"

"Regresamos a Misteca. En la central de autobuses conocí a Flora, una chica secuestrada al salir de una maquiladora. Los proxenetas de La Malinche Negra la anunciaban en Internet como Acompañante Sumisa y Masajista Experta en Clientes de la Tercera Edad. Tenía un sueño: abrir un albergue para dar cuarto, comida, atención médica, consejos jurídicos, apoyo sicológico y gastos funerarios a sexoservidoras pobres, viejas o enfermas. Una noche apareció en una calle del centro una joven desnuda huyendo de una jauría. No de perros, de bestias uniformadas, una la metió en una patrulla, otra la halló en el desierto semienterrada en la arena con señales de abuso sexual. Era Flora. La policía no investigó. Cuando Adán me vio afligida por su muerte, me dio una paliza y me hizo trabajar tan duro en Callejón Durango que me desmayé. Una ambulancia me recogió. Estuve en tratamiento hasta que me echaron a la calle. Busqué a Adán. Explotaba a otra".

"En el Gran Hotel de Misteca hay cuartos vacíos".

"Prefiero estar sola".

"¿Cómo te encuentro?"

"Pregunta por mí en Callejón Durango".

"¿Mañana?"

"Cuando quieras".

"Si no estás".

"Ve a Tacos Anita, ceno allí los viernes. No es un gran restaurante, pero es económico y me conocen". Dimos vuelta a la calle mirando al vacío como buscando un pasado que ya no estaba allí.

"¿Sabes? Tienes un brillo extraño en los ojos, como de furia reprimida".

"Tendrás que acostumbrarte a ese brillo. Lo llevo desde hace mucho. Viene El Matagatos, si te encuentra te mata".

"Espera".

"No puedo". Ella se marchó. La sombra de él se proyectó en la banqueta como la de un escorpión.

*Las tres desgracias*

"Trata de menores" piqué en el ordenador y en la pantalla aparecieron Las tres desgracias. En un parque de árboles encalados se balanceaban esqueletos de niñas. Notas de periódicos, blogs y un laberinto de datos plasmaban sus perfiles. Verdades mentirosas y mentiras ciertas enredaban las pistas. En el vericueto virtual, las desgracias burlaban toda indagación.

**La Malinche Negra Cambia De Estrategia**. Era el encabezado de *El Diario del Centro*. "Ahora en lugar de secuestrar a una menor al salir de casa se lleva a toda la familia. En vez de hacerlo los lunes, lo hace toda la semana. El 17 de febrero su banda interceptó un carro que transitaba por el libramiento norte y levantaron a la madre y su hija. Testigos declararon que la secuestradora llevaba pantalones de mezclilla, chamarra tipo militar y botas con puntas de acero. La descripción correspondía a La Malinche Negra, una zombi de tendencias sáficas que manejaba una extensa red de trata. Suele vérsele con una bolsa de toloache, la datura que administra a las chicas para producirles visiones durante el coito. Base de operaciones: Misteca".

"Como Chelo Zarza Lobero llegó a Misteca de su natal Nayarit una estudiante que quería ser maestra…, con pistola en la mochila. A los dieciocho, abandonada la Escuela Normal lideró una red de proxenetas. Protegida por sicarios y policías alegaba que primero tenía que caer su jefe, El Señor de los Zombis, para que cayera ella".

"Conocida como el *dancing skeleton* por usar pantalones ajustados y llevar chicas a los burdeles danzando, en Callejón

Durango se dio a conocer como La Murciélaga por sus brazos membranosos y su boca como hocico negro. Aficionada a las internas del Centro de Readaptación Femenil trabajó como consejera sicológica. Pero con las presas quejándose de acoso, fue despedida".

**La Viuda Negra Extiende Sus Redes.** "El grupo criminal de La Viuda Negra levantó en un centro nocturno de Mazatlán a tres bailarinas exóticas. Las artistas de la *table dance*, procedentes de Venezuela, Argentina y Rumanía fueron "invitadas" a prestar sus servicios en una fiesta en Las Cisternas. Después de cuatro días no fueron liberadas. Ni se supo de su paradero. Los músicos secuestrados con ellas aparecieron en una piscina con impactos de bala".

**La Madrota Violenta Está en Todas Partes y Nadie Puede Verla**. A la principal comercializadora de chicas desaparecidas en Tlaxcala y Chiapas no se le conoce de nombre, pero el viernes pasado dio otro golpe en Barrio Encantado. Esmeralda Castillo y Nancy Navarro, de doce y trece años, que estaban viendo en la televisión una película de horror no imaginaban que la escena que veían se iba a hacer realidad cuando delante de la casa se estacionó una camioneta negra de la que bajaron dos mujeres con ropas tipo *Army*. Desde su rapto los familiares no las han vuelto a ver.

En una película de los años cincuenta se observa a una niña de unos diez años (a ella) lavando pilas de platos y vasos sucios en la cocina de una casa de citas de La Bandida. Esta madrota que gozaba de una clientela de políticos, empresarios y artistas, entre los que se hallaba el autor de *Ciudades de la Noche Roja*, se hacía rodear por hi-jotos e hi-jotas. Como Ruth Delorche, la ramera que tenía "el monte de Venus más hermoso del mundo y los pezones más rosas del firmamento". *Two beer or not two beer*, declamaba en sus salones un cliente que hacía competencia a William Shakespeare.

"Veo que comienza a familiarizarse con las pajaritas del mal. Soy Roberto Rodríguez, su asistente. *El Diario del Centro* me contrató como empleado local para apoyarlo en Misteca". Llegó a mi puerta un hombre de unos treinta años.

"¿En qué puede ayudarme?"

"Soy fotógrafo, como mi padre, al que mataron los sicarios del Señor de los Zombis. Cuando su cuerpo estaba aún caliente mi madre me entregó su cámara: Roberto, es tuya, retrata a los asesinos, publica sus fotos, súbelas a Internet, que el mundo los conozca, que los policías vean su rostro cada día para que no se olviden de él".

"¿Qué pasó luego?"

"Para sobrevivir económicamente fui acomodador de coches, vendedor de tiempo aire para celulares, *bouncer* de discoteca y fotógrafo de notas rojas para *El Diario del Centro*. Divorciado, soy padre de domingo. En lo posible evito encontrarme en el lugar equivocado con la gente equivocada. Aquí le dejo mi tarjeta".

**Roberto Rodríguez**
**Exterminador de zombis.**
**Servicio a Domicilio las 24 Horas del Día.**

"No se vaya".

"No me voy, viviré abajo".

"Además de la fotografía, ¿a qué se dedica?"

"A combatir zombis".

"¿Por deber con su padre?"

"Con la suciedad, con la familia extendida, con la infancia ajena. Mi media hermana Valeria trabajaba en defensa de los derechos de la mujer hasta que la mató el director de la Comisión de Derechos Humanos. Mi tío Silverio laboró en el Heroico Cuerpo de Bomberos hasta que El Señor de los Zombis lo mandó quemar con un garrote ardiente. Lo apodaban El Testículo porque siempre que había fiesta se quedaba fuera".

"¿Cuándo comienza a trabajar?"

"Ahora mismo".

"¿Dónde puedo encontrarlo?"

"En el sótano del hotel".

"¿Un número donde pueda llamarlo?"

"A mi celular, día y noche. Tanto en casos de urgencia como para tomar un trago y charlar, si se siente solo o abismado".

"Tendré en cuenta la disponibilidad de su persona. Mi objetivo principal es localizar a mi hija raptada".

"Me lo dijeron en el diario. ¿Ha estado en el Hotel Oviedo? Tiene las paredes de los cuartos recubiertas con espejos".

"Veamos el perfil del misterioso capo":

Piqué y aparecieron en la web las cien caras de los mellizos Charlie Bokor y Carlos Rokob, El Señor de los Zombis y El Señor de los Suelos. Ninguna auténtica. Todas manipuladas. Igual que las bandas tricolores sobre las chaquetas militares. El rojo de la tela del lábaro patrio cambiaba sucesivamente de color hasta llegar al negro. El águila en el centro empezaba nítida y acababa con las alas quebradas. En algunos picos una daga ensangrentada le salía como lengua. La imagen pública y privada de los capos retratados que ofrecían los anónimos fotógrafos confundía al observador, pues sus rostros parecían ceras derretidas y, con sus (más caras) personas no identificadas.

**El Señor de los Zombis. Carlos Bokor o Charlie Rokob.** Mellizos. Nombre, lugar y fecha de nacimiento, inciertos. Estudios, desconocidos. Carrera criminal, larga. Datos, incompletos. Antecedentes penales: Maniáticos sexuales, violadores seriales, tratantes de mujeres, traficantes de drogas y de armas. Relaciones, con políticos, empresarios, capos de cárteles de la droga de Colombia, Perú, Venezuela, Sicilia, de Asia, África y Europa del Este. Propietarios de bancos, casas de bolsa, compañías de bienes raíces, hoteles en zonas turísticas, distribuidoras de automóviles y de centrales de alimentos. Estado civil, esposas o esposos (no se sabe cuántos) muertos en circunstancias extrañas. Un cáncer o un accidente carretero pudieron haber ocultado un crimen perfecto. Sin denuncias formales, las sospechas se quedan en rumores.

"¿Es uno o son dos?", pregunté.

"Es un solo criminal escondido detrás de alias. O iniciales o números: GGG, 222. Como si poseyeran el don de la ubicuidad se les ha visto al mismo tiempo en Acapulco y Atlanta, Madrid y Mazatlán".

"¿Aficiones, pasiones?"

"A Carlos Bokor le deslumbra el metal amarillo. Le gusta abrir las puertas de sus residencias y de sus muebles de baño con llaves y grifos de oro. En su coche mandó instalar manijas de oro para bajar los vidrios. Su gran amor es un caballo andaluz, al que cuidan día y noche sicarios armados y desplaza en aviones privados". Roberto abrió su ordenador. Aparecieron más rostros en pantalla:

**Júpiter Martínez Zaragoza alias El Matagatos**. Comenzó su carrera delictiva instalando falsos retenes militares en los que asaltaba y asesinaba automovilistas. Acusado del homicidio de un periodista y su esposa, no sirvió condena completa, escapando por la lavandería del penal. Trabajó con el doctor Julio Salvatierra en el Centro Nacional de Atención a las Víctimas del Secuestro, mientras con el seudónimo de Samuel Sabritas raptaba jóvenes de bajos ingresos y reclutaba sicarios para servirle como ladrones de carros, vendedores de drogas y tratantes de chicas. Durante esas actividades llevaba uniforme de policía y se acreditaba con placas de la Policía Feral y la Jumbo Marshal Badges de la Police Force. Con maletas cargadas de cocaína viajaba a USA, España y Holanda con pasaportes de esos países. Pretendiendo ser padre de familia se hacía acompañar por una tal Melody Carolina y sus dos hijos pequeños a los lugares donde iba a ejecutar a alguien o a entregar alijos de droga. Con cada muerte espuria este pistolero renacía más letal.

**Kevin Gómez Portillo La Culebra**. Lugar de nacimiento: Guamúchil, Sinaloa. Padre: Ejecutado. Madre, se volvió a casar con el asesino del marido. Padrastro: abusaba sexualmente de hijo e hija. Vestido de boyscout, Kevin lo estranguló en la cama matrimonial con sus *shorts*. En la época en que los sicarios se abatían entre ellos en cárceles, calles y carreteras, y los adictos se vendían en antros y baños públicos por un pasón, con el nombre de El Anarko, trabajaba como sicario en diversas bandas hasta que los uniformados lo sorprendieron en el Hotel Two Seasons de Acapulco cocinando en una palapa "mariscos" (intestinos humanos). Tan drogado estaba que no pudo correr. Liberado, se dedicó a construir túneles clandestinos entre Tijuana y San Diego para pasar drogas y personas. Amargado porque su abuelo dejó su flotilla de camiones a su esposa de 20 años, consiguió un lanzallamas para abatir a ambos. Acostumbra andar de noche por Barrio Encantado con gafas de vidrios ultrarrojos.

**Jesús López Zavala alias El Amarillo.** Fundador del Klub Lokos Certifikados. Nativo de Apokaliptitlán, se inició en el crimen organizado bajo la tutela de Vándalo A y Vándalo B. Jefe de la Plaza de Veracruz, se encargó del traslado de contenedores de desechos radioactivos de la planta nuclear de Laguna Verde. Víctima de una explosión, emergió con cara de lunático y cabellos amarillos. Y un rictus maligno en la boca. Muertos por radiación su mujer y su quinto hijo, lo primero que se oyó de él fue su risa repulsiva, la que se convertiría en marca delictiva. El oftalmólogo Jacobo Viernes le quitó las vendas de los ojos y aprendió a ver en la oscuridad. Adoptó a un tecolote como mascota que llevaba sobre el hombro en sus "misiones". Con El Matagatos, se dio a conocer como "El Asesino de la Carretera". Tenía gran habilidad para escapar de los cercos militares, una vez se refugió en el Asilo de Ancianos de Aztlán, Arizona, con el tecolote sobre el hombro derecho. Por el homicidio de un periodista y su esposa estuvo preso en un penal de alta seguridad. Aprobada la Convocatoria de Ingreso al Sistema Penitenciario Federal se convirtió en custodio. Por sus "méritos" en la red de distribución de drogas en penales y centros escolares fue asesor en Derechos Humanos. Su lema: "Los monstruos *never die*".

"¿Cómo trafica El Matagatos con menores?", pregunté.
"Sé cómo prepara el café, por si de algo le sirve saberlo". Roberto levantó un trasto de plástico. "Coge un frasco de Nes-

café soluble y lo vacía en una taza con poca agua. Come el café con cuchara".

"¿De dónde obtiene la información?"

"De carpetas y blogs, y de lo que observo en los momentos libres que me deja la fotografía. O sea, viajando por la imaginación sin cinturón de seguridad".

"Sigamos".

*Militares en nómina de El Señor de los Zombis:*

**General Porky Castañeda.** Oriundo de Saltillo, Coahuila, a mediados de 1980 se incorporó al cuerpo de cadetes de la Academia Militarizada. Bajo la tutela del teniente de infantería Fernando Magaña formó parte de la banda de guerra y del equipo de futbol americano "Jaguares de Monclova". Comandó el Batallón Olímpico de Nakotecas durante el periodo 2006-2012 y se encargó del control de masas en el transporte público durante las fiestas nacionales. Prestando servicios en la Guardia Presidencial fue designado responsable de la XI Región Militar. Investigado por pederastia, no se le ha comprobado nada. Productor de películas pornográficas infantiles en la empresa Sadismo Ilimitado, no se le ha sorprendido *in fraganti*. Ha realizado campañas de exterminio de zombis.

**Coronel Milton Maldonado.** Egresado de la Escuela Superior de Educación Física de Sinaloa, fue agente encubierto de la CIA y del CISEN. Desde su entrada a la Academia Militar se convirtió en hombre de confianza del general Castañeda y en tapadera de sus ilícitos. Ha servido de enlace entre los altos mandos militares, los políticos, los empresarios y los capos del narcotráfico. Participó en las investigaciones de las muertas de Juárez, llevó el caso de los narcosatánicos de Nuevo Laredo y se ocupó de la Oficina de Denuncias Contra Servidores Públicos.

"¿Púbicos?", preguntó Roberto.

"Públicos".

*Elementos en la guardia personal de El Señor de los Zombis:*

**Los sicarios letales.** Aparecieron por primera vez en Misteca reclutados entre los sicarios más violentos de la frontera norte por El Señor de los Zombis. Su aspecto los hace temibles a primera vista. En el ataque son bestiales. Fungen como sicarios y policías ferales.

**El Sik alias El Intokable.** Originario del norte de la India. Huérfano de padres, fue levantado por una secta dedicada al tráfico de mendigos que lo llevó a Calcuta. Sin saberse cómo llegó al puerto de Mumbai, se embarcó en un navío trabajando en la cocina. En Haití sirviendo a un brujo de voudu conoció a El Kongo, con quien pasó a Veracruz y Apocaliptitlán. Rinde culto a Khali y a la Santa Muerte. Habla *spanglish* con un afectado acento británico traicionado por su entonación india.

**El Kongo.** Oriundo de Puerto Príncipe, Haití. Alega ser nieto de Jean Christophe Pétier, el coronel que trabajó en los cuerpos de seguridad tonton-macoutes y que participó en la desaparición tortura y muerte de cientos de haitianos durante la dictadura de Francois Papa Doc Duvalier. Desfigurado en un incendio, El Kongo está siempre presente en los enfrentamientos entre las fuerzas de la ley y las bandas criminales.

**El Kaibil.** En Guatemala participó en las masacres de indígenas ixiles en los ochentas. Formó parte de la fuerza de élite del general Ríos Mont. Llegó a Misteca en una misión de paz de la OEA y se convirtió en sicario. Los símbolos mayas de su traje representan el mundo de las sombras, que le permiten desvanecerse mágicamente en la oscuridad dejando atrás una prenda negra.

**El Oaxako.** Brujo mayor de Catemaco. Oficiante de misas negras en Cerro Mono Blanco. Su padre fue acribillado durante una ceremonia ritual. Su madre se lo llevó a vivir a Mitla, el "Lugar de los muertos". Según la antropóloga Rita Gómez, es capaz de volar y caminar hacia atrás. Suele adornar su vestidura con amuletos, talismanes y espejos de obsidiana. Venera a Zo'tz, el dios murciélago asociado con ritos de decapitación. Cree que le ayuda a teleportarse de edificio en edificio y de lugar en lugar.

*Médicos que han prestado o prestan servicios al cártel de El Señor de los Zombis:*

**Internista Godson González**. Origen: Puerto Príncipe, Haití. Ojos: Rojos. Cabello: Ninguno. Especialidad: Convertir los miedos de las chicas en terrores reales, infligir torturas mentales en niños provenientes de familias disfuncionales y en trabajadores de origen rural. Pasó cinco años en confinamiento solitario en el Penal de Puente Grande. Inventor del Onirikón, un aparato capaz de convertir los sueños en pesadillas. Estado: Difunto. La detective Norma Ortega, dudando de su muerte, asegura que vive escondido en las montañas de Colorado.

**Bióloga Yolanda Kólera Jiménez.** Origen: Apokaliptitlán. Jefe de personal del Hospital Pediátrico. Experimentó en laboratorios con menores. Administró medicamentos prohibidos a pacientes no registrados. Sus toques eléctricos podían quemar la piel, la carne y los huesos a cualquiera. Debajo de las ropas podía apreciarse su esqueleto. Estado: Fugitiva.

**Dr. Julio Salvatierra Gutiérrez**. Nombre verdadero: Juan Domingo Patrón. Procedencia: Córdoba, Argentina. Especialidad: Pediatra. Base de Operaciones: Misteca. Estatura: 1,72. Peso: 80 kilos. Ojos: Verdosos. Cabello: Teñido. Poderes Especiales: Capacidad para generar confusión, desmemoria y apatía en las internas del hospital. Se dice que a los setenta años ha empleado todos los medios científicos a su alcance para mantenerse en la misma condición física que cuando tenía 17.

Su esposa Rosa Fálica (difunta) tenía la facultad de presentarse como varón y varona.

*Comentarios:*

*Rebeca Ramírez.* Ayer vi el búnker de El Señor de los Zombis. Bajo la capa de smog parecía una herida abierta. Las lámparas unas cerillas. Agentes secretos que cargaban bolsas Wilson con metralletas en lugar de palos de golf lo vigilaban. Una cámara de seguridad con doble visión en una camioneta negra registró mi presencia.

*Viki López*. La violencia comienza en la mente y sale por la boca. En Misteca la gente está tan cargada de plomo que hasta las colegialas cuando hablan disparan ráfagas de madres y de hijos de la tiznada. Atención con el lenguaje.

*Randy la Rana*. ¿Rokob o Bokor? Los ojetes tienen genitales como navajas, caras rojas como nalgas de noruega helada, nadan de muertito en las aguas negras de la Constitución entre abogados y ahogados.

*Concha Cortés*. El mes pasado El Matagatos arrojó al Río Bravo a una pasajera de su *Dodge* con todo y cinturón de seguridad. Era una bisexual que aparecía en las redes sociales en ropa de lencería montada en una moto. ¿Alguien la ha visto?

"Fíjese en ese video", Roberto detuvo el flujo de imágenes. "El Señor de los Suelos y el Señor de los Zombis se parecen. Mellizos se usan uno a otro para confundir a la gente. Mientras uno va en su camioneta mirando a una chica que anda de compras por la calle, el otro la rapta".

"¿Me dará un *tour* por la ciudad? ¿Por sus lugares sórdidos: basureros, cementerios, cárceles y antros?"

"Vístase sencillo. Cuando esté listo baje a buscarme. Continuaremos la conversación toreando coches. Traeré mi cámara digital para fotografiar cloacas destapadas, zombis de espaldas, policías de perfil, zombis atropellados, cuerpos con mensajes en los brazos. Las tres gracias son la misma desgracia: La Malinche Negra.

"Pienso en Elvira".

"Ve a su hija en caras ajenas, la oye donde no está, se está alucinando, olvídese de ella. Puede tener otro hijo".

"Si vuelve a decir semejante tontería le parto la cara". Lo cogí de la camisa.

"Cálmese, aflora su carácter".

"¿Debo saber algo más?"

"Soy un mentiroso, si le digo que voy a inspeccionar la terminal de autobuses, en realidad me dirijo a Callejón Durango. Otra cosa, no soy espalda mojada ni bracero ni ilegal ni grasoso, soy Roberto Rodríguez. Me niego a que en USA me digan moreno, negro, amarillo, mulato, mestizo, yo quiero ser azul".

*El mausoleo del Señor de los Zombis*

Al fondo del Cementerio Colinas del Paraíso se levantaba el mausoleo de El Señor de los Zombis, el criminal más buscado y elusivo del país. El futuro habitante del monumento, considerando que después de su muerte no tendría tiempo para servicios fúnebres, se había adelantado a ella y había colocado a la entrada una placa:

## RECUERDA QUE HAS DE MORIR
## NO INTENTES FINGIR

Con vastos recursos económicos a su alcance, había mandado comprar mármol, estatuas, palmeras y perpetuidad en el sitio donde años atrás su hijo favorito había sido acribillado por policías ferales. En la cochera puso el coche que el vástago manejaba la noche del atentado. Citando a un autor de costumbres se decía que dijo: "Si nosotros los narcos pudiéramos, nos enterraríamos dentro de una Hummer".

Entre un estacionamiento del centro comercial y los postes del alumbrado público estaba el monumento vacío (el cadáver del hijo había desaparecido) con cupo para él y veinte guardaespaldas.

Sepultado el sepultador y velado el velador, el actual cuerpo de seguridad guardaba un estricto silencio sobre su constructor, y sobre el narco-arquitecto (que había abandonado el país) y los albañiles emparedados en tambos de cemento con los médicos del hospital que no pudieron salvar al hijo.

El memorial parecía un pastel de bodas de granito, con tres pisos de chocolate negro y uno de helado de vainilla. Dominaba la entrada una cruz de mármol rodeada de cruces metálicas. En su base, un enorme recipiente con flores de plástico. Bajo un candelabro de plata, una fotografía (sin rostro) del futuro muerto. Y un recuadro de mármol (sin efigie del donante).

El mausoleo tenía dos puertas. Una de entrada para los arreglos florales; otra de salida por si el futuro ocupante quería abandonar de prisa su última morada.

"Difunto siete veces, el mausoleo está vacante". Roberto tomó fotos para su álbum *Morir en Misteca*.

"El hombre lleva su mausoleo en el cuerpo".

"¿De qué hombre estamos hablando? ¿De Carlos Bokor o de Charlie Rokob?"

"De uno y ninguno".

"La última vez que murió Rokob fue en mayo de 2011 cuando cruzaba en avioneta la frontera con Estados Unidos. Semanas antes un comando de policías emboscó a Bokor en Cabo Pulmo. Su cadáver irreconocible quedó en la camioneta en que viajaba. Días después, Rokob apareció herido en una celada que le tendieron los hermanos Barbas en el aeropuerto. Querían abatirlo junto al cardenal Gonzaga. El cardenal murió. Bokor, esa misma noche fue visto en la fiesta de quince años de su "sobrina" Imelda. La foto salió en las páginas de sociales. Por lo que se ve, los mellizos se pelotean la muerte".

"Por lo que sé, a ciertos intervalos, los diarios revelan muertes espurias de ellos. Bokor baleado en El Petén por los maras en el restaurante El Mayab junto a su abogado. Rokob fotografiado en un antro sellando compromisos con las autoridades mientras los cárteles cambian de mando".

"La capacidad del Señor de los Zombis de sobrevivir es tan alta como su talento para engañar. Los operativos oficiales para capturarlo son falsos, sus arrestos teatrales y los sobornos a las autoridades cuantiosos".

"El capo convierte los rumores en noticias y las noticias en rumores, y tanto los informados como los desinformados se asombran cuando los policías ferales lo muestran esposado en los noticieros de la noche. Hoy detenido. Mañana liberado. La semana próxima retratado en los Juegos Florales".

"¿Cómo podemos hablar de un hombre del que se reporta su muerte, si no sabemos cómo es físicamente? Su nacimiento público, no biológico, lo conocimos el día en que aparecieron siete decapitados en el bar Sol y Sombra. Sus retratos hablados son conocidos, su rostro se ignora".

"Cuando El Señor de los Zombis erigió este mausoleo, sus rivales se burlaban de los retratos de sus ancestros colgados en los muros. Habían sido capos, militares, policías, empresarios y banqueros, gente de éxito social y económico. Satisfechos de sí mismos se hacían fotografiar con un rifle de asalto o bailando con una cantante de moda. Él, con un saco color chocolate embarrado de pintura seca; ella, con un corsé tieso apretándole la cintura y con los pezones alumbrados con esmalte de uñas".

"Mira a esos vivos muertos bajando por la colina. Lentos, con paso ingrato, vienen al mausoleo. Si los seguimos al interior de la estructura, guardada por un Cristo de la Empresa Luz Eterna, los verás desaparecer".

"No desaparecen. Minutos después saldrán cargando nichos de polietileno, ataúdes portátiles fáciles de instalar en otra parte. Atrás quedarán los ataúdes metálicos, los lirios del mármol y los ramos de flores de plástico".

"Ramiro Robledo, ancestro de El Señor de los Zombis, falleció hace cincuenta años: desde entonces no deja de viajar hacia el futuro".

Por las puertas del cementerio pasaron muerteros con un cuerpo. Contratados por los deudos para disponer del cadáver. ¿Adónde lo llevaban?

"A dejárselo a su dueño".

"¿A qué dueño?"

"Satán vive en Misteca", tosió el muertero.

"¿Cuántos difuntos lleva hoy?"

"Veinte. Número pequeño si se compara con los que trajimos la semana pasada".

"¿Cuándo comenzó a hacer esto?"

"Desde niño, con mi padre".

"¿Cambiará de oficio?"

"Cuando dejen de matar gentes como a pollos. O cuando se me atraviese en el camino otro muertero".

"Si tiene oportunidad, ¿haría otro tipo de trabajo?"

"Adiós, hombre muerto".

## La estatua del Señor de los Zombis

Sobre las losetas de la plaza caía la sombra del Señor de los Zombis. Su estatua era un reloj de sol. Como en los tiempos antiguos, proyectándose sobre el piso marcaba el paso de las horas, de los minutos y de la quieta nada. La escultura había sido ecuestre. Perdido el caballo, el jinete cabalgaba en el vacío. Su equilibrio era un enigma. Su secreto, que el equino había servido para acuñar monedas.

Cuatro senderos de grava conducían al fantasma de bronce. Cuatro iglesias decrépitas, dos escuelas ruines, un mercado vacío y una casa de cambio la rodeaban. El tercer ojo del Señor de los Zombis cortaba como una obsidiana negra a aquellos que se aventuraban a cruzar la ciudad de sur a norte, de este a oeste. La ranura debajo de los ojos disimulaba una cámara de seguridad que enviaba las imágenes a los servicios de inteligencia. No sólo cuando los ciudadanos se hallaban en la plaza, sino los seguía por las calles captándolos desde las esquinas. Fascinados por ese ojo, no sólo se sentían espiados en los transportes, los elevadores y los edificios públicos, sino hasta cuando estaban a solas sentían la presencia del ojo en alguna parte del cuarto, debajo de los muebles, en el espejo, en la lámpara, en la televisión y el teléfono, observándolos en los actos más íntimos. El ojo no tenía color ni brillo, y nunca estaba apagado.

Los guardianes de la estatua apuntaban con sus metralletas a todos y a nadie. Cada movimiento era sospechoso y no distinguían entre los movimientos de una vendedora de tacos y un repartidor de helados, una niña en su bicicleta y un vendedor de drogas. Con gafas negras se cubrían la cara para no ser identificados, aunque todo el mundo los veía. Mediante circuitos cerrados de televisión, los ingenieros del Señor tenían acceso inmediato a la imagen de la gente que pisaba la banqueta, atravesaba el jardín o trasponía una puerta. Ellos eran los que descubrían las conspiraciones dentro del clan, reventaban las investigaciones de los servicios de inteligencia, los complots de los cárteles rivales y los que aniquilaban a los delincuentes que se salían de control.

Oídos biónicos, cámaras miniatura, escuchas secretas telefónicas en continua rotación vertical y horizontal servían de alarmas y de anunciadores y captaban sin cesar al ciudadano. Relojes digitales con cámaras de video grababan las imágenes y los sonidos en los cuartos de hotel en los que los huéspedes se revolcaban putrefactos. O notificaban la presencia de un pichón en una torre o de un ciudadano en el acto sospechoso de desvanecerse en una calle. La tecnología de punta estaba al servicio de esa criatura invisible cuyos delirios de persecución nunca cesaban. Al contrario, alimentaban más su paranoia. No sólo temía a sus demonios, sino a su sombra. La vigilancia real hubiera sido vigilar al vigilante con aparatos con visión nocturna en interiores y exteriores, midiendo el tiempo según la longitud de las sombras.

El Señor de los Zombis no estaba en su estatua, iba en su camioneta negra o se hallaba en su dormitorio de camas infantiles. O con una cámara colgada de su mortaja sacaba fotos lo mismo de un rostro que un pie, una nalga que un brazo, de un hombre saliendo del metro que de un ciclista.

No se conocía su físico. A diferencia del presidente de la República, cuyos retratos colgaban de las paredes de las oficinas de gobierno, El Señor de los Zombis era un desconocido. A falta de datos personales, se le podía imaginar en uniforme militar o como a un vejestorio echado sobre el cuerpo de una niña. O como a un ente putrefacto recorriendo su búnker en un carro de golf.

Cerca de la plaza un zombi tatuado tenía encadenada a su pierna a una chica de tez morena y cuerpo delgado con chamarra negra de plástico, minifalda roja y tenis gastados. Con dos metros de altura, cara de niño y expresión brutal, el hombretón, pistola al cinto y sobres de coca en el bolsillo, era imposible de mover, mientras ella, la boca roja por un caramelo, estaba a punto de gritar.

"Te voy a volver puta".

"No, por favor".

"¿De quién eres?"

"De nadie".

"¿Has bailado en el Geranio?"

"No".

"Vamos a rescatarla", dije a Roberto.

"Es el Zombi Tatuado, nos liquidaría en segundos".

"Se dirige al Club Carlos Torre".

"No tiene sesos ni para mover un peón".

"Yo cuando adolescente jugaba en una peluquería siete partidas de ajedrez cada sábado".

"Esa chica llegó hace una semana de Durango y ya anda drogada, con mi celular me tomaré un autorretrato con ella".

"Vamos al metro".

"No podemos. Un zombi gordo se cayó por la escalera. Nadie lo recoge y sus amigos bloquean la entrada".

"Vámonos por el Pasaje Victoria".

"Los muertos vivientes se apoderaron de los pasillos y utilizan los locales comerciales para dormir, comer y defecar. Algunos han roto las vitrinas y lanzan a la cabeza de los viandantes pedazos de cristal. Los jugadores del Club Carlos Torre salieron corriendo temerosos de que los zombis se los comieran. No hay nada más peligroso que un zombi hambriento, puede comerse hasta a sí mismo".

"No sigas".

"El Zombi Tatuado acaba de entrar a la galería, no por la puerta de vidrio, sino por la pared".

"En esa camioneta viene El Señor de los Zombis con el hocico pegado a la ventana. Parece un monstruo marino en una pecera".

"El carro tiene silenciador".

"Mira, las tres madrotas nos están mirando por la vidriera de esa cafetería".

"¿Cuáles?"

"Esas tres mujeres vestidas de negro con guantes negros y sombreros de ala ancha sentadas en un banco, acusadas de trata de niñas, estaban a punto de pisar la cárcel, pero sus abogados sobornaron a los jueces y éstos culparon a los padres de no cuidar a sus hijas".

"Refuerzos", clamó el dueño del establecimiento, presidente de la Sociedad de Panaderos Unidos de Pamplona, como lo declaraba en el muro una foto suya donando a la Iglesia Promesa de Vida un cuadro de San Fermín sin cabeza.

Sobre la acera de enfrente se subían taxis cargados de zombis y los soldados que cuidaban un comercio se hacían a un lado. Los muertos vivientes, exacerbados por el largo encierro de la tumba, arrojaban celulares y objetos a la basura.

"Hace calor, quisiera tomar un baño de hielos", dije.

"Mira, en el supermercado se roban las botellas de agua y se las beben con todo y plástico. Cogen las carnes con las manos desnudas y atacan los quesos como a cuerpos en descomposición. Su pelar de dientes y sus flatulencias lanzan a empleados y clientes a la calle. Mira, los estudiantes despliegan una manta".

**El ruido de las botas militares empieza a oírse en Misteca. El Frente Libre se opone a la militarización.**

"Atención, narcos y anarcos zarandean la camioneta del jefe. Atención, hordas de zombis atacan por todos lados", anunció el coronel Milton Maldonado por un megáfono, mientras al Sik se le caía el turbante y dos metros de pelo rodaban por el suelo, y El Kongo, varilla en mano, mandaba a más de uno a la Universidad de la Nada. Lo asistía El Kaibil con peluca de mujer y machete ensangrentado. El Oaxaco, con la insignia del murciélago Zo'tz en la sudadera y un cuchillo en la mano, le abría paso al Matagatos y al Amarillo con picahielos. Los nakotecas la emprendían a golpes y garrotazos contra los zombis. Desde el interior de una camioneta negra alguien abajó el vidrio de la ventana y los estudiantes se abalanzaron sobre la persona que creían era El Señor de los Zombis. Pero en vez de cogerlo se distrajeron robando móviles, fajos de dólares y armas cortas. En la pecera, el monstruo con cabeza doble y miembros amputados, como los de un ajolote al que le rebrotan los muñones, parecía un exhumado. Llevaba ropas metálicas y zapatos Pies de Gato para escalar paredes. Su piel olía a rancio.

"Sssssshhhh", Carlos Bokor o Charlie Rokob, cansado del alboroto, disparó con una metralleta tantas veces que se le cayeron las gafas. Sus ojos de sierpe se clavaron en los míos. Sólo por un momento, porque sus guardias me arrancaron de la ventana.

Así acabó la noche.

## El Matagatos

"Júpiter abrir puerta y cerrar puerta sobre mano. Júpiter abrir y cerrar puerta dos veces sobre mano. No pasar nada. Juan y Júpiter enfrentarse en calle. Júpiter disparar Juan frente hermana Julia. Juan muerto. Júpiter vivo. Muerto significa no vivo. Vivo significa no muerto. Júpiter emboscado por Julia. Julia abrir fuego. Júpiter morir. Júpiter regresar vida". El Matagatos alzaba y bajaba la mano derecha. Alzaba y bajaba la mano izquierda: "Hablar/callar, Callar/hablar. No olvidar". La primera vez que lo vi venía por el Pasaje Victoria.

Minutos antes, en la esquina acababa de caerse sobre la acera un limpiador de ventanas. Desde el piso 22 del Hotel Internacional tres minutos estuvo colgado del andamio con el largo cepillo de mango con que lavaba los vidrios. Un fuerte viento había sacudido la plataforma. Descalzo, con el torso desnudo, inflados los pantalones, sin arnés de seguridad, se sujetaba de los cables. Ráfagas de polvo y arena sacudían el andamio. Hasta que la cubeta de agua, la escobilla y el trapo se vinieron abajo. El limpiador de ventanas se mantuvo parado en el aire por un largo breve momento. Perdido el equilibrio, se estrelló en la banqueta.

"El Matagatos", me dije cuando choqué con el monstruo. No surgía de un corredor oscuro, sino de una pesadilla más larga que la vida. Con la cara aterrorizada de mi madre vi sus ojos vidriosos, su uniforme verde olivo.

"¿Le disparo al corazón? ¿Lo denuncio a la policía? ¿Le muestro mi desprecio? ¿O pasaré de largo?" En el paisaje del pasado vi surgir entre los cactos la serpiente asesina. Con ropas militares estiró las ramas secas que eran sus brazos. Su arma negra apuntó a mi padre manejando la troca. Quiso darse vuelta. Demasiado tarde. El falso comandante le ordenó detenerse. Mi madre, desnuda, se agarró de las piedras. Al verla agredida yo sentí la antigua espina que se atoró en la garganta del primer hijo que vio a su madre violada. El comandante vociferó obscenidades. Tenía la cara del monstruo que ahora atravesaba el pasaje. Mirándome desde la periferia de su memoria, le costaba trabajo recordar quién era yo. La curva de la carretera se perdía en el horizonte. Un cerro se deslavaba, otro se erizaba. Me dolía el brazo izquierdo. No recordaba de dónde había venido el golpe. Pero no me lavé la sangre. Lavármela hubiese sido como olvidar la muerte de mis padres.

Los rasgos de aquel Matagatos se empalmaron con los de este Matagatos. Su tez macilenta. Sus ojos como colillas apagadas. Sus labios despellejados. Su rostro de cicatrices cruzadas. Qué bazofia. Todo él transmitía una capacidad inaudita para obrar el mal. Al andar apoyaba las puntas del pie antes que los calcañares. Arrastraba por el suelo la mortaja de un muerto. Las cerdas de su pelo las cubría una gorra beisbolera con letras rojas bordadas: **Dysfuntional Veteran, Keep Away**.

Con él venían La Culebra y El Amarillo. El primero, poco agraciado, tenía la cara llena de acné, los dientes podridos, la nariz torcida, las uñas negras. El segundo, rostro y ojos amarillosos, llevaba el torso desnudo mostrando musculatura. Ambos con zapatos Pies de Gato con goma adherente en las suelas para trepar paredes y arneses y cuerdas de escalada para robar casas.

El Matagatos ignoraba que su vida estaba en la red.

Su semblanza era breve y se detenía en detalles curiosos, no cronológicos. Se omitían datos como el de su arresto por el asesinato de los esposos Miguel Medina y Martha Gómez. Y el de su fuga del penal de máxima seguridad de La Dorada con sus cómplices Kevin Portillo y Jesús Zavala. Se relataba su trayectoria delictiva como jefe de plaza del cártel en Acapulco, ciudad en la que fue detenido por sostener relaciones sexuales con su hijastra adolescente. En ese puerto se le consignó por el asesinato de siete mujeres. Con un clic se podía acceder a su imagen en videos. En una entrada se describía cómo, abatido por la depresión, en una playa de Puerto Vallarta se había administrado una dosis de Nembutal. Hallado entre dos sillas playeras sufriendo de convulsiones y palpitaciones de corazón, se le trasladó a un hospital. Existían fotos de ese evento. En una se le mostraba sobre la arena con un pelícano sobre el pecho. En otra, sentado al borde de una cama con una bata que le llegaba a las rodillas, pues no había una de su tamaño. Se le apodó El Nembutal. No por su intento de suicidio, sino por ser letal. Jefe de sicarios del cártel de Juárez en 2006, tocando el arpa del sadismo, ejecutó a cuatro policías que habían violado a una teibolera, esgrafiando en los glúteos de cada uno *Matagatos*. *El Diario del Centro* lo llamó El Matagatos, El Gólem y El Nembutal por considerar que los tres apodos encubrían al mismo asesino. Por su violencia extrema sus jefes no querían dejarlo actuar solo, porque se le pasaba la mano y gustaba desfigurar mujeres. Solía vérsele lo mismo jugando al billar en un antro que en la sierra comiendo víboras de cascabel. Perseguido por amigos y enemigos, se ocultó en una mina de arena. Pero un zopilote lo delató: unos policías que pasaban vieron un ave negra buscando carroña, y, creyendo que rondaba un tiradero de cadáveres, se bajaron del *jeep*. Acorralado, El Matagatos sacó la pistola. Los policías lo tirotearon. Herido, se escondió en la mina, donde murió desangrado. Supuestamente, porque a los pocos días se le halló en Barrio Encantado predicando Biblia en mano. Adicto a pastillas sicotrópicas oía voces que le ordenaban recorrer el desierto y repartir panes a las moscas. Envuelto en una cobija verde, con un enjambre de insectos sobre la cabeza, anunciaba el fin del mundo. Lo que no impedía que a la menor provocación sacara la pistola y disparara a los oyentes. Un halcón lo seguía. Con alas color arena aleteaba sobre su pelo hirsuto emitiendo un siniestro *quic-quic*. Así anduvo El Matagatos por el desierto hablándole a los cactos, hasta que una banda de secuestradores lo raptó y apareció en un club de tiro como blanco humano. En la pared, un mensaje:

*Prometo no molestar a las mujeres ni a los niños.*
*El Matagatos.*

Un ministerio público levantó un acta afirmando que durante una tormenta un rayo lo partió en dos. Pero La Malinche Negra lo rescató de las garras de la muerte y lo puso a trabajar en la zona brumosa que separa la vida de la muerte vendiendo drogas. Ahora salía del pasaje con cara grisácea. Se dirigía al Jardín Montoya. La novia del Señor de los Zombis, de unos once años de edad, se recargaba en la puerta de un coche. Nadaban sus pies en zapatos rojos de mujer adulta. Un vestido de tul con florecillas azules cubría sus muslos regordetes. Su pelo caía sobre sus pechos incipientes. Buscando a Elvira en Internet había leído que la niña X, secuestrada en Xalapa, era pareja de El Señor de los Zombis. Su madre la daba por desaparecida. Cuando me vio, iba a decirme algo, pero El Amarillo lo impidió y se la llevó en una camioneta negra.

*La zombi afanadora. Imágenes de Hilaria*

"La banda de los zombis ataca de nuevo". Oí por radio en el taxi. "Una Momia, un Drácula, un Zombi y un Hombre Lobo la tarde de este viernes provocaron terror en Plaza Diamante. Al ritmo de un rock que tocaba un grupo musical, cuatro delincuentes disfrazados de monstruos ingresaron a la Joyería Ópalo Negro. Mientras Drácula pedía su "calavera", sus cómplices, apuntando a clientes y empleados con pistolas, vaciaron vitrinas, aparadores y caja fuerte. El Zombi vigilaba la puerta, el Hombre Lobo y la Momia llenaban bolsas con zafiros, ópalos, rubíes, collares y anillos de plata. La policía feral nunca llegó y la banda escapó por los pasillos del centro comercial".

Atrapado en el tráfico me bajé del taxi. Más por desconfiar del taxista que por los chorizos de coches del viernes en la noche. Sonia me había prevenido que los taxistas de Misteca eran ladrones, secuestradores o halcones; los pocos aceptables eran los viejos, no por buenos, sino porque no tenían fuerzas para asaltar. "Ansío que como a mosquitos se los coman las arañas".

Me sentía raro caminando solo en la calle. Y hasta ausente, no por *zombinabulismo*, sino por mal dormido y mal comido, y por la tensión que me daba la búsqueda de Elvira. Yendo por una calle lateral tranquila, me di cuenta que era seguido por un policía feral. No había nadie a esa hora y para perdérmele de vista me metí en el Hotel Zombi Rey, pretendiendo preguntar por una habitación. Mas cuando salí, el mejor amigo del hombre —porque mordía— estaba en la esquina. Y conmigo anduvo 20 calles oscuras, hasta el Gran Hotel de Misteca.

Rebeca Villa, nombre de soldadera o de madrota era la destinataria de cinco cartas tiradas en el piso. La remitente era Coatlicue, La Madre de Todas las Frustraciones.

**General Porky Castañeda pague sus deudas,
si no se las cobraremos en el infierno.**

La misiva estaba en el mostrador junto a cuatro sobres. Algún empleado de correos los había abierto buscando remesas de paisanos en cheques o billetes. Quizás los recipientes yacían bajo tierra. O estaban desaparecidos.

En mi cuarto me esperaba un reguero de frascos de detergentes color verde turbio, rojo sangriento y amarillo mango. Bolsas desparramando un polvo de granuloso azul.

La afanadora había dejado en la mesa su tarjeta de visita.

**EPM, egresada de la Academia del Maestro Limpio,
vino a hacerle una demostración de cortesía.**

"Intrusa en los misterios de mi vida privada esta señora decoloró mis ropas, hurgó en mis documentos, tomó una siesta en mi cama y se tragó mi comida. Apoyada por agentes auxiliares y estabilizadores de espuma, dio a mis propiedades toques fluorescentes y aromas dudosos. Mis pantalones y papeles están arruinados. Sus improntas quedaron en la duela húmeda. Dejó en las paredes mosquitos aplastados. En el lavabo, arañas ahogadas. Aspiró pelos, borras y desperdicios debajo de la cama. Me "limpió" de impurezas y se llevó cuadernos de notas, fotografías de Elvira y documentos varios. Me dejó limpio". Escribía cuando vi una nota suya:

"Quité la mugre de sus ropas y sus zapatos incorporando la sustancia disuelta a la sustancia inicial. Otro día paso a dejarle la factura".

Firma: Afanadora Zombi Calificada.

Seguía un breve CV:

Esther Peña Montes, Egresada *cum laude* de la Academia del Maestro Limpio. Experiencia profesional: Siete años de labores en el CISEN y en la Fábrica de Uniformes de la Policía Feral.

El diploma, otorgado en 2006 por una academia patito, era un pergamino color detergente en pastilla que se había desintegrado no al contacto del agua con el lavado, sino al oír mis pasos en la escalera.

¿Por dónde habría huido? No por la puerta ni por la pared, sino aventándose desde la ventana al vacío como una mártir de un ingrediente efervescente de disolución rápida. Sus recuerdos: Una caja de Kleenex y un folleto titulado "El Químico Doméstico, Cómo recibirlo y Cómo deshacerlo". Ediciones Academia Maestro Limpio.

El primer párrafo recomendaba: "Viva Sano: En tiempos de zombis asee, depure, purgue, cepille, friegue, enjuague, barra, frote, desinfecte, extermine microbios y fauna nociva". El segundo, explicaba: "*Deterger*, en medicina casera se entiende como el acto de limpiar una herida, un grano, una úlcera, un ojo, una nariz, una oreja o las entrañas de un zombi. Hágalo a fondo". El tercero era más agresivo: "No sienta compasión por sus lamparones interiores y exteriores, no se enamore de sus suciedades. Para su higiene moral use sus detergentes: saliva, sudor, cerilla, lágrimas y otros limpiadores".

Temiendo su retorno, le dejé un mensaje:

*"Maestra Calificada del Maestro Limpio, no se meta conmigo ni con mis cosas ni registre mis papeles ni me asalte de noche, porque si la sorprendo la echo por la ventana. Si se atreve a volver, me explicará el misterio de la cama deshecha, el revoloteo de blancos que arrugaron las sábanas, la ausencia de la cabeza en la almohada.*

*Devuélvame lo que se llevó. Daniel Zombi".*

Me restregué los ojos. Pensar en las atrocidades que podían estarle haciendo los secuestradores a Elvira me revolvió el estómago. El Internet fue como un pozo de porquerías. Eso sentía, cuando en el ordenador hubo una descarga de fotos de Hilaria. Con calma las examiné. Una tras otra las imágenes me sacudían por lo que revelaban y por lo que ocultaban como si por primera vez viera a mi esposa por fuera y por dentro.

A través de los movimientos dilatados de la cámara ella había captado lo familiar y lo sorprendente de nuestra vida cotidiana. Los instantes captados por su ojo mostraban a la esposa (des)conocida, mediata e inmediata, extrovertida y ensimismada, ordinaria y transfigurada, tangible e intangible. Pero siempre como aquella persona conocida que en medio de la muchedumbre nos devuelve la mirada.

En una foto en la cama con el rostro vuelto hacia la puerta, Hilaria parecía estar esperando a alguien que no llegaría, la mirada dirigida a la nada. En otra, tomada desde la calle, se veía a Hilaria delante de la ventana como si la lluvia resbalara por su cara.

Hilaria desnuda en la tina de baño, con el pelo recogido en una toalla. Hilaria preparándose para asistir a una cena con una amiga. Tan natural y sencilla, tan cercana y lejana que su normalidad creaba un efecto alucinante. Las fotos más extrañas eran aquellas en que se representaba a sí misma, como aquella vestida de adolescente con falda roja y tobilleras blancas. Los ángulos originales desde los que se tomaba a sí misma me hacían entender que viviendo a su lado me era una desconocida. Sobre todo porque las fotos enviadas admitían la vista desde mi ventana de la vista del Señor de los Zombis. Y porque la vida en nuestro departamento, con sus cuartos y sus muebles estaba tan perdida como Misteca hace mil años.

Ante las instantáneas imaginé a Hilaria sacando del cajón del buró sus cámaras digitales (la azul, la negra, la plateada, la color blanco coco, la color fresa) y la cámara ultra zoom con gran angular, que llevaba en su bolso como un tercer ojo. La imaginé yendo de la recámara al comedor al baño al balcón a la puerta de la calle, proponiéndose juntar las distancias, los cuerpos disímbolos de la plaza, el supermercado, el autobús y otros espacios. Hilaria no sólo me mandaba los crepúsculos de la ventana, sino el anverso y reverso de su mano. Y lo más perturbador, la soledad del cuarto de Elvira.

Su inteligencia fotográfica descubría imágenes de sí misma en diferentes situaciones. En el encuadre de su cara se notaba el esfuerzo por aprehenderse en una realidad irreal; su afán por descubrir detalles: los polvillos y las borras debajo de la cama y en la superficie de las duelas. Lo original, su impulso por detectar la soledad de su cuerpo en un paisaje multitudinario, tal como si captara una imagen interior de su ser en la penumbra de un espejo. Sólo tenía que encuadrar y disparar para verse a sí misma como ajena delante de la puerta de una tienda.

Fotos casuales. Ropa íntima colgada en la azotea. Panes en bolsas colgadas de la puerta de un vecino. Sillas encadenadas en un camión de redilas. Zapatos viejos en un bote. Surcos debajo de sus ojos como si llevase los años escritos en la cara. No era ella fotografiando el cráter del Popocatépetl lo que me importaba, sino el misterio de sí misma, su rutina, el encuentro con la muñeca de cabellos cortados de Elvira. Y del foco de su cuarto prendido día y noche. Para ella, el asombro no estaba en las cataratas de Iguazú sino en las manos despeñadas de la hija perdida. El interés de la vida estaba en la repetición y no en los cambios.

Se fotografiaba el cuerpo sin trípode y sin luz. Pulsaba un botón, alejaba la cámara de su objetivo y se hallaba a sí misma en el centro de su soledad. El motivo recurrente: la ausencia congelada entre cuatro paredes, la habitación deshabitada. En las variaciones visuales prevalecía una imagen, la del cuarto vacío de Elvira.

Al apagar el ordenador soñé que la afanadora zombi, convertida en rana, con cola prensil, boca ancha y dentada, y cuatro pares de piernas desarrolladas, me saltaba encima. Sus uñas goteaban detergentes líquidos. Sus dientes de granuloso azul se clavaban en mi cuello cuando entró un mensaje en mi celular: "Este es un secuestro exprés. Tenemos a tu esposa. Si depositas cincuenta mil pesos en nuestra cuenta número tal no la mataremos. Te estamos vigilando, no hagas tonterías, porque te mueres".

"Hijo de puta, ¡no molestes!", colgué de golpe.

El teléfono volvió a sonar. Creyendo que era el extorsionador dudé en contestar. Era Roberto: "¿Sabes quién te visitó esta tarde? La Malinche Negra disfrazada de afanadora. En representación de las tres desgracias, como una trinidad del mal, se te apersonó como una sola harpía. Tómate un somnífero y duerme a pierna suelta. No abras la puerta a nadie".

## Noticias de Margarita

Delante del espejo admiraba mis facciones cuando noté rasgos de zombi en mi cara: el cráneo calvo, las mejillas descarnadas, el mentón pelado, el cuello ennegrecido, la rabia en las manos. La nada en el espejo no me sentía y llegué a creer que no estaba allí, que yo era otro sin allí ni por qué. Hasta que el sueño cedió y recuperé mis rasgos de pre-muerto viviente. Era sábado y el neblumo envolvía la ciudad como si las industrias de la muerte hubiesen echado todos sus gases y todos sus desechos al aire y al agua, mientras los sicarios de Misteca, bajo el ala de su zómbico dios, andaban en la calle.

Camino al supermercado para comprar víveres para desayuno, comida y cena, pues las latas de sardinas y atún, las galletas saladas, las sopas y las verduras precocidas empezaban a escasear y a aburrirme.

"¿Dónde está el puente internacional?", me cerró el paso un taxista con gafas de langosta.

"¿Dónde está Amorfo?", me burlé de él. Tres chicas con los pechos desnudos pegaban la cara a la ventana.

"¿Quién es Amorfo?"

"Es el hombre que se sienta a tu lado en el coche. Es la silla que se acerca a tu cama mientras duermes. Es el poste de luz que se dobla como una rama cuando vas por la calle. Es el puente que desaparece cuando lo atraviesas".

"No me vacile, deme información".

"Sigue de frente, date vuelta a la derecha, tuerce a la izquierda, regresa para acá en cinco minutos y te seguiré explicando. Pregunta por Amorfo".

"Si desea echarse una cana al aire, búsqueme". El chofer me dio una tarjeta. Una chica no me quitaba los ojos de encima.

"¿Cómo se llama ella?"

"No tiene nombre".

"¿Conoces a Elvira?" Le preguntaba cuando el auto sin seguir mis instrucciones se fue en dirección opuesta al puente internacional.

"¿Para quién trabajas?", le grité al taxista.

Cuando volví al hotel con bolsas en los brazos hallé un camión de redilas dejando su carga en la calle. Era la mudanza de Roberto Rodríguez. Parecía equipaje, pero era una maleta, un baúl con fotos y materiales para revelado, dos cajas de cartón de cerveza con cubiertos y platos, un cartón con libros, discos y periódicos. Más un tubo con carteles de ciudades y actrices, un portafolio de viaje que no cerraba bien; una computadora obsoleta, pues la tecnología envejece rápidamente; un álbum de fotos color marfil a prueba de agua, muestrario de trabajo. Y un bulldog anciano con el cuerpo desplomado sobre el asfalto. Todo eso lo mandaba Margarita, su ex esposa. Quería limpiar su departamento de los vestigios de ese animal con quien había compartido mesa, cama y baño. Lo único que no podía eliminar de su vida era a Federico, el niño que en un arrebato pasional había engendrado con él.

"No conecto". Delante del envío Roberto se quedó abismado. "No conecto".

"Será mejor que veas la manera de llevar al interior las cajas, no puedes dejarlas allí, en esta ciudad de cacos le roban al hombre invisible hasta las huellas digitales".

"Una opción sería bajarlas al sótano. Pero la escalera está bloqueada con albañilería. Las dejaré en el vestíbulo. El resto lo depositaré en el cuarto. Al perro lo devolveré a la remitente, es la mascota de Federico".

Le ayudé a llevar las cajas. Sin ocultar su enojo, comenzó a abrirlas *in situ* mostrando su contenido. Del baúl sacó pantalones, camisas y sacos tijereteados en las piernas, la espalda y los brazos. Su celosa mujer no deseaba que su ex marido anduviese por Misteca presumiendo con otras damas sus galas, y sobre todo sus *shorts*, a los que dejó más cortos.

"No conecto". En un saco Roberto encontró un sobre. En el sobre un papel rosa. En el papel una misiva en tinta verde.

*Hola Roberto,*

*Aquí están tus hilachas y tus cháchas. Te entrego tu pasado entero, el remanente triste de tu insolvencia moral. No tengo lugar para basura, te la mando para que la vendas al mejor postor.*

*Cerré mi tienda de disfraces de halloween y puse candado a mi depa. Hace dos tardes me visitaron tres alacranes en dos patas con placas de policías. No eran malandros desconocidos, sino policías de Barrio Encantado. Los conocía de vista. Vinieron a decirme que respetaban mi integridad física, y la de mi hijo, a cambio de pagarles una cuota mensual de veinte mil pesos, y de entregarles las escrituras de un cafetal que me dejó mi padre en Veracruz. Me fui a reportar el intento de extorsión a la policía feral, y cuando volví estaban esperándome los mismos policías. Pistola en mano me gritaron que por rajona ahora la cuota mensual sería de veinte mil panzas verdes. La misma cantidad, pero en dólares. Si no pagaba, me iban a matar. Sabían que mi hijo se llamaba Federico y me mostraron fotos de él a la salida de la escuela. Al día siguiente recibí una llamada desde un celular. Un sujeto empezó a gritarme que lo tenía secuestrado y si quería volver a verlo vivo debía entregarle cien mil dólares. Media hora después Federico regresó de la escuela y me di cuenta que el extorsionador trabajaba para una banda dedicada al secuestro. Había hecho la llamada desde la cárcel. Decidí cerrar puertas y ventanas y largarme de la ciudad de los zombis donde los vivos muertos y los muertos vivientes no necesitan llevar disfraces: son monstruos al natural. Residiré en Dallas, la ciudad de los carnívoros. Allá vive mi hermana Laura. Cuando me vaya dejarás de pagar la manutención de Federico. Salva tu pellejo.*

"No conecto", Roberto se quedó dudando. Hasta que en unos pantalones halló otra carta. Escrita en papel azul.

*Te dejo mi depa (vacío de muebles) con facturas y recibos de luz, teléfono y predial por pagar. Si quieres habitarlo tendrás que reponer la puerta rota y los vidrios de las ventanas (baleadas). Un día, cuando pasen los años y hables de nosotros, acuérdate de mí (como dicen en una película). Besos (pocos).*

*Tu ex Margarita*

"No conecto", Roberto, barajando las cartas en las manos, entre humillado y colérico, explicó: "Los hilachos no son míos, fueron comprados en una tienda de ropa usada. Son memorias de existencias ajenas, como el saco que heredé de mi tío Pedro, ahora huésped anónimo de Colinas del Paraíso. Algunos trajes son unas ruinas, están rotos en las rodillas y en los codos. El chaleco que llevé el día de mi boda es inservible, ella lo cortó por la espalda. A mi sombrero de palma le rebajó el ala. Además de los tijeretazos de sastre enfurecido que a mis prendas dio, ella mostró su sadismo con unos calcetines rojos de la época de Los Beatles, y con una camisa de seda que castigó en la región del cuello. Los picoteó con una aguja de arriero que consiguió en un mercado de pulgas. *¡Qué mala leche!*"

*La casa del general Castañeda*

Esa noche el general Castañeda tenía fiesta. Los gritos desesperados de las invitadas saltaban tapias y atravesaban paredes. Uno se imaginaba corriendo por los corredores a chicas desnudas perseguidas por canes con sus tobilleras en el hocico. "No huyas, maldita". Se oía la voz del mílite excitado, y el "ay, ay" de una víctima prole.

En la Calle de Pirámides estaba la casa donde había vivido el minero Marqués de Vargas Plata. Los lujos y el deterioro se contrastaban en las recámaras. Unas tenían pisos de mármol, otras de mosaico y de losetas, techos falsos para tapar las vigas carcomidas, mesas de vidrio y de caoba. Los arcos y las pilastras del salón principal parecían de iglesia y de centro comercial. Los balcones estaban hechos de piedra y de concreto. Las puertas corredizas daban a un jardín donde se manifestaba el cuidado y el descuido, el crisantemo azul, la buganvilia, el matorral, el ladrillo gastado y la rata. En los cuartos lo elegante alternaba con lo corriente, lo ostentoso con lo sencillo, el candelabro luciente con el foco fundido. Los humores del propietario se reflejaban en las paredes pulidas del corredor y en los rincones sombríos de la cocina, y en la melancolía de un gato anciano, demasiado débil para levantarse del cojín francés y asomarse al atún mosqueado en el plato sucio. En la sala, delante de una enorme pantalla de plasma no había sillón donde sentarse, aunque en el centro estaba una silla de montar de plata con las iniciales del marqués minero. Para los niveles de vida de Misteca la casona era tan grande que hubiese podido dividirse en tres partes. Mas para los estándares de ruido de Barrio Encantado era un remanso de paz. Y no obstante que los balazos, gritos y aullidos provenientes de las alcobas no estaban en la topografía de los sueños, a mí me despertaban de noche.

Camionetas con razón social de Tintorería Francesa llegaban de madrugada. Tapadas las ventanas con vestidos, al abrirse las puertas desaparecían en la cochera. Para salir horas después con los mismos vestidos tapando las ventanas. No habían descargado ni cargado nada. En las camionetas no se veía a los conductores, aunque de las tanquetas todo terreno, los sedanes blindados y las motos que las custodiaban, descendían soldados pelones, policías ferales y sicarios con metralletas en las manos, pues las mercancías no eran ropas, sino chicas raptadas en carreteras, colonias pobres y pueblos rascuaches. Lo más visible de la casa eran los rottweilers que saltaban sobre las rejas y patrullaban el jardín. Ningún vecino, mucho menos una chica, hubiese soñado en aventurarse en la larga calle con paredes blancas a riesgo de perder la vida. Salvo la *call girl* de sombra helada y nudillos pelados que tocó a la puerta.

"¿Quién es?", preguntó un vozarrón sin cuerpo.

"¿Está el general?"

"No está, ¿quién lo busca?"

"Miss Zombi. La chica de la escuela de modelos que pidieron".

"Pasa". El candado con su golpe metálico se cerró sobre su espalda, mientras el cancerbero advertía: "Has entrado, pero no saldrás de aquí hasta que yo te diga. No te pases de lista, porque recibirás una madriza".

"Te llevo al club privado", le dijo una edecán con los pechos desbordados sobre el escote. "En el Estudio 42 vas a encontrar a Mireya, Silvana y Graciela".

"¿Quiénes son?"

"Las *witches*. Están allí *for him and for it*. Te vas a llevar bien con ellas. Son simpáticas y alivianadas. Nada más cuídate de las inhalaciones y las ingestiones, porque el ritmo de la música, las luces y los pasones de coca te van a volver loca".

"¿Por qué las llamas brujas?"

"Vinieron de los Tuxtlas y de Coyoacán, les gusta quemar yerba, bailar desgreñadas y ponerse grifas hasta la salida del sol. ¿Cuántos carrujos de la *golden* quieres?"

"¿Quiénes son ésas que vienen por el pasillo con las tetas descubiertas?"

"Son las caucásicas, las brasileñas, las mestizas. Te hablaré de los meseros. Los trajimos del Semefo para servir tragos amargos, recoger servilletas untadas con sangre y rellenar los vasos de las boquitas pintadas que sacan la lengua cuando el jefe les aprieta el pescuezo".

"¿Ésos?"

"Se dirigen a la disco de abajo. Como aquí no hay cosa quieta, los fuegos cruzados del ruido les sacuden los líquidos. ¿Te fijaste en el bar del otro lado de la calle? Las putas proles observan envidiosas de su suerte a Lucy la de la mirada verde y la sonrisa falsa".

"*The witches, yeah, yeah, yeah*", en un aparato de sonido cantaba un rockero italiano con acento texano mientras por una ventana se arrojaba a la banqueta a una chica búlgara. Recogida por el portero y el policía de guardia no dejó huella alguna.

Con mis binoculares con visión nocturna, desde la terraza del hotel vi a Miss Zombi sin sostén tomando baños de luna entre los setos. Y al general, en lencería blanca, arrastrándose sobre el pasto para estrellarle en la cara un espejo de mano. Esa travesura divirtió al coronel Milton Maldonado, y a Mrs. Petersen vestida de enfermera con un botiquín para limpiar heridas.

"Disculpe, ¿está usted muerto?", le preguntó al general la chica con los labios rojos de sangre.

"¿Por qué lo preguntas, hija?"

"Por nada, me parecen raras sus mandíbulas".

"Están un poco descarnadas, hija".

"¿Aquella no es la puerta por la que desapareció mi hermana la semana pasada?"

"Si deseas buscarla eres libre de hacerlo, mas cuida de no ser imprudente y no faltarle el respeto a la gente".

"Lo pensaré antes de entrar".

"Hey, este anillo de rubíes es para ti. Tómalo, hija, no tengas miedo".

"Por aquí, por favor", le dijo la edecán (ahora desnuda, excepto por las medias negras), mientras en la pista bailaban un tango Tony Paranoia y Venus García.

Hurgando con los binoculares localicé en un clóset a El Ahorcado. Con el número arcano 12 sobre el pecho como en una carta del Tarot. Con la lengua de corbata, los zapatos de charol, los pantalones amarillos abajados hasta las rodillas y el mechón sobre la frente se balanceaba con la cámara del delito en las manos: una película pornográfica infantil.

"Este tipo fue maestro de primaria, ¿cómo llegó hasta aquí? ¿Lo trajeron los vientos de la patria para advertir a la gente menuda de no levantarse en armas contra el gobierno o lo arrastró la codicia de proveer mercancía para el mercado de la pornografía?", se burló el coronel Milton Maldonado mientras el general Castañeda, aburrido y cansado, se retiraba a su recámara llena de camitas con las sábanas mojadas con sangre de niñitas.

*Colinas del Paraíso*

"Tony, Tony Paranoia", un sicario chimuelo con cara de bruto llamó a gritos a un hombre cuarentón con traje de seda, zapatos blancos, camisa desabotonada en el pecho, pelo teñido de rubio y gafas con vidrios de espejo.

"Pendejo, no me llames por mi nombre en público, ¿no ves que ando de incógnita?" El interpelado se siguió de largo dejándolo con la mano extendida.

Mientras desaparecía entre las tumbas busqué información sobre él en mi tableta. **Tony Paranoia. Nació en el Barrio Logan de Los Ángeles en el seno de una familia disfuncional de origen mexicano. De niño el padre lo golpeaba, el hermanastro lo pateaba. Hecho un alfeñique practicó Body Combat. Se metió en la pandilla *I love death*. Se convirtió en padrote de latinas. En una pelea con barras de acero dejó paralizado al jefe de la banda y cruzó la frontera. Halló trabajo en el Hot Casino haciendo trampas en el juego. Enamorado de Gamina, la amante del propietario, escapó de una emboscada y se fue a vivir a Misteca. Ocupación actual: Maestro de ceremonias en el Club Geranio. Suele llevar una pistola en el bolsillo del saco.**

Cuatro senderos grises llevaban a las fosas comunes. En una división estaban las sepulturas de los vivos muertos: policías ferales caídos en una riña entre ellos; soldados emboscados en una carretera la semana pasada. Algunos, con medio cuerpo fuera del hoyo aún llevaban el chaleco blindado y el uniforme de la corporación. En la lápida colectiva no había nombres. En el tránsito de vivos muertos a muertos vivientes no habría transición. En una lápida estaba un mensaje anónimo:

Mariquita, dame las chiches, dame las nachas
o te dejo cuadradita y con huequitos en la espalda.

"La fosa común es el monumento del muerto desconocido. Los pobres no son hijos de la parroquia, sino del Semefo. No los despiden con plegarias, sino con tiros. No los riegan con agua bendita, sino con cerveza y coca. No los cubren crucifijos, sino jeringas. Estas son las costumbres funerarias de la ciudad de los zombis", dije.

"¿Por dónde vamos?" Sobre el pecho de Roberto colgaba su cámara como un péndulo con el ojo abierto. "Hacia donde la desolación me lleve".

"Mira a esa mujer doliente con la foto de su hija en la mano. A los cuarenta tiene el pelo blanco. Los menores que la acompañan echan sobre el ataúd flores rojas".

## RECOMPENSA DE CIEN MIL PESOS A QUIEN DÉ INFORMACIÓN QUE LLEVE A LA CAPTURA DE MIS ASESINOS. QUIERO JUSTICIA. LAURA ESTRELLA.

Esa niña había sido raptada al salir de la escuela. Su madre reportó su desaparición. Los polis le dijeron que tenían que esperar 72 horas para iniciar la búsqueda (necesitaban dar tiempo a los secuestradores para ocultarse). Entonces ella recurrió a las redes sociales. Un taxista le informó que un hombre la subió a la fuerza a una camioneta verde. Una vecina afirmó haber visto a una chica drogada que se parecía a Laura. Pensó que era otra, y no pidió ayuda. 72 horas después hallaron en el desierto su cuerpo violado, destrozado a golpes, cubierto de cemento y arena. "Víctima de un abuso sexual terrible". La policía arrestó al comerciante de 64 años Juan Robledo La Rata, adicto a la cocaína y violador serial. Pero lo dejó ir por dinero. Aunque en un video se le vio aullando y golpeándose en las paredes por falta de droga.

"El negocio de matar menores prospera en Misteca", dijo Roberto. "Ayer se encontró a una niña de diez años abusada sexualmente. Después de asfixiarla el violador la envolvió en un colchón y le prendió fuego. Cuando se le preguntó por qué la había matado, contestó: "Porque quería matar la expresión de alegría en su cara".

Yo buscaba indicios de Elvira, quería ver el crepúsculo de esa historia. La justicia, una gusanera sobre carne podrida.

"Fotografía ese cortejo fúnebre. La mujer arrastra los pies con la cabeza caída hacia delante como si cargara una piedra sobre la nuca. Va a enterrar a su hija. La encontraron en las aguas negras desnuda mientras su asesino brindaba con sus amigos por la venta de un cargamento de droga".

"Debemos atacar a los vivos muertos por sorpresa", dijo Roberto. "Lancémonos a la yugular de los monstruos".

"Como en un juego de ajedrez, si analizamos la situación precaria para las negras, podríamos optar por un ataque contra El Señor de los Zombis desde una posición riesgosa. Pero las partidas de ajedrez pueden dividirse en dos grupos, las que se desarrollan con ataques violentos y sacrificios espectaculares de piezas y las que emplean el juego posicional, como la partida con apertura Ruy López jugada entre Capablanca y Bernstein".

"Lee ese epitafio, Daniel".

## Doctor JULIO SALVATIERRA
### Buenos Aires 1958-Misteca 2013

"Qué miseria, ese exiliado argentino huyendo de la represión militar de su país acabó ametrallado en la ciudad del crimen. Pero allí donde desaparecía una niña bonita estaba el doctor Salvatierra; allí donde se abrían las puertas de la oscuridad una huérfana era subida a la fuerza en una camioneta; donde niños en situación de calle eran sacrificados en ritos al demonio allí estaba el doctor Salvatierra, el respetable y siempre eficiente proveedor de cuerpos infantiles al Señor de los Zombis".

"¿Estás seguro que Salvatierra ha muerto?", pregunté.

"Dame tiempo para probarlo. He leído obituarios sobre sus muertes anteriores. Ésta podría ser la buena".

"¿Lo conociste?"

"Lo investigué cuando él hacía necropsias para el Ayuntamiento y abortos para las secuestradas de La Malinche Negra". Roberto vació una botella de orines sobre su tumba. El ataúd estaba sobre bolsas de plástico, latas de cerveza y salchichas untadas con una mostaza amarilla que parecía otra cosa. "Lo regaré con gasolina. Le prenderé fuego".

"¿Por qué quemarlo?"

"Ese cabrón el año pasado le echó ácido a mi prima en la cara. Apenas se salvó".

"Se le podría matar cien veces y no servirá de nada, creo que tiene relevos en el mundo del crimen".

"Además, ¿qué le voy a hacer? nací pirómano y no me puedo controlar". Roberto desnudó sus piernas peludas y se puso a correr entre las tumbas gritando. "Soy un lobo, soy un zombi lobo".

Al día siguiente, acostado en el vestíbulo del hotel, lo sorprendí tapándose la luz con una careta.

## OCÚPATE DE TUS CALCETINES, AMANECERÁS CON LOS HUEVOS REVUELTOS.

Era el mensaje que le habían dejado sobre el estómago con una pistola calibre 38, unos calcetines rotos y una tarjeta colgada del cuello.

"Qué raro, soñaba que fuimos al cementerio y que allá me confundiste con un licántropo. Te robaste mi ropa, y tuve que andar por las calles desnudo. Qué raro", dijo.

*El Halcón*

El Halcón parado en la terraza giratoria del edificio más alto de Misteca se confundía con el crepúsculo de la mañana. La plataforma de la torre en forma de T tenía anillos concéntricos terminados en punta y vistas panorámicas sobre la ciudad. El Halcón, con máscara negra, gorra antibalas, uniforme verde oscuro, zapatos y guantes en forma de garras, piernas y brazos cortos, collar verdoso y gafas con vidrios ultrarrojos que le daban un aspecto de dios egipcio, parecía lo mismo un pájaro mítico que un sicario de presa. Su nombre en clave era *Uactli*, "halcón que ríe". En maya, *ab ch'uyum thul*, "el que levanta conejos".

Armado con potentes binoculares con una visión nocturna que le permitía ver con precisión y detalle los cuerpos que se movían en los alrededores y explorar tanto el horizonte cercano como el lejano a niveles que la vista desnuda no podría sospechar, el *Falco Mexicanus* (sin más datos de su persona que era hijo de un policía feral de Casas Grandes y de una tal Juanita Jones de El Paso, Texas), era una presencia habitual en la torre de Misteca. Se contaba que cuatro años atrás había salvado la vida cuando vacacionando con su novia en Zipolite, Oaxaca, el campo nudista fue atacado por narcos en uniforme militar, muriendo la chica. Herido en los ojos, de regreso a Misteca, oculto semanas en un cuarto sin luces, descubrió que podía ver en la oscuridad, se empleó con el general Castañeda o El Señor de los Zombis para servir de vigía, convirtiendo la torre en su morada. Allá arriba se le podía ver pálido y arenoso más por nocturno y falta de sol que por plumaje claro. Cerca tenía una cubeta con hielos y un botiquín con sedantes y somníferos, pues sufría de insomnios y jaquecas. Su hábitat era el cuarto de sirvientas. Su escondite, los tendederos de ropa, los aparatos de comunicación y los tanques de gas.

Con binoculares propios uno podía ver al Halcón agazapado cazando rateros de poca monta, roedores, murciélagos, insectos y culebras en dos patas; vendedores de drogas al menudeo, putillas rurales y policías de rango medio. No le faltaban presas. Francotirador profesional, día y noche observaba el paso de la gente por plazas y calles con su Winchester Magnum con mira telescópica diurna/nocturna. O con su pistola de rayos gélidos con poderes para congelar a sus presas en plena fuga y convertirlas en bloques de hielo. Nadie se le iba. Cuando apuntaba a blancos humanos a poca y gran distancia perforaba desde chalecos antibalas hasta materiales de construcción, emitiendo un jah-bah-jah-bah.

El Halcón parado en la terraza giratoria del edificio más alto de Misteca en ese momento, ¿qué veía? ¿Los edificios grisáceos de Avenida Independencia que, habiendo sobrevivido a temblores de tierra, no a la guerra del narcotráfico, parecían ruinas contemporáneas? ¿El cementerio con sus tumbas semejantes a hongos que no estaban anoche y amanecieron hoy? ¿Los basureros, esos cementerios informales de los feminicidas, en los que se podía hurgar lo mismo en busca de desechos químicos que del extinto oso de cara corta, que del lobo mexicano o de un pepenador miserable con el rostro y las uñas negras de mugre y sangre? ¿Observaba un edificio colapsado durante el último terremoto, entre cuyos escombros se asomaban las nalgas y la espalda de una mujer desnuda? ¿Miraba al desierto con sus saguaros antiguos como serpientes verdes apuntando al cielo? ¿A zombis en motocicletas armados con varillas y machetes rumbo al centro de la ciudad? ¿A la camioneta negra que entraba al estacionamiento de un antro y de repente abría sus puertas por las que salían policías sicarios buscando a quien devorar? ¿A una prostituta niña con capa roja, tobilleras blancas y cuaderno escolar parada a las puertas del Club Geranio, vigilada de cerca por un vivo muerto? ¿Al mausoleo que El Señor de los Zombis se construyó a sí mismo previendo su ejecución a manos de su hermano mellizo El Señor de los Suelos?

El Halcón camuflado con el crepúsculo de la mañana, ¿qué veía? ¿A seis camionetas blancas salir de un estacionamiento subterráneo y avanzar sin ruido hacia la camioneta negra? ¿A los policías sicarios que entretenidos en mirar a la niña con la capa roja descuidaban la presencia de los pistoleros en las camionetas blancas apuntándoles con fusiles largos? ¿A los cuerpos que se quedaron en la acera rociados de balas?

El Halcón parado en la terraza no se movía, giraba su mirador. Como una gárgola animal, ahora con grandes gafas azulosas, los rayos solares le daban en los vidrios. Mas, viéndolo yo con los binoculares, me preguntaba, ¿qué veía el vigilante rapaz? ¿Seguía el movimiento de las implosiones y las explosiones que derrumbaban los edificios con los moradores dentro? ¿A un equipo de futbolistas zombis atravesando el pasto quemado de un estadio desierto? ¿A un batallón de soldados esculcando las ropas de un malandro en busca de navajas y drogas? ¿A La Malinche Negra, la gran meretriz de Misteca, sentada a una piscina sin agua con un espejo en la mano derecha peinándose la peluca rubia, mirándose en un espejo de mano el rostro amarillento como la arena? Desnuda hasta la cintura, las tetas sueltas, el cinturón con hebilla dorada no le tapaba el ombligo (tampoco la falda transparente le cubría las sandalias rojas). ¿Miraba La Malinche Negra a los cuatro sicarios vestidos de trabajadores de limpia que llegaban en un camión de basura a recoger los cuerpos abatidos a las puertas del balneario? ¿Se fijaba ella en las mujeres que con trapeadores verdes limpiaban las manchas de sangre en las aceras? ¿Hurgaba El Halcón en las puertas y las ventanas de la calle en busca de testigos oculares desechables? ¿Estaba satisfecho que después del "evento" no quedaran huellas de los sicarios policías ni de su camioneta negra ni de su llegada a Misteca y de que nadie había visto nada, nunca nada? El Halcón que a la hora del crepúsculo vigilaba al sol agonizante arrojado al espacio como una yema podrida, ¿qué veía?

*En compañía de zombis*

"Hordas de zombis atacaron el rastro de la ciudad", decía el radio. "En los corredores del matadero, las vacas se orinaron de miedo. Los cerdos se subieron uno sobre otro como si enfrentaran la electrocución. Los muertos vivientes se lanzaron sobre reses, carneros, cabritos y corderos. A los animales colgados de garfios, abiertos en canal, dieron dentelladas. A los puercos en corrales y criaderos de engorda, que esperaban la muerte en las pistolas de perno de los matarifes, cortaron las extremidades. Ahítos de carne cruda, consumiendo carroña suficiente como para un mes, los zombis persiguieron a los carniceros para comérselos". Mientras oía, me lavé las manos entre los ahogos de agua del lavabo y los ruidos que hacía un gato bajando despavorido las escaleras. Alguien le había atado una lata a la cola.

Cuando el sol teñía las calles de añil, me senté en un banco de la plaza. Las varillas salían de las azoteas como si las casas estuviesen esperando otro piso o la descarga de un rayo. Bloques de cemento y ventanas quebradas compartían suelo. Cables eléctricos pasaban sobre los puestos de los vendedores callejeros. En las azoteas, los cilindros de gas eran bombas de tiempo listas para explotar. A los pies de la estatua de El Señor del Zombis, que todo lo veía y todo lo ignoraba, zombis ebrios parecían el producto de la podredumbre globalizada. Un zombi gordo, vencido por su peso, se había desplomado entre geranios rojos.

No había dos zombis iguales. Bastaba comparar facciones, conformación de cráneo, hombros y manos para sacar diferencias. En el color de los ojos y su colocación en la cara (un ojo más alto que otro, uno más a la derecha o a la izquierda, o caído hacia dentro, con los párpados sobre los pómulos como persiana rota), se notaba la similitud y la variante. Por el espejo retrovisor de un coche detenido por el semáforo se veía uno con el rostro amarillento y un largo abrigo de colores muertos. En otro, con pelo blanco envejecido prematuramente, se notaba que estaba en viaje de regreso a la segunda infancia.

Impresionaba la soledad de los zombis. Rodeados de ruido y multitud, estaban solos. Cada zombi era una isla, no un continente, y juntos conformaban un archipiélago de muerte. Resultaba lúdico moverse entre ellos, andar a su ritmo y detenerse cuando se detenían. Vagar por la ciudad o quedarse mirando a una pared, como ellos. Era difícil imaginar que esos simulacros de hombre alguna vez pudieron tener ojos vivaces, despertaron sentimientos de amor u odio, dieron besos o puñetazos o cometieron pequeños robos y dijeron mentiras, mantuvieron esfuerzos físicos y mentales, ordenaron papeles en un cajón y llevaron dinero al banco, comieron tacos en un mercado o miraron con deseo a una chica en la calle o se sentaron a leer un libro en un cafetucho. La noche que se les echaba encima no la percibían, el filón de luz que se asomaba debajo de una puerta no lo notaban. En su cabeza no entraba la duda sobre si yo venía de una tierra cercana o lejana, si para llegar a Misteca había atravesado altas montañas o paisajes aplastados, en su mundo descerebrado las noticias de hace un minuto se olvidaban en el próximo. Apestaban a siglos, a falta de baño y de higiene interna y externa. En sus rostros fétidos se percibía una bazofia antigua, una desaseada desolación. Prescindibles, si la noche se los tragara no pasaría nada, costaba trabajo distinguir entre vivos muertos y muertos vivientes. Los primeros eran mañosos para perpetrar el mal, practicaban la tortura y mataban a mansalva, y eran rápidos para esfumarse en la muchedumbre. La torpeza condicionaba los movimientos de los segundos. Su sonambulismo los hacía presas fáciles.

Vigilado por ellos yo trataba de acomodar mis pasos a los suyos. Envuelto en un impermeable azul marino, maquillado y con gafas de sol marchaba a su lado, evitando que me traicionaran respiración y miedo. En compañía de zombis bien hubiese podido decir: "La mordida, no el ladrido, avisa", pues de repente tiraban mordidas. Si bien compartíamos el mismo espacio público, nos separaba el abismo de tener inteligencia o no, de conocer la miseria propia o no. Si eran unas piltrafas era su asunto. Si muertos vivientes, a esa condición íbamos todos. Si grotescos eran, entre los vivos muertos también había adefesios. Si su cuerpo era insensible al dolor entre nosotros había gente insensible. La diferencia entre nosotros era que yo ponía fechas al recuerdo y ellos pasaban por el tiempo sin recordarse a sí mismos, vivían como los animales en la eternidad del momento.

Entre tanto prójimo hecho una desgracia percibía al sol ardiente, dador de vida, como a un dios, y el poder sentir su calor en mi cuerpo como un privilegio. Beber, comer, dormir, alegrarme y cansarme eran muestras de mi existencia. Entre ellos y yo no había sólo distancias, sino abismos de vida. Y no me alarmaba que el zombi que venía a mi lado desapareciera por un agujero en la pared. O el zombi a mi derecha se esfumara. O que la zombi de la plaza diera vuelta en la esquina con los ojos en blanco. Todo era normal. Aceptaba que lo vivo y lo muerto, lo vegetal y lo animal tuvieran como destino último un crepúsculo de púrpuras cansados.

*Grandeza y miseria de los zombis*

Soñaba que una procesión de zombis salía del vientre cósmico de la cueva debajo de la pirámide de la muerte donde se creó el Quinto Sol; que arrastrándome yo por el canal del nacimiento una joven de grandes pechos me tomaba en sus brazos y con los labios untados de sangre me daba un beso. "No te confundas", decía, "la pirámide del Sol es la pirámide del Corazón, por eso hubo tanto sacrificio humano en su construcción".

Un radio me despertó:

"¿Cómo vinieron al mundo los zombis? ¿Son criaturas contagiadas por un virus provocado por el uso de jeringas contaminadas, por mordidas de rata o de murciélago vampiro? ¿O son enterrados vivos que habiendo salido de la sepultura llevan su cuerpo como una tumba? Un estudioso dijo que había drogas que podían inducir un profundo estado de letargo semejante a la muerte. Pero que el *dividuo* no estaba realmente muerto, sino había sucumbido a una turbulencia del espíritu que le daba apariencia de difunto: Por el torpor de sus sentidos, la atrofia de sus funciones corporales y el entumecimiento de su lengua. Ahora daremos la palabra al sacerdote Douglas Martínez de la Iglesia Promesa de Vida".

"En la *Crónica de Michoacán* se recogen los temores de los purépechas previos a la llegada de los españoles. Allí se dice que en esa era había tanta abundancia que las ramas de los árboles pequeños se rompían por el peso de la fruta, que había abejas por tantos lados que los campos estaban llenos de miel. Y que a las niñas pequeñas les crecían pechos tan grandes como los de las mujeres y se embarazaban a edad temprana. Yo creo, señores, que en esta época de invenciones y de guerras, de desórdenes ecológicos y de asalto a la niñez, ¿no debíamos tomar como un augurio la llegada de los zombis?"

"El segundo en intervenir será el doctor Alejandro Ramírez de la clínica de rehidratación de cadáveres. ¿Qué piensa usted, doctor, de los zombis que han invadido la ciudad?", profería el conductor del programa mientras yo por la ventana divisaba en la plaza a una joven tomando fotos con una vieja cámara Minox a dos zombis, hombre y hembra, sentados en el mismo banco, pero ignorándose como si no se conocieran.

"La antropóloga Zora Neale Hurston creía que los zombis no fueron producto de la magia ni del despertar de los muertos, sino de una droga extraña posiblemente traída de África y pasada de generación en generación. Contra esta droga que destruía el cerebro, embrutecía los sentidos y daba apariencia de muerte, existía un antídoto conocido por pocos. Pienso que aparte del horror que inspiran, los zombis sufren de una melancolía *post-mortem*. Lo notamos por el modo como se tumban en la calle: no tienen ánimo de levantarse, carecen de voluntad propia para enfrentar el desafío de vuelta a la vida del estado de *zombismo*", explicó el doctor Ramírez. "Les contaré una anécdota: Hará quince años que una asistente mía creyendo que había sucumbido en una terrible enfermedad, declarándome muerto se apresuró a ponerme la mortaja y me metió en un ataúd. Yo, al oír los golpes del martillo sobre la tapa, di alaridos para indicarle que estaba vivo. Lo curioso es que ella, al verme redivivo me tomó por un zombi".

"Demos la palabra al sacerdote Douglas Martínez".

"En un folleto de 1742 titulado *Plática de la Milagrosa Imagen de Nuestra Señora de Guadalupe de México, Sacada del Tomo Nono de los Sermones del Padre Nicolás de Segura de la Compañía de Jesús*, que trata del Eclipse del Divino Sol Causado por la Interposición de la Inmaculada Luna María Señora Nuestra para Librarnos de Contagiosas Pestes, se anunció la plaga de los muertos vivientes. Señalándose allí que la Virgen fue la única criatura que conoció la gracia de la resurrección de la carne, pues ese privilegio estaba reservado a los seres humanos hasta el Juicio Final. Lo digo porque la resurrección si no viene de Dios es abominable".

"Por desgracia los cronistas de Misteca Don Bivio Rosales y Don Cristóbal Méndez no están con nosotros", avisó el moderador. "Don Bivio falleció la semana pasada después de ingerir un cóctel fatal de tequila, polvo blanco y hojas de mariguana en un bar de Saltillo. El ilustre señor aseguraba que los zombis eran sicarios, militares y policías ferales que habían sufrido una grave transformación física y moral por llevar la maldad a grados demoniacos. Don Cristóbal fue asesinado en Barrio Encantado después de dar una conferencia titulada "Grandeza y Miseria de los Zombis". Pensaba que haría veinte años los zombis llegaron del espacio exterior en una nave-meteorito que cayó en el desierto de Misteca, y de ésta salió una criatura llamada Zombi María. La única zombi, que él supiera, con nombre propio, pues los muertos vivientes conforman una masa anónima".

"Tal vez estos sujetos con la cara partida y los intestinos de fuera son nuestros parientes arrojados a las fosas comunes que volvieron al mundo", dijo Douglas Martínez. "Tampoco descarto que sean los fallecidos de la epidemia de viruela de fines del siglo XVII que salieron de sus tumbas, o los trabajadores ilegales que expuestos a radiaciones nucleares en USA vinieron a pudrirse a este lado".

Opinó el doctor Ramírez: "Si pensamos que los cadáveres del Cementerio de los Santos Inocentes de París, exhumados en 1786, no acabaron en las catacumbas sino en navíos que cruzaron el Atlántico, podríamos inferir que en ese viaje histórico se dio el origen de los zombis. Pero no sé si recuerdan ustedes el gran cometa Donati de 1858, el más brillante del siglo XIX, el cual fue visible a simple vista por su gran brillo. Alumbró a un zombi solitario paseando por una calle solitaria de Purísima del Rincón. Un ex voto de Hermenegildo Bustos fue el primer registro de un muerto viviente en nuestro país".

"Les mostraré una foto mía a los quince años", lo interrumpió el sacerdote. "¿Por qué se las muestro? Porque desde entonces, como Dorian Grey, no envejezco".

"No entiendo la comparación", le cortó el doctor Ramírez.

"La foto la colgué entre fotos de los cuerpos exhumados en el Panteón de Santa Paula de Cerro Trozado. Las personas que murieron en la epidemia de cólera de 1833 que azotó a Guanajuato, convertidas en momias por los minerales del subsuelo pueden ser los ancestros de los zombis". Entre los momificados se encuentran la señora Sofía Arellano Morales y el doctor Remigio Leroy. La primera, con el cuerpo carcomido, los brazos cruzados y el cráneo pelón, siglos después mantiene la boca abierta en una tétrica exhalación de la letra O. El segundo se autoidentificó con una placa:

**Volví a ver la luz el 9 de junio de 1865, cuando los azorados sepultureros del Panteón de Santa Paula me exhumaron de la cripta 214, en la primera serie del cementerio. Soy el doctor Remigio Leroy, médico francés, que al no tener pariente alguno en esta ciudad para reclamar mi cuerpo, fui el primero en formar parte de la colección del Museo de Momias de Guanajuato.**

"Quería decir algo sobre el doctor Remigio, pero se me olvidó", lamentó el médico.

El sacerdote continuó: "Mi tío Bernardo, que en paz descanse, párroco de Marfil de Abajo, donde en 1554 se descubrió una veta minera, solía contar que durante las inundaciones de 1902 y 1905, cuando se desbordó el río Guanajuato, y Marfil se convirtió en un pueblo fantasma, los ahogados se volvieron zombis. Por eso, yo coloqué a la entrada de mi casa un aviso:

EVITE MORIR EN GUANAJUATO,
PUEDE VOLVERSE MOMIA,
EVITE MORIR EN MISTECA,
PUEDE VOLVERSE ZOMBI.

"Los zombis son aquellos sicarios sicópatas a quienes Mictlantecuhtli no queriéndolos en el Inframundo, para que no contaminen a los muertos, los ha devuelto al nuestro", afirmó el doctor Ramírez.

"¿Han considerado, señores, que los sitios donde los zombis se han gestado podrían ser los tiraderos de carros o los cementerios de desechos nucleares submarinos? En el mundo contaminado por el hombre podríamos hallar el origen de los zombis. Por eso, creo que el origen de los zombis está en nosotros".

"Como la gente interrogada por los reporteros en las calles ha respondido emocionalmente sobre la plaga que azota a Misteca, el tema del origen de los zombis seguirá siendo un enigma digno de Zenón", concluyó el conductor, y puso una canción paródica:

> Cuando tú te hayas ido,
> me envolverán los zombis.
> me clavarán los dientes,
> me sacarán los ojos.

Insatisfecho con las conclusiones del programa, me dirigí a la biblioteca local, abandonada por investigadores y lectores a causa de una balacera ocurrida en sus instalaciones. Las puertas de la sala de lectura estaban desvencijadas, las cerraduras zafadas, las ventanas rotas, los escritorios quebrados y los estantes vacíos, así que, lector único, me senté a la mesa del director para leer un *Reporte confidencial sobre el origen de los zombis* redactado por el cronista Bivio Rosales:

"Una noche emergieron de los pantanos de La Florida criaturas extrañas. Sus brazos lodosos se abrieron paso entre las lianas, las telarañas y los nidos de las aves nocturnas. Del fondo lechoso del cenagal, hogar de tortugas, víboras, ranas y ajolotes se levantaron esas carroñas. Los monstruos, ciegos a los claros de luna, primero se apoyaron en las raíces y las ramas de los árboles sumergidos; luego, rodeados por helechos, lagartos y plantas acuáticas, mariposas y abejas, salieron a la superficie, siendo atacados en cara y cuerpo por legiones de mosquitos. Olían a miasma y podredumbre. De los zombis, cuando hacia la ciudad se fueron, un gato se escondió".

*La pasarela*

La que venía delante era una niña con tez morena, ojos grandes y labios delgados. Caminaba con garbo a pesar de las ropas deshilachadas y las chanclas deslenguadas. Las adolescentes de la pasarela, como sonámbulas, preguntaban: "Pssst, ¿vienes?" "Pssst, ¿vienes?"

Al fondo de la calle estaban los hoteles Marín y Circuito Interior. Un caserón servía de copuladero. Allá, en cuartos sin número, sobre sábanas hediondas y colchones infestados de chinches, las chicas abrían las piernas. Para minutos después regresar como sombras, sin recuerdo del acto, a la fila. El ir y venir duraba hasta la madrugada, cuando se iban los clientes, y las chicas, exhaustas, dormían en los camastros.

Las calles tenían nombres de santos: San Pedro, San Pablo, Santa Martha, Santa Magdalena. La de San Pablo era la del envejecimiento prematuro. La de San Pedro, la de las nuevas, que en unos meses se volvían veteranas. La pasarela era circular. Como en un coso taurino, las chicas daban vueltas vigiladas por proxenetas con botas con puntas aceradas y cuchillos al cinto.

Las Letis, las Silvias, las Eréndiras eran nombres sin apellido, escogidos al azar, detrás de los cuales había un rostro vacío y gestos sin memoria. En las pinturas de las paredes se representaban cuerpos desintegrados, como piernas, pechugas y alas de gallina empacados en el supermercado. Su aparente jefa era La Madrota Violenta, un esqueleto con peluca de mujer y minifalda de plástico. Encima de ella estaba La Malinche Negra.

En busca de Elvira, mezclado a los curiosos, esa tarde observaba la colección otoño-invierno de ropa y de cosméticos inspirada por los feminicidios de Ciudad Juárez. Lanzada por la firma Zombi-Arte había causado revuelo en los medios. Las hermanas García, responsables de la colección, habían declarado a una revista de modas que la idea de presentar la pasarela surgió de un viaje por el interior del país para recabar información sobre chicas desaparecidas, algunas de las cuales participaban en el desfile. Las hermanas aseguraban que el ambiente sórdido motivaba a las adolescentes venidas de Tapachula a llevar en su indumentaria una paleta de colores sombríos. Los toques fúnebres del maquillaje se debían a la necesidad de "dramatizar" y "personalizar" las facciones decadentes de esas chicas apenas desprendidas de la teta materna. Lo que molestaba a las organizadoras del evento era que en los *blogs* y las redes sociales las criticaban porque con la excusa de vender productos de moda dieran a las púberes un *look* de muertas de Juárez poniendo en sus uñas el esmalte negro marca *Muerte en la Maquiladora,* el cosmético para sombrear los ojos *Párpados Castigados.* Con el lápiz labial *Desamor* le habían retocado la boca a una chica de la que sólo existía la foto de *Se Busca.*

*Niña de la Calle* era la loción utilizada en el cuello de una huérfana. *Muerte indolora* la mortaja vendida por la fábrica *Azote. Decrépita* se llamaba el tinte color ceniza que teñía el pelo de una quinceañera. Las referencias a la muerte atadas a la moda abundaban: *Paro Cardiaco, Asfixia, Plaga, Inmolación, Último Trance, Coma, Ocaso, Enterrada Viva.* Los maquillajes enfatizaban la palidez espectral, el semblante macabro, los labios exangües. Las marcas de perfumes y ropas eran *Anoréxica. Desorejada. Escuálida. Prostituta. Mórbida. Primer Estertor. Frustración. Vehemencia. Eternidad Brutal.* Una chica aludía a un accidente, otra a un homicidio, a un suplicio, a una violación. A las imágenes de las empleadas muertas cerca de las fábricas, difundidos por los medios nacionales, se añadía un elemento de muerte erotizada. *Naco-Narco* era la marca de una pistola con cachas de plata y cañón dorado.

Por una ventana se asomaba a la calle un pequeño rostro. Era una niña del tipo que ve cosas. Una gran X atravesaba su sudadera. Detrás de la lluvia vislumbré una tienda de conveniencia, una arena de lucha libre, una oficina de recaudación de impuestos y un cacto del desierto, perdido en el paisaje urbano. Policías con la muerte en los ojos iban a enfrentarse a zombis saqueadores de tiendas.

Cuando las chicas dieron una vuelta la niña salió a la calle con capa roja y minifalda de plástico que mal cubría sus muslos. Como ayudada por La Santa Muerte, que vuelve invisibles a aquellos que protege, pasó entre los proxenetas. Quedo, quedito, se alejó pegada a la pared.

"Ifigenia. Ifi.genia. Ifi". Creí que le gritó otra niña. Pero era mi imaginación. Nadie gritaba. El nombre lo profería el aire. Rumbo a Barrio Encantado se perdió.

## Desfile de zombis

Soñaba que Santa Teresa de Ávila daba las noticias de la mañana desde la cima humeante del Popocatépetl: "En el desierto de Misteca nació una cordera con ojos dorados y ningún carnicero la mató. En la punta de un saguaro el pájaro de las cuatrocientas voces entonó todas las variantes del azul y nadie lo escuchó". Pero la santa, parada en la fumarola subía y bajaba, hasta que desapareció en la niebla. Apareció en su lugar El Profeta de los Zombis sentado en un trono de cobre con una corona de latón, traje azul de algodón y gafas con vidrios blancos. Como en un cómic dirigía a sus súbditos un "HEH, HEH, HEH" interminable. Contestado por un rebaño postrado que emitía un "HEH, HEH, HEH". Del espejo salían réplicas diminutas, homúnculos de cuerpo transparente y con vidrios blancos en lugar de ojos. Armados con jeringas se me vinieron encima para inyectarme una droga. A gritos me rodearon: "¡Zas! ¡Paf! ¡Ñan! ¡Pum! ¡Muere, muere! ¡Brrrrum, ¡Uuum, uuuh! ¡Chap, chop, ¡pam, pum! ¡Muere, muere! ¡Ejem, ejem! ¡Bla, bla! ¡Ja, ja, jo, jo! ¡Talán, tilín! ¡Pum, pam, bum! ¡Bang! ¡Muere, muere! ¡Clonc, gluglú! ¡Bua! ¡Zas! ¡Hiiii, jiji! ¡Chiss, crag, chis, crag, crag, zzzzzzz! ¡Miau, gluglú! ¡Muere, Muere!" Las onomatopeyas sonaban como bofetadas de esas criaturas que se desplazaban por el cuarto. Sin saber si realmente soñaba o estaba despierto, yo me defendía de ellas con un martillo, hasta que girando alrededor de mi cama se metieron en el espejo absorbidas por su propio reflejo. Ajena a lo que pasaba, la Santa de las Levitaciones, con un gato con cara blanca en los brazos, abandonó su noticiero y la máxima de la Escuela de Salerno resonó en mis oídos:

Una hora duerme el gallo / dos el caballo,
tres el santo / cuatro el que no es tanto…,
y el perro y el gato / duermen cada rato.
Pero ¿a qué horas duerme el zombi?
En insomnio perpetuo / en su cuerpo tumbal,
tendido, levantado o errante,
dondequiera que vaya
será un pobre zombi letal.

El sueño fue roto por el correo electrónico de Hilaria:
"¿Qué pasa con Elvira?", preguntó.
"Sin cesar la busco".
"Si no puedes con el paquete, déjame ir a Misteca".
"Acabaríamos los dos en una fosa común. Ni se te ocurra venir".
"¿Qué vas a hacer ahora?"
"Salir a la calle".

En la plaza hordas de zombis se congregaban en torno de Habacuc, El Profeta de los Zombis. El fantoche andaba con un abrigo gris rata que contradecía su apariencia de zopilote etéreo. Su cuerpo tenía algo de arcaico. De él se decía que aún los aztecas feroces se habían quedado pasmados la noche en que lo vieron emerger de la pirámide de la Luna, la plataforma de aterradores sacrificios rituales donde se desmembraba a guerreros, se sepultaba a prisioneros vivos, se decapitaba a cautivos, se ornamentaban cráneos, se ofrendaban lobos, águilas y víboras de cascabel, y donde se creía que palpitaba el corazón violento de la Luna, a cuyo cuerpo cubierto de tierra y de sangre, con pies engarruñados se le vio caminar por la Calzada de los Muertos.

La plaza negreaba de zombis. Parecía que de noche se habían reproducido en la madriguera de Habacuc, quien reanimaba órganos muertos con carroña viviente. Todo parecía tranquilo, hasta que a una señal suya sus clones se me vinieron encima gritando: "Buey", "Uey", "Ey", "Ue", "Bah", "Beeee".

Evitando tocarlos, me hice a un lado, su tacto me era repelente. En el parque, un zombi se paraba sobre un banco (no se le ocurría sentarse) y un zombi futbolista tirado en el polvo respiraba cutáneamente como reptil, o bronquialmente, como pez. Delante de una escuela unos zombis, convocados por La Malinche Negra, protestaban por la matanza de zombis colegialas por una banda de policías ferales al servicio de La Malinche Negra. Otros, del servicio de limpia, se acostaban sobre la manta con el letrero de **NO PISE EL PASTO**, que en realidad debía decir **NO PISE LA CACA**.

Si bien había algunos que sincronizados por la desmemoria no sólo se olvidaban de sí mismos, sino de dónde estaban, y se paraban delante de un espejo queriendo tocar su imagen. "¿Qué ve la zombia en su reflejo?", me pregunté. "Sin volumen, sin olor, sin sonido, ¿su figura es la nada?"

Parejas de zombis andaban atadas como en el grabado de Goya "No hay quien los desate". Con mi cámara digital las retraté (mujer con hombre, mujer con mujer, hombre con hombre; en su estado el sexo era indiferente). Sufría al hacerlo, pues era como si yo mismo me fotografiara en una condición futura, en una generación de muertos vivientes para los que los rasgos personales habían perdido importancia. Alguien dentro de mí gritaba: "Fíjate en ellos porque los volverás a ver, al retratarlos te retratas a ti mismo. Mira su esqueleto debajo de las carnes pútridas como salidos de una danza macabra. Pero no son santos de un *Ars moriendi* que pagaron su salario de culpa, sino gente común y corriente que ignora su miseria. Tú también formas parte de esa muchedumbre de muertos vivientes y de vivos muertos. La muerte nunca antes se había desvestido tanto como en nuestra época. "Oh, muerte, ¿dónde está tu pureza? Oh muerte, ¿dónde está tu destino?", dije, más para oírme a mí mismo que para que me oyeran.

Vivos muertos con cuchillos sanguinolentos me bloquearon el paso. Acorralado contra una camioneta gris no tenía ni para dónde hacerme. Brutalmente me empujaban, hasta que una joven zombi se interpuso entre ellos y yo. Les gruñó algo ininteligible, un gruñido como de mudo que se esfuerza por articular palabras. Al fondo de sus ojos apagados se percibía un brillo humano como si una recóndita bondad viviera en ella, y en su boca torcida se esbozara una sonrisa. Mas como ellos persistían en su agresión, emitió un sonido y los zombis se apartaron. Se quedó parada mirándome con extraña simpatía, y yo escuché el soplo de sus pies desnudos pisando la banqueta.

En la avenida los zombis desfilaban delante del general Porky Castañeda, el vivo muerto con rostro descarnado y nariz carcomida. De su uniforme colgaban galones como corchos. Los codos de su chaqueta parecían pelados. Con él estaban el coronel Milton Maldonado y El Sik, El Kongo, El Kaibil y El Oaxako.

"¿Qué hacen en Misteca esos truhanes?", me preguntó Roberto por el celular.

"Los capos los usan para transportar alijos de droga y espantar al prójimo", respondí, "¿dónde estás?"

"Aquí en Puente Roto viendo a un simulacro de Samedi Baron, el señor de los cementerios haitiano, con un viejo traje negro y una cruz estampada en el pecho".

"¿Cuáles son sus credenciales?"

"Es proveedor de muertos al Señor de los Zombis y de niñas a La Malinche Negra; comanda un escuadrón de matones drogados y es dueño de una cadena de funerarias. Está casado con Brígida, una dama que suele vestir rigurosamente de negro".

"Tómate con el celular un autorretrato con ellos".

"Lo hago y me voy, los zombis me están rodeando".

La comunicación se cortó. Me detuve delante de un autobús baleado por policías ferales. Los pasajeros difuntos estaban sentados en las hileras. Todos *chidos,* agarrados con manos esqueléticas de los asientos. Todos sonrientes, con los dientes pelados. Todos ufanos, con la calavera limpia. Todos correctos, con las piernas cortadas y los zapatos regados por el piso. El chofer había dejado prendido el motor y la gorra en el asiento.

Todas las salidas y llegadas de la terminal
están suspendidas.

Una vieja empujaba una carriola. Una nena crecida sacaba la cabeza de una cobija rosa.

"¿Puedo ayudarla en algo, señora?", le preguntó un zombi pelirrojo con los ojos saltados.

"No gracias".

"¿Quién es?", pregunté a la vieja.

"El presidente del Patronato Nacional de Niñas Extraviadas. En los albergues las operadoras le avisan de la llegada de chicas nuevas".

"¿Cómo sabe?"

"Investigar es mi trabajo".

"Si no es indiscreción, ¿cómo se llama?"

"Norma Ortega".

"¿Hay una razón para su paranoia?"

"La razón se llama Malinche Negra". La falsa vieja se fue. El zombi pelirrojo comenzó a seguirla. Para escapar de su acoso, ella se metió en la Iglesia Promesa de Vida.

"¿Quién comanda a los vivos muertos?", llamé a Roberto por el celular.

"Porky Castañeda, lo estás viendo disfrazado de zombi pelirrojo".

"¿El general está ciego?"

"Es ciego intencional".

"Me urge hablar con Sonia. Pasan los días y no sé nada de ella. La última vez que le encontré en la calle puso cara de *Noli me tangere*, y siguió andando. Un día iba tan absorto que choqué con su trasero. Nalgas duras no eran, sino almohadones blandos. Volteó a verme enojada, y se metió en una casa. Sacó de su bolso una llave. La introdujo en una cerradura. Desapareció tras la puerta. Toqué. Me abrió una señora. "Busco a Sonia". "Aquí no vive". "Acabo de verla entrar". "Se confundió con otra". "Déjeme entrar, debo verla". "Este no es hotel ni burdel". "¿Dónde puedo hallarla?" "No moleste. Le daré un consejo. No se vaya en dirección a las dunas, por allá hay malandros. No camine junto al río, por allá hay malandros. Tome un taxi, pero cuídese del taxista, puede ser un malandro". "Dígale a Sonia que me urge hablar con ella". "Váyase a un antro. En el centro hay hartos. Si es la mujer que me afiguro va cada noche al Club Geranio".

"¿Qué vas a hacer ahora?", preguntó Roberto.

"Me dirijo al antro".

*La Prostituta Santa*

La mujer desnuda venía por la carretera con la boca floreada por un beso de plomo. Su novio, Tony Paranoia, espurio vendedor de llantas usadas, intoxicado con polvo blanco, la había atacado en una camioneta. Un automovilista al verla herida en el asiento del pasajero habló a una ambulancia. La policía consideró el evento "un levantón" sin causas para investigación. Ni inhumada ni autopsiada, permaneció en el Semefo como desconocida. Hasta que un guardia notando en ella signos de vida la dejó ir. No fuese a regresar el novio y lo liquidara.

La mujer de la carretera acababa de descender de un taxi. La seguían dos policías ferales amigos de Paranoia pidiéndole que se identificara. Pero ella no quería dar su nombre. Temía que fuese una trampa. Anunciada en los espectaculares en la carretera, su cuerpo voluptuoso encendía las noches lóbregas del desierto con imágenes de deseo y de muerte. Aun convaleciente iba a ser rifada como La Prostituta Santa.

Desde el otro lado de la acera me observaba un viejo beatnick. Túnica anaranjada, pantalones de mezclilla, tenis con agujetas rosas y sobre la frente una banda amarilla. Sobreviviente de la epidemia de drogas del siglo pasado, adornaba su pecho con collares huicholes. Vivía en un parque. Púber ajado, zombi punk o rebelde de ultratumba, un cartón a sus pies lo identificaba:

**John-Joan, bisexual. Oriundo de San Francisco. Llegué a mi centro buscando lo beatífico. Vine con una amazona ca-**

liforniana, que El Señor de los Zombis secuestró. Desde entonces la busco. Si alguien me informa sobre su paradero le daré un girasol.

"*Brother*, ¿dónde andas?", me preguntó.

"De aquí para allá, de allá para aquí".

"Sufro el síndrome de la bicicleta, si me paro me caigo".

"Qué pena".

"Voy a contarte las últimas novedades que he oído y visto: Drácula se suicidó. En Transilvania, Vlad, el príncipe de las tinieblas, se pegó un tiro. Con una bala de plata se atravesó el corazón. Pero no murió. A la salida del sol se clavó una estaca y se desintegró". Falto de aliento, John-Joan hizo una pausa: "Ni Allen en sus visiones ni Bill en sus delirios visionaron la muerte del No-Muerto. *Brother*, cansado hasta la demencia de acostarse al alba y levantarse en la noche, el vampiro se suicidó".

"Gracias por la información".

"*Brother*, hacia acá viene el fantasma de una pulga, el personaje de William Blake que salta de pierna en pierna. En su morral lleva peyote, el venado alucinante".

"Tengo que irme".

"Vamos a discutir visiones".

"Buenas noches".

"Aún es temprano. Te equivocaste de hora. Vives en un tiempo falso. Tu despedida no tiene sentido".

Me alejé de él mirando las casas vacías, las puertas quebradas, las ventanas rotas y los vagabundos en las aceras a punto de volverse zombis.

"Adiós, *carbón*", me gritó el beatnick desde un terreno baldío, y se puso a recoger sobres con polvo blanco. A la entrada del Club Geranio, un neón:

*Rifa de La Prostituta Santa. Compre su billete.*

En mi celular apareció el premio bajo el nombre de Marlene Fernández. Con senos de sirena como pescados, de sus pezones brotaban hilillos blancos.

"La policía quebró la puerta de Estética Pereira donde se le mantenía encadenada. Los zombis reunidos a la puerta se lanzaron sobre ella con ganas de devorarla. Rescatada por la policía, se le tuvo que proteger del general Porky Castañeda, pues quería llevársela a su casa para hacerle exámenes médicos sobre su virginidad agraviada", me llamó Roberto.

"Identificada por la detective Norma Ortega como Señorita Sinaloa, ella se negó a contar su historia", dije. "Aunque en los noticieros de la noche se le vio bajar la escalera de la casa de citas sin ocultar su rostro a los fotógrafos, contoneaba el cuerpo".

"Si quieres reinas púdicas búscalas en el cielo", dijo Roberto.

"Cuéntame más".

"Las tribulaciones de Marlene no comenzaron el día de su secuestro ni la noche de su rescate. Varias veces había sido raptada y violada por Tony Paranoia, incluso la noche de su coronación como Niña Simpatía. El regalo de Tony a su Cenicienta fue un carro plateado de 100 mil dólares. Con dos palabras sobre el parabrisas: *Sueño Mágico*".

"En el guardarropa de Estética Pereira la detective Ortega halló un vestido de seda Shantung, una tiara de plata con rubíes y cristales de Swaroski y un fusil AK-47. Regalos de Tony Paranoia", dije.

Roberto continuó: "Su madre Aurelia apodada La Canaria Roja por su gusto de andar con pantalones rojos entallados y peluca rubia, viuda de un sicario acribillado, era socia del salón El Sábado Fatal. A los nueve años metió a Marlene al concurso de Niña Simpatía vestida de ángel rural. A días de su liberación, Aurelia la encerró en un cuarto. Marlene, bastante agresiva, atacó con tijeras a la enfermera que la había inyectado. Con los senos pintados como calaveras verdes, le dio por tomar baños de sol en la azotea. Desnuda hasta las botas, con el pelo teñido rojo fuego, se dejó admirar por un Orfeo de barrio que le tocaba con una guitarra eléctrica. No cantaba, unos sicarios le habían cortado la lengua. Esto hacía ella cada tarde, hasta que una noche examinando su cuerpo en el espejo, hallándolo deseable, se enamoró de su reflejo, apretó las nalgas, la raja del trasero, sonsacó los pezones, el monte de Venus rasurado, y se descolgó por la ventana. Se fue por Paseo del Triunfo sin reparar que El Matagatos la seguía envuelto en una cobija verde predicando el fin del mundo. El domingo la vi en el cementerio. Sentada delante de una fosa abierta. Lloraba a su hermana secuestrada el día de su cumpleaños por El Deca-pitador Fantástico. Temía por su suerte, el sello del sicario era arrancar cabezas. Cuando me acerqué, decía: "Ando en busca de mi cadáver para devorarme a mí misma". Esa noche me topé con ella en Callejón Durango. Llevaba pantaloncillos cortos de plástico y botas vaqueras. Miraba las luces ahogadas de un charco como si en el agua sucia estuviese estancada la imagen de su hermana. Al amanecer una sombra se plantó delante de ella. Era su Orfeo, cuyo deceso había sido muy sonado. Su resurrec-ción como zombi, todavía más. Formaban su cara alambres, jugos amargos y retazos de narco baladista asesinado. Él la contempló con ojos muertos. Marlene lo miró apasionada. Y ambos, depredador y depredada, cogidos de la mano, se fueron por la calle solitaria.

*Club Geranio*

Geranios rojos desbordaban las macetas de barro negro y colgaban hacia abajo como caritas rojas. Junto a la puerta se avisaba:

## NO SE ADMITEN ZOMBIS

"¡Identificación!" El Amarillo era el *bouncer*. Con gafas de sol, pistola al cinto y cara de controlar la entrada al paraíso hurgaba en las ropas y en los genitales de clientes y clientas en busca de drogas y armas. En su gorra militar:

## DYSFUNCTIONAL ZOMBI
## LEAVE ME ALONE!

"No se detenga". El Amarillo, entre los dientes podridos una colilla muerta, empujó hacia dentro a un cliente.

"Excuse, ¿está usted muerto?", una recepcionista preguntó al que entraba.

"¿Quién puede saberlo?", respondió un viejo ojeroso.

Un letrero con letras rojas se prendía y se apagaba:

## SIGA LA MODA ZOMBI

"Crunchy, crunchy, dese un toque", una vendedora con botas y guantes negros ofrecía cigarrillos de marihuana marca *Cielito Lindo* y *La Cucaracha*.

"¿Quieres compañía?" María Navaja daba la bienvenida. Había llegado al club del brazo de Tony Paranoia. Se cubría los senos con calaveras rojas. "¿Te gusta la venezolana o la argentina o la rumana?"

En la pared se indicaba:

**Cinco maneras de identificar a un zombi en la pista de baile:**

**1. Al bailar su paso es corto.**
**2. Arrastra los pies por el piso.**
**3. De repente se para como si se quedara yerto.**
**4. Hombre o mujer su movimiento de cadera es leve.**
**5. No flexiona las rodillas en los tiempos 2 y 5 del baile.**

Un corredor se abría en tres secciones: Salón Geranio, Salón Jamón y Salón Luna de Cuatro Noches. Los clientes eran distribuidos por su "peso" social. En el primer salón las paredes estaban adornadas con fotos de María Navaja, Marlene Fernández y Venus García. Lo frecuentaban reguetoneros, rateros, madrinas y pobres diablos. El segundo, atendido por edecanes con faldas cortas y pechos desnudos, tenía por clientela a vendedores de coca y pastillas sicotrópicas, distribuidores de coches, bodegueros de granos, gerentes de bancos, sargentos en asueto y oficiales de la policía. Al tercero, atmósfera de mil y una noches, decorado con espejos estilo Art-Narco y amueblado con sillones rojos con cojines de seda y tapicería oriental, acudían los gobernadores, los alcaldes, los tesoreros, los dueños de maquiladoras, los capos pesados y los comandantes de zonas militares. En éste último un zombi daba manotazos a un piano. Nadie escuchaba el "Nocturno" de Chopin. Pero al artista lo único que le importaba era la discrepancia entre su cuerpo y el banquillo de patas bajas en que se sentaba, pues tenía que alcanzar los pedales con un pie primero y luego con el otro. Tocaba suavemente las teclas blancas y negras hasta que se soltó dando golpes tan fuertes al teclado que el mecanismo de percusión hizo voltear a los vivos muertos hacia el músico extraño.

Venus García bailaba, Tony Paranoia cantaba "La trova de Zombi María":

*Si yo pudiera, Zombi María,*
*jugar en la noche profunda*
*con tus naranjas de oro,*
*si pudiera estar contigo*
*cometiendo el sexto pecado mortal*
*en tu cuerpo descarnado, novia mía.*

*Entre tus piernas enardecidas*
*resucitaría el anhelo*
*de perder los sentidos.*

*No importa que no tengas voz,*
*Zombi María,*
*yo quiero vivir contigo este loco amor.*

*Así se te caigan los labios de la cara*
*y los ojos se te salgan de las cuencas,*
*te seguiré hasta el fin del mundo, novia mía.*

*Y cuando estés cansada del amor*
*de la carne, cantaré en tu tumba*
*la canción de la arena lejana.*

*Los monstruos never die, never die,*
*novia mía,*
*tampoco mi amor por ti, Zombi María.*

Se alumbró el salón. Una luz roja halló la cabeza del pianista zombi. El cliente en la penumbra no aplaudió. Neón y kriptón proyectaron geranios verdes sobre las caras y el piso. Las cortinas de gasa revelaron a seis féminas desnudas. A la izquierda estaba Oso Negro, una poblana con el pelo rubio y el vello de abajo prieto. A la derecha La Maya, con su perfil de pájaro fogoso. Venus García era la tercera, la tez bruñida como una máscara cubana. Marlene, La Prostituta Santa, era la cuarta. La quinta, una menor con peluca de mujer adulta que se acicalaba los rizos frente a un espejo de mano. Sonia, con el cabello falso sobre la cintura como un manto. Tony Paranoia, conocido por su afición a golpear mujeres con sus zapatos blancos, era el animador.

Con una seña contraté a Sonia. Para hablar a solas me la lleve a una mesa con una pantalla en forma de geranio. Pero como las paredes oían, las cámaras del techo espiaban y los meseros pasaban cerca de nosotros con micrófonos en la solapa, éramos discretos.

"La Malinche Negra tiene a Elvira, ¿podrías confirmarlo?", le pregunté.

"No sé si pueda".

"Inténtalo".

"Hacerlo puede significar la muerte", Sonia dio un sorbo a su margarita.

"Quisiera que fueras al Registro de Periodistas Foráneos, donde guardan los archivos sobre la trata".

"No lo prometo".

"La semana próxima saldrá un envío de chicas a Estados Unidos. Las mandan para la prostitución forzada. ¿Podrías investigar si Elvira está en el cargamento?"

"Desde aquella mesa nos observan las gemelas Cristal y Mezcal. No voltees a verlas".

No hice caso y sus ojos negros como arañas capulinas se clavaron en los míos.

"Trabajan para La Malinche Negra". Sonia, pretendiendo beber las señaló por encima de la copa.

"Una parece tuerta".

"No lo está".

"La otra, encinta".

"No lo está.

"Una trae collares de perlas".

"Falsas".

"Una lleva pistola en el bolso y en la sudadera navajas cruzadas sobre un cráneo".

"Es su insignia".

Colores verdes alumbraron la pista en forma de disco de acetato de 78 revoluciones. Venus García, senos envueltos en encaje, y Tony Paranoia, manos en los bolsillos, salieron a bailar. En el centro del eje del plato movieron la cintura con cadencias de palmera como si fuesen a morirse bajo los compases. Él le susurró:

"Quítate esa cara de entierro, vas a hacerme llorar".

"Me duele la cabeza".

"Tómate una pastilla".

Venus se agachó y con los labios cogió de su mano la cápsula que él le daba.

"Corres peligro", Sonia me dijo en la pista de baile.

"Eres una gran bailarina".

"Y tú, pésimo".

"La cuenta", pedí al mesero.

"¿No quiere el tequila?"

"No".

"Vamos a la oficina, veremos a La Malinche Negra dándose un pasón", reveló Sonia en el corredor.

"¿Qué hay allí?"

"Fotos de celebridades y de amigos de Tony Paranoia. Retratos de niñas y niños. Una gran colección".

¿Qué más?"

"Camas infantiles. Mesas con botellas de coñac. Pedazos de dientes. Gafas rotas. Toallas. Tijeras. Tangas. Faldas. Sostenes. Calzones. Tampones higiénicos. Anticonceptivos. Frascos de talco, ¿para qué sigo?"

"¿Tienes evidencias?"

"Una revista porno con fotos de botellas de *coñács*".

"¿Podría ver la oficina?"

"El Amarillo se huele algo, si me ve contigo me mata. Nos vemos en el Solárium".

"¿Qué es eso?"

"El lugar donde los jubilados de la vida acuden con la esperanza de perder la impotencia. Pagan para refocilarse con jóvenes drogadas. Te dejo con La Maya". Sonia desapareció detrás de una cortina de terciopelo rojo. En un estanque la mujer pequeñita con grandes senos como flotadores nadaba boca arriba.

Nonagenarios con prótesis dentales u oculares de vidrio, mamarias o genitales, en sillas de ruedas, carretillas o literas no cesaban de pasar. Semidesnudos, la panza hinchada, los hombros caídos y los genitales hundidos se dirigían a la Fuente de Juvencio. Para ellos había una alberca alimentada con aguas extraídas del manantial de Tlacote. Bombeadas a grandes tanques de acero suministraban el agua a los grifos. Un anciano, a pesar de los poderes curativos de las aguas termales emergió después del tratamiento con las mismas arrugas, manchas, uñas quebradizas, calvicie y piel reseca como entró.

Alrededor de una piscina techada, en sillas playeras con luces ultravioletas, se asoleaban cuerpos decrépitos. Ayudados por aparatos ortopédicos, muletas y patas de metal, o con piernas y manos artificiales, bebían las aguas regenerativas. Con el bisoñé teñido, la tez cetrina, los dientes postizos y los ojos sombreados traían bolsas con tabletas de viagra. Habiendo ingerido las pastillas azules registraban rubor facial, visión borrosa y palpitaciones, esperando que el fármaco les reparara la disfunción eréctil. Pero después de prepararse para una erección no pasaba nada, sus penes se colapsaban. El Club de Toby era el Club de Progeria.

"Esta noche la empresa ofrece a los peregrinos de San Matusalén compañía joven y simpática. Los interesados, síganme". Una modelo con falda corta y pechos desnudos condujo al grupo al estanque donde las ranas de plástico del burdel acuático croaban en las aguas.

"¡No!", gritó Maya, la cara toda dientes, pescada por debajo por una mano.

## VIZ VERY IMPORTANT ZOMBI

A la puerta del salón decía el letrero. Un tipo con gafas negras examinaba por detrás a las muchachas.

"No me toques", Marlene Fernández se defendió de un manoseo con uñas largas.

"Bah". De mala gana El Matagatos cogió un vaso como para estrangularlo. El Amarillo, con un celular pegado a la oreja, miraba amenazante.

Un gong anunció las doce. Tubos de neón alumbraron a las teiboleras en diferentes estados de descomposición. Venus García era la atracción. Marlene, con la boca floreada por un balazo estaba a su lado. Políticos, empresarios y miembros del Sistema Nacional de la Corrupción miraban con binoculares tetas, piernas y traseros.

"¿Qué idioma hablan las bailarinas?", preguntó un industrial de Monterrey.

"*Creole patois*. En pequeñas dosis puede ser original, y hasta musical". Tony Paranoia, el narco junior proveniente de Tijuana, se había formado en los vericuetos de las apuestas deportivas, las terminales electrónicas, las salas de Bingo y las carreras de galgos de los casinos.

"¿Están listas para entrar en acción?"

"Así es, aquí están ellas *for you and for it*". Tony, con saco blanco, pantalón negro y reloj Rolex, cortés pero elusivo, se escapó metiéndose en el cuarto de juegos. En la pared una máscara azteca de obsidiana negra parecía un grito en la oscuridad.

Un caserío popular al pie de un cerro fue iluminado. El río, aguas negras y peces podridos. La sombra de un guardaespaldas, magnificada por un reflector, fue proyectada sobre el muro del palacio de gobierno local. Sus ventanas, como de prisión. Envuelto en incienso entró un chivo con velas en los cuernos. A ritmo de tambores saltaron dos danzantes meneando las caderas.

"¡Venus García!" Anunció por un micrófono Tony Paranoia y su cuerpo fue alumbrado por luces cruzadas. Con los pechos desnudos, el rostro enharinado y la cabellera electrificada la bailarina, mirando al vacío, se arrojó a las rodillas de un cliente.

"Debe abandonar el salón". El Amarillo, con una cadena en las manos, me mostró los dientes podridos.

"¿Por órdenes de quién?"

"De la artista".

"Déjeme hablar con ella".

"No discuta, tiene que irse".

"Quiero ver el espectáculo".

"Lo siento, míster, es el reglamento", El Amarillo me apuntó con una pistola.

";Oyó, míster? Písele al acelerador", La Culebra me empujó hacia la puerta. Señaló a dos zombis en la calle: "Le recomiendo que no vuelva. Esos malandros le comerán el miembro, el hambre apremia".

"¡Lykos! ¡Lupus! ¡Lobo!" En la calle alguien azuzaba a los perros, que de lejos parecían patas largas y orejas paradas, pero de cerca, ojos chispeantes, quijadas descarnadas y lenguas de fuera. Perseguían a una niña.

En su fuga ella sorteaba baches, buscaba puertas, un lugar para meterse. Los animales recordaban a los perros del conquistador, que eran soltados en los campos para cazar a los naturales huidos de los corrales donde los mantenían cautivos. Al alcanzarlos, los despedazaban. Unos llevaban armaduras. Otros, un collar de metal.

"No te muevas". Sonia me empujó contra una pared para protegerme de la jauría cuando un rottweiler y un doberman salían de una puerta lateral del Club Geranio y un mastín color gris, reminiscente del Becerrillo devorador de indios, venía hacia mí. Los pitbulls, los bulldogs y perros de caza y presa mordían el aire. O se mordían entre ellos. Sus colmillos babeaban. De sus jetas chorreaba sangre de pollo y de cerdo.

"¿A quién acosan?", pregunté.

"A la niña de la calle que llevaban al Hospital Pediátrico para un servicio, y se escapó".

"Regresemos al club", dije. Pero alguien cerró por dentro la puerta con una tranca.

"Je, je", a través de una vidriera El Amarillo, con una cadena en las manos, se burlaba.

Sonia se pegó a la pared. Una perra monstruosa, un híbrido extraño, estaba a punto de embestirla. Como recién salida de una tumba, rabiosa daba tarascadas al aire. De su collar colgaba una misiva: "La Malinche Negra les manda saludos. No puedo decir lo mismo de mi perra. Ella quisiera matarlos a mordidas. El Matagatos".

"Rápido, rápido", El Amarillo incitaba a la perra. La Culebra, en moto, con gafas negras de sien a sien, venía con un picahielo. Clientes, sexoservidoras y meseros observaban por una ventana la carnicería.

La niña se metió en una casa. Los perros, parados de manos sobre la puerta, ladraron. El Amarillo, haciéndose presente, sacó a la fugitiva jalándola de los cabellos, y se la llevó en una camioneta negra.

Llegó el alba. No había taxis. Sonia y yo nos fuimos andando hacia el hotel. Unas veinte calles.

*Noticias de Tarzán*

Hacia las ocho de la noche recibí un correo de Hilaria:

*Hola Daniel.*

*Quiero darte una buena noticia: Esta tarde Tarzán fue res-catado con vida de un edificio en llamas. Junto a veinte perros que se encontraban secuestrados en un departamento en el quinto piso de un inmueble en la Calle de Jacarandas de la Colonia Zo-diaco nuestro perro fue liberado. Con ellos estaba un hombre de 65 años de edad plagiado.*

*Una vecina enfermera escuchó quejidos en una habitación y al notar que salía humo por las ventanas y que unos perros al sentir el fuego arañaban la puerta y ladraban dio parte a la po-licía y llamó al Cuerpo de Bomberos. Minutos después acudieron al lugar seis agentes en dos patrullas y una compañía de tragahu-mos para inspeccionar el inmueble situado en las inmediaciones de Avenida Universidad. Por hallarse la puerta cerrada por den-tro, un elemento tuvo que subir por una escalera y romper a ha-chazos la ventana de cristal. Entonces hallaron al hombre en el rincón de un cuarto amordazado, atado de manos y pies con alam-bres, y con los ojos cubiertos con cinta adhesiva.*

*Los primeros canes salvados fueron dos Chihuahuas que estaban en jaulas, un Xolo color carbón que no se sabía si estaba así por el fuego o por su color natural, tres caniches atrapados en la cocina y un labrador negro, cuya placa en el collar lo iden-tificó como a nuestro Tarzán.*

*De acuerdo al jefe de bomberos que respondió a la llamada de auxilio, el siniestro se originó en el cuadro eléctrico y al reven-*

tar una ventana se propagó por el resto de la vivienda. Se ignora si el incendio fue provocado.

Para escapar del fuego y del humo algunos canes se refugiaron en la cocina, donde estaba una ventana abierta. Tres perros grandes murieron por quemaduras. En la sala y la recámara principal se hallaron heces y orines, pues por estar secuestrados a los animales no se les permitía salir a pasear. La banda de plagiarios guardaba allí desde hacía semanas y meses a las víctimas caninas a la espera que los amos pagaran el rescate.

Notificados los dueños de las mascotas por la policía, a mí me entregaron a Tarzán. Sano y salvo, aunque presentando leves quemaduras en la piel y problemas de respiración a causa del humo inhalado. Como estaba sediento, hambriento y pulguiento, lo interné en una clínica veterinaria hasta lograr su recuperación.

Un agente que investiga el caso me dijo que al parecer las bandas de secuestradores de canes y de personas son distintas, aunque pueden estar relacionadas. Sobre la primera se sabe que opera en calles cercanas a Parque Hundido. Sobre la segunda, la que supuestamente se llevó a Elvira, no pudo decirme nada por carecer de pistas.

Te ama, H.

Hola Hilaria

Leí tu carta, la imprimí y la llevo en el bolsillo. Espero que el rescate de Tarzán anuncie el de Elvira. Te envío un poema que escribí esta noche. Daniel.

Elvira, ¿qué manos tejieron sombras en tu cara
y vistieron tus piernas con falda desgarrada
para que anduvieras de noche y de mañana
horrorizada de tu cuerpo, amada?

¿Quién te puso ropa de mujer adulta,
y te pintó los párpados de herrumbre
para que tu rostro en el espejo
mostrara las navajas de la nada?

*¿Quién te reblandeció las carnes*
*y te arrancó las uñas esmaltadas,*
*te dejó miserable y desolada*
*en el jardín de la infancia profanada?*

*¿Quién te trajo a la ciudad malvada*
*para ganarte el pan de cada día*
*en las cloacas de la madrugada,*
*a ti, la chica más popular de la primaria?*

*¿Por qué en esta ciudad de zombis*
*la nada no es como en otras partes,*
*por qué debe ser irrompible, de granito,*
*más dura que la nada abstracta?*

*Pero en tu resurrección prestada,*
*como en una segunda vida, un día*
*andarás las calles de la ciudad malvada*
*absolutamente deslumbrada.*

*El Matagatos*

Lo primero que vi debajo de la puerta fueron los zapatones negros de El Matagatos. Y la sombra de su mano deslizando un papel:

*"Sr. Daniel Medina.*
*Su credencial está lista. Puede recogerla en la oficina del Registro de Periodistas Foráneos. Si no lo hace en las próximas 24 horas será cancelada. Queda prohibido ejercer su profesión si no está debidamente acreditado. Roberta Bodrio. Secretaria".*

"El jefe quiere verlo". Roberta Bodrio con paso indiferente y senos reprimidos me condujo al ascensor cuando llegué al Registro. Apoyó 5 y la puerta se cerró. Se abrió en la planta 2, donde subieron La Culebra y El Amarillo. Poco comunicativos, con mirada inquisitiva, con una llave cambiaron el descenso a la planta 7. Y como si temiesen que me fuera a perder me condujeron a una oficina mal alumbrada, con tapete zancón.

Sobre el escritorio reconocí los zapatones negros. Detrás de ellos, entre cajetillas de cigarrillos y celulares de diferentes colores, estaba la cara renegrida del asesino.

"¿En qué puedo servirle?" Guardó en un cajón las tarjetas de las compañías, constructoras, pesqueras, hidroeléctricas y mineras, a las que ofrecía "consultoría".

"Vine a recoger mi credencial".

"En vez de mandarle policías, pedí a mi secretaria que lo invitara a tomar un café".

"Sobre los policías, dígales que dejen de espiarme".

"No sé de qué habla".

"Me siguen por dondequiera".

"Hablemos en plata, ¿cómo puedo ayudarle?"

"Necesito encontrar a mi hija".

"Me refiero a cuánto dinero quiere para que deje de meterse en lo que no le importa".

"¿Por órdenes de quién?"

"De su servidor, el director general del Registro. Permítame. ¿Sí?" Cogió el teléfono rojo. "Enterado".

"Estoy realizando un trabajo periodístico".

"Lo sabemos, pero se mete en otras cosas".

"El reportaje que preparo es complejo".

"¿Sabe que hay muebles a los que les faltan bisagras y gentes a las que les sobran viagras?"

"Nunca pensé ser comparado con bisagras y viagras".

"¿Sabe que cuando me enojo puedo arrancar puertas?"

"No sé qué quiere decir".

"¿Sí? Escucho". Cogió el teléfono negro. Mientras hablaba paseé los ojos por fotos de zombis en los muros. Unos quitaban el aliento por su fealdad. Otros por su ferocidad. Algunos, con la cabeza partida, las mandíbulas dislocadas, la dentadura sin cara, tenían los ojos como huevos hervidos. Impresionaba la foto de un zombi que desgarraba a un gato con las manos. El grito mudo del felino parecía emerger del pecho perforado y retumbar en los espacios oscuros de la tarde.

"Cuando acabe de ver mi colección hablamos".

"La foto del gato me quitó el aliento".

"Odio a los gatos", confesó El Matagatos "Entre más los veo más los aborrezco y entre más pienso en ellos más maneras encuentro de matarlos, ahogándolos en una piscina o sofocándolos en una bolsa de plástico. No soporto sus ronroneos ni sus maullidos, y si me topo con ellos en la calle lo único que me inspiran es jalar el gatillo. Desde el día en que abrí una puerta creyendo que estaba encerrado un escuincle y me saltó uno a la cara, quiero poner veneno en su leche. Y mientras más alguien me cuenta que son lúdicos y adorables más los detesto.

Fingiéndose amigos dan el arañazo o la mordida. El felino es fétido y pérfido. No sólo eso, me recuerdan la noche en que mirándome en el espejo hallé en mí mismo facciones gatunas y me marché a la calle y me metí en una casa abandonada en busca de gatos ferales para cazarlos a la luz de la luna. No es chistoso, no soporto sus ojos hipnóticos que se meten dentro y aun con la luz apagada los sigue uno viendo. Pero basta de hablar de gatos, mejor pasemos a otro tema de conversación. Dígame, ¿está casado?, ¿sus hijos estudian, trabajan o se fueron de migrantes al otro lado?

"¿Quién es el zombi que desgarra al gato?"

"Su servidor".

"Parece eficiente".

"¿En qué consistirá su trabajo?"

"Visitaré lugares, haré entrevistas".

"¿*Where* se hospeda?"

"En el Gran Hotel de Misteca".

"*This* hotel está clausurado".

"No tiene sellos".

"¿Contactará a defensores de derechos humanos?"

"Si es necesario".

"Drogadictos, busca pleitos, *be careful*". El Matagatos se levantó del escritorio para dirigirse a una mesa sobre cuyo mantel estaba un frasco de café soluble. "¿Gusta?"

"Usted me recuerda a Júpiter Martínez".

"I was Júpiter en otra vida. Llámeme Felipe de la Cruz. O Juana Manuela Gómez Robles, como guste".

"Cuando haya superado su temporalidad, digo, cuando se haya muerto, en las fosas comunes los nombres serán intercambiables, las fechas abstractas, el sexo indiferente. Ahora me importa saber si es usted Júpiter Martínez".

"Deje de putear".

"En la lista de sus crímenes hay dos que no perdono ni olvido, los de mis padres".

"Oh, yornalistas tener imaginación", comenzó en voz baja y acabó gritando: "*Fock'yu. Bai, bai,* hijo de *bitch*". Enseguida apretó con ambas manos el frasco de café como para estrangularlo. Vació su contenido en una taza. Dejó poco espacio para el líquido. Movió con dificultad la cuchara. Y como si se abriera paso en el fango, le echó un chorro de agua, y a cucharadas empezó a comerlo.

"¿El Señor de los Zombis tuvo algo que ver en la muerte de mis padres?"

"No se meta con él porque saldrá perdiendo". El Matagatos bebió el café de un trago. Delante de una pared amarilla, con gesto deprimido, pareció visionar algo.

"Adiós", dije, aunque quise vaciarle la pistola.

*Algo sobre el Anticristo*

"Creo en el General de los Desalmados, en el Señor de los Cementerios, en el Extraterreno que ha desolado la tierra sobre la que marchan ejércitos de zombis, y que produjo a Bokor, su hijo, que se gestó en el cieno nacido de mujer con un cadáver. ¡Heil Señor de los Zombis!

"Creo que cuando sus planes se hayan cumplido y todos los hombres y todos los animales se hayan vuelto muertos vivientes, y enlistado en sus ejércitos, las Fuerzas Zombis se reunirán con su progenitor para regir la tierra durante quinientos años. ¡Heil Señor de los Zombis!

"Creo en los mellizos malvados Herman Goering, fundador de la Gestapo y los campos de concentración, y Joseph Goebbels, ministro de propaganda para la Conversión Global, qué digo, Carlos Bokor y Charlie Rokob. ¡Heil Señor de los Zombis!... ¡Mentira! Vosotros, mis vivos muertos hijos de puta que os abrís paso en los caminos de la sobrevivencia, oíd esto que os digo: Sois unos resucitados, ¿por qué no miráis a vuestras espaldas el tiempo pasado cuando érades vivos? ¿Por qué arriesgaros a la segunda muerte por servir al Señor de los Zombis?" El sacerdote Douglas Martínez predicaba con su chaleco antibalas puesto por miedo a que uno de los fieles fuese un sicario. Detrás de él estaba vacío el marco de la pintura de la Virgen robada por un esbirro del capo. Por ese hurto la Iglesia Promesa de Vida parecía huérfana y en vano se había tratado de reparar su ausencia colocando en un costado del altar la imagen de un San Fermín decapitado con su cabeza entre las manos. Donación de un panadero de Pamplona.

Impresionada por el sermón una beata rezaba en la primera fila con un rosario en una mano y un tetra pak de vino en la otra. Los gritos de los vendedores callejeros entraban en la iglesia:

"Soy la Sanadora de la Envidia. Por trescientos pesos ofrezco amarres rápidos, limpias integrales, remedios para el mal de ojo. Garantía Total".

"¿Problemas de la mujer? ¿Embarazo? ¿Interrupción del aborto? ¿Dificultades en la vida lésbico-gay? Clínica Médica. Avenida Independencia 17".

"Alquilamos guaruras a domicilio sin costo adicional. Chalecos blindados, autos sin placas, celulares y motos de emergencia a bajo costo".

"En Misteca no hay nalga fácil, lo fácil es morirse en un antro. Ataúdes Metálicos le ofrece floreros y lámparas a prueba de bombas y balas para lápidas de parientes expuestos a profanaciones post-mortem".

"Si Cementerio Colinas del Paraíso está lleno y sus ventas a perpetuidad aumentaron por el exceso de cadáveres, abriremos un anexo en Barrio Encantado".

"La presencia de zombis en Misteca es la señal del fin de los tiempos. Los muertos vivientes son hijos del demonio". La voz tonante del sacerdote Douglas Martínez retumbó en la iglesia, mientras sus dos guardaespaldas con gafas oscuras de sien a sien, escopeta en mano, daban un paso hacia delante para protegerlo.

Roberto, con chaqueta de cuero, pantalón caqui, botas de combate y cara de desvelado miraba a Sonia en un banco próximo. Incómoda a causa de su falda corta, cruzaba y descruzaba las piernas tanto que llegué a preguntarme con qué propósito lo hacía.

Los despedidos de las maquiladoras del ramo biomédico, automotriz y electrónico, las prostitutas de medio tiempo y de tiempo completo ocuparon la sillería. Empleados de despepitadoras de algodón y destilerías de whisky, de fábricas de aceites, jabones, escobas y molinos de harina, entraron por la nave lateral, mientras feligreses locales se mezclaron a los paisanos deportados de USA, quienes, incapaces de regresar a sus lugares de origen, se habían establecido en el valle de Misteca.

Desde una capilla un Cristo bañado en fluidos corporales observaba a los pobres. Un líquido amarillento confería a su rostro una tonalidad de orina y de cerveza. Bajo su manto se notaban las costillas peladas. La corona de espinas sobre el cabello canoso le daba aspecto de loco. Sus rasgos indígenas se parecían a aquellos con que los imagineros del siglo XVI llenaron las iglesias construidas por los frailes.

"A un zombi venerado aquí como a La Santa Muerte lo eché a la calle junto a sus fieles cuando hallé en un tapanco a una virgen de Guadalupe en cuyo estuco latía el corazón de la antigua Theotokos". Clamó el sacerdote, a la par que entraba a la iglesia un zombi en moto. Perseguía a La Canaria Roja, a la que acorraló en el presbiterio.

"¿Éste es el placer que buscas? Toda la muerte es tuya". Ella, tirando al suelo su peluca rubia, se abrió la blusa para mostrarle los senos cancerosos.

"Según el gobierno no hay crisis de empleados, porque para cien mil parados hay tres vacantes. Amigos míos, apúrense a llenar sus solicitudes". Ironizó el sacerdote, ignorando que el zombi de la moto se marchaba y la mujer se escondía en la sacristía. "No hay crisis alimenticia, no, contamos con medio millón de proveedores de carne humana y con una considerable población de vivos muertos que la consumen".

"¿Viste al Señor de los Zombis montado en la moto?", preguntó Roberto.

"No".

"Estoy seguro que era él".

"Tenemos que destruir a los zombis que invaden nuestra suciedad, digo, nuestra sociedad. Para que no contamine las fuentes de la vida erradicaremos a esa encarnación del mal llamada Legión Rokob. Para sacarla de las calles primero debemos extirparla de nuestro corazón".

Los ojos de Sonia refulgieron. Sus cabellos punk eran llamas negras. No sabría explicar por qué, pero en ese momento me pareció la diosa de los amaneceres. La apodaría "La Vaca", porque sus pechos al alba eran como "vacadas" derramando rayos en las manos de los que los acariciaban.

"Lástima que sea puta". Tony Paranoia, gerente de bares y cabarets, acababa de traer un cargamento de adolescentes de Honduras. Con el engaño que iban a trabajar de meseras las metió de sexoservidoras en Misteca y las exportó a Los Ángeles. Bajo las gafas negras estaba pálido, como si no hubiera dormido en mucho tiempo.

"No estoy aquí para hablar de la escatología apocalíptica ni para instruir sobre el reino milenario. No puedo explicar lo que pasa en las calles, pero algo terrible está pasando", tronó el sacerdote. En mi mente parecía deslizarse del altar al coro, de la nave al ábside como si tuviera el don de la ubicuidad. Lo veía con los ojos abiertos y cerrados, en sotana, en huesos y en cueros. "Los zombis son la señal del fin de los tiempos, mensajeros del hijo del mal. *A peste, fame et bello, libera nos, Domine!*"

Sonia volteó a verme.

"Vístete de poder, oh brazo de Jehová, como en los siglos pasados. ¿No fuiste Tú el que hirió de muerte al dragón del mal? ¿No fuiste Tú el que secó las aguas del gran abismo y para los redimidos abrió caminos en sí mismo?"

Tony Paranoia salió de la iglesia.

"La leyenda del Anticristo es el espejo de nuestro miedo. Mi visión del Anticristo como oponente de toda bondad no está basada en una manifestación histórica, sino en su presencia nefasta en nuestra cotidianeidad. Si bien en el pasado la maldad humana fue calificada como obra del Anticristo Nerón, del Anticristo Hitler y del Anticristo Stalin, en nuestra época esa maldad no es individual, sino colectiva, no es local, sino global, no es exterior sino interior. El vivo muerto, el hombre medio caníbal, contamina la idea de hombre. Les dejo una pregunta para su reflexión: ¿Por qué hay tantos zombis entre nosotros? ¿Qué relación guardan con el Anticristo? ¿Son señal del Juicio Final?" El sacerdote tosió las palabras y gritó a pleno pulmón: "Váyanse tranquilos, hermanos, pero no olviden una cosa: El Anticristo soy yo".

"Te agradezco Señor amigo tu perdón y amor". Cantando la gente abandonó la iglesia. Sonia antes que nadie. Sonia, entre los fieles, se precipitó a la salida.

El sacerdote le gritó:

"Mejor congelar el culo que quemarse en el infierno".

En voz baja ella replicó:

"Hijo de puta".

Los guardaespaldas la siguieron a la calle.

*La Armería Americana*

Paseo del Triunfo era la parte vieja de Barrio Encantado. Desde una colina se podía ver el Río Bravo. Y se tenía un buen panorama de las dunas del desierto. Camino de casa de Sonia estaba la tienda de curiosidades La Armería Americana. En la vitrina se exhibía "El zombi en una botella", un objeto raro que contenía una criatura que era ajolote, feto y pez diablo a la vez. Con los ojos en blanco y las manos extendidas daba la impresión de querer salirse de la jaula de vidrio que lo encerraba. Tal vez desde hacía siglos. La botella que se vendía con el contenido estaba entre victrolas, postales del siglo XX, ropa de época y artículos estilo Art Narco-Deco.

Abrí la puerta. Los escalones de madera habían sido volados por un bombazo y se entraba de costado. En el vestíbulo se mostraban conchas marinas, almanaques, fotos de la Revolución de 1910 y litografías con vistas pintorescas de París, Roma y Misteca; collares de plata, monedas de la Colonia y billetes emitidos por Pancho Villa en el Banco de la Ilusión. En una pared se anunciaba:

**Juguetes sexuales zombies. Muñecas zombis adaptables y funcionales. Sexy-zombie. Zombie-darling. Zombibarbie. Con cerebro fijo, desprendible o ajustable. Con gafas o sin gafas. Ojos translúcidos o verdosos. Pelo canoso, rubio o rojo. Dentadura pelada o boquita pintada. Con arracadas de obsidiana negra, collar de calaveras de cristal de roca. Manos infantiles manchadas con nicotina. Dedos con uñas largas. Piel natural o tatuada. Vientre**

operado con cicatrices. Senos móviles con sostén y sin sostén. Tetas de silicón o incipientes. Muslos con mallas y sin ellas. Esqueleto articulado o descoyuntado. Cuerpo fosforescente o apagado, inodoro o pestilente. Travestidos. Transexuales. Diferentes materiales y tamaños. Gran surtido en cuarto anexo.

El dueño más viejo que la roña, sentado a un escritorio entre ceniceros llenos de colillas, me vio sin decir nada. A primera vista el desorden estaba ordenado. De las paredes colgaban cuadros. Los precios ocultos. En un gran armario había discos de acetato, una máquina de escribir, patines metálicos Winchester, un radio Philco 1940, un juego de ajedrez, estribos para caballo, chiches de maniquíes, tijeras de podar, picahielos y utensilios que los zombis compraban como armas de ataque. Sobre un pupitre estaba una peluca de mujer, un balón de futbol, un esqueleto para clase de Anatomía, un avión y un barco de juguete. Se ofrecían máscaras de luchadores: El Santo, El Médico Asesino y Blue Shadow. Frases con el verbo chingar llenaban una pared: "Manda a los zombis a la chingada, y vete a dormir". "Ay, chingá, me quedé pendejo na'más viendo a la zombia en el espejo". "Los zombis están chingue y chingue hasta que alguien viene y se los chinga a ellos". "Me chingué a la zombia y ni cuenta se dio". "Me chingo día y noche y tú te gastas el dinero con zombias de la calle". "Se me chingó el zombidito por putear con la zombita". "Na'más con ver a la zombia en cueros se me puso la piel de zombi". "Ah, qué la chingá con tanta zombia en celo". "Los políticos y los zombis sólo entienden a zombidazos".

*Todo lo que busque para aniquilar al prójimo puede hallarlo en la sección John Wayne. Dispare sin miedo a pieles rojas, latinos grasosos, asiáticos piratas, afroamericanos pestilentes, a todo tipo de basura social.*

"¿Le interesan las zombis o las armas de fuego? Dígalo de una vez, no tengo tiempo para ociosos". El propietario se levantó del escritorio más para vigilarme que para atenderme. Se acomodó la pistola debajo del cinturón y señaló un armario con una muñeca de trapo, una pistola Colt, dos garrotes de policía, una espada japonesa y una motosierra para desmembrar cuerpos. "Pida precios".

"Quiero ver".

"Hable más fuerte, no oigo, cierro en quince minutos".

"¿Hay gente en el otro cuarto?"

"Clientes. Cuando esté listo, llámeme". El tendero se fue. Una chica sentada sobre latas de leche Nido me miró. De un cartón salía un olor nauseabundo. De gato o de perro muerto.

"Soy Karla, tengo seis años, cómprame". Decía un letrero colgado de su pecho. Entre sus dedos, otro mensaje: "Ayúdame".

"¿Cuánto cuesta?", pregunté al tendero cuando volvió.

"Pa'qué le digo, no es bombón para muerto de hambre".

"¿Cuánto vale esa virgen de iglesia?" Indiqué a una figura con las ropas raídas y la corona ladeada. Una sonrisa de desquiciada le partía en dos la boca.

"Es colonial".

Le levanté el vestido azul para examinarla. En su vientre había un nido de alacranes.

"No tiente".

"¿Cuánto?"

"Si le gustan los alacranes comprimidos, tengo llaveros y ceniceros como los de las tiendas de Pueblo Amigo".

"Usted me recuerda a alguien…"

"Absolutamente a nadie".

"Sobre la niña de las latas Nido…"

"Si le gusta el coñac, me llegará un pedido de Sudamérica. Las botellas no han sido destapadas y tienen buen talle. Dese una vuelta la semana próxima".

"¿La palabra coñac significa niña?"

"Lo dejo a su interpretación. Al fondo hay zombias en oferta, adolescentes con frenillo y labios suculentos. ¿Ha besado a una chica con frenillo? Algunas tienen sabor a fresa. Se les besa hasta soltarles el frenillo debajo de la lengua y su dolor parece risa. ¿Quiere ver una?" Me condujo a un anexo. "Hace unos días un camión cervecero chocó contra el muro de mi tienda y se llevó una mesa. Y a una zombi octogenaria que estaba viendo un partido de futbol en la tele". El tendero me dejó solo. La tarde se ponía y me entraban ansias de marcharme cuando descubrí en una pared el retrato de un hombre con uniforme militar. Tenía los cabellos y los ojos rojos. Esgrimía un lanzallamas. Debajo, una fotocopia de un periódico:

**Steve Smith. Nombre Real: George Jiménez. Ocupación: Fumigador. Poderes especiales: Experto en uso de gas nervioso. Peligro: Está obsesionado en quemar la atmósfera. Estrategia: Utiliza un camión repartidor de hielo para engañar a sus víctimas. Primera aparición: Diciembre 1975. Estado: Incierto. Desapareció en acción en un campo de narcos en Honduras. Reapareció en Misteca con la identidad de Capitán Apokalipton.**

"Ése soy yo en otra vida". Regresó el tendero. "Ven ahora mismo". Llamó por el celular.

Camino de la salida la niña dejó caer una lata de leche. La recogí y se la puse en las manos. Ella hizo una mueca. Probé su contenido. Polvo blanco. Las cajas no contenían leche condensada, sino droga.

"Me interesa ese abrelatas de bronce con forma de gato". Para distraer al tendero puse el objeto sobre el mostrador.

"No lo vendo".

"¿Y esa bolsa con cubiertos?"

"Se la doy, pero lárguese de aquí", el hombre me aventó la bolsa y sacó la pistola.

"¿Qué pasa?" Una clienta vestida con falda escocesa y botas militares abrió la puerta de doble acción tipo cantina. Era La Malinche Negra. Meaba de pie como un hombre. Por encima de la puerta vi su pelo cerdoso. A la entrada se posicionaron El Amarillo y La Culebra. En otro cuarto la niña dejó caer una lata de leche Nido y el tendero corrió para ver qué pasaba.

"No te muevas, cabrón". La Malinche Negra, la falda hasta las rodillas, se me abalanzó con uñas rojo sangre.

"Ayuda", gritó la niña detrás de un vidrio como pez en acuario. "No me dejes, papá".

Salí corriendo por la parte trasera con una lata de leche. Crucé un patio con gallinas blancas y gallos de pelea. Llegué a un cementerio de barcos abandonados. Como varados en el desierto estaban los buques con la proa, las anclas y el mastelero cubiertos de herrumbre y arena. Eran buques usados por los tratantes de niñas como casas de seguridad. Los camarotes, dormitorios. En una piscina sin agua vi a zombis cautivos. Uno de ellos era el taxista que me llevó al aeropuerto. En cadenas, trabajaba en labores de carga y de mantenimiento de navíos.

*Viajero, has llegado a la frontera americana, aquí encontrarás artículos de muerte, aeronaves y motonaves de oportunidad y armamento de uso exclusivo del ejército norteamericano en Iraq.*

Un coche patrulla con las luces girando en la torreta me alcanzó. El Amarillo me disparó. Una ambulancia de la Cruz Verde me recogió. En el Semefo, como a un desconocido, me colgaron una etiqueta del cuello. Mi cuerpo quedó a disposición de los estudiantes de Medicina de la Universidad de Misteca.

"¿Qué haces aquí? ¿Viniste a buscar tu cadáver?"

"Mmmhhh".

"No hables", Roberto me sacó de la heladera. Me cogió del brazo y en su carro me llevó al hotel.

*El zombi-hiena*

Quedé de verme con Sonia en las afueras de la oficina de Registro de Periodistas Foráneos. Según Roberto, allí se guardaba información sobre la nómina de pagos de El Señor de los Zombis a funcionarios, jueces y policías. También allí se conservaban archivos sobre las chicas desaparecidas en la ciudad y los expedientes sobre niñas muertas en el Hospital Pediátrico.

Caía la tarde. Por Avenida Independencia pasaban camiones hacia la frontera cargados de droga camuflada con mercancía. Desde la acera de enfrente un zombi de ojos desorbitados estaba observando el interior de una oficina situada en el segundo piso del edificio. Las labores del día habían concluido y las luces estaban apagadas, excepto una. Una joven secretaria abría un gabinete de archivos para sacar fólders. Con falda corta negra lucía sus piernas y por la blusa escotada sus senos. Una lámpara de pie iluminaba su rostro lechoso, su boquita pintada y su pelo castaño. Las paredes blancas y el tapete verde complementaban la decoración de la oficina. Como suspendida en el tiempo, la joven, con un fólder en la mano izquierda, apoyado el brazo derecho en el mueble azul metálico, se quedó dubitativa.

Desde la calle, el zombi-hiena, con pantalones de mezclilla y sudadera amarilla con el logo de un equipo de futbol, acechaba a la figura solitaria en la oficina vacía sin quitarle la vista de encima. En una leyenda del Medioevo, se contaba que la hiena tenía facciones femeninas y masculinas, genitales de macho y hembra, moraba en los sepulcros y consumía carroña, y, fina de oído y olfato, podía imitar la voz de sus presas. Ajena a lo que pasaba en el exterior, la secretaria revisaba el material del gabinete.

"Algo maléfico está a punto de suceder", me dije, cuando el híbrido cruzó la calle, abrió el portón del edificio y se lanzó al interior. Ella había dejado caer el fólder al suelo y, agachándose para recogerlo, mostraba la redondez de su trasero.

Por el corredor alumbrado con un foco mezquino, lo seguí. En la escalera oí su risa, observé su columna vertebral engarrotada. Conté nueve bolsillos en su cartera de cuero. En los compartimentos separados vi un peine, un espejo de mano, una lamparita para alumbrar oscuridades, una baraja española, un par de dados para un lance de juego; un mechón de pelo de mujer ejecutada; un ojo de venado, esa semilla dura contra el Mal de Asiento o las almorranas. Moviéndola rápidamente de arriba abajo, como un campesino urbano, agitaba una aguja de arria que le servía para perforar cuerpos más que para remendar aparejos. Caminé detrás de él hasta la puerta de la oficina de la secretaria, cuya cerradura trató de forzar. Al verme con la pistola, se echó a correr en cuatro patas.

"¿Quién es?", preguntó la joven detrás de la puerta.

"Nadie", dije y bajé de prisa. Observando luego desde la calle que Sonia, disfrazada de secretaria, apagaba la luz y aparecía a la puerta del edificio con fólders en las manos, lista para marcharse.

Casi en el mismo momento, el zombi hiena, que acechaba en la esquina, comenzó a seguirla. Sus brazos más largos que las piernas, sus mandíbulas tan duras que podrían romperle los huesos hasta a un policía feral.

"Tú no eres hiena", expresé entre hordas de zombis que se dirigían al puente internacional para ser repelidas por guardias fronterizos. A esa hora, los vivos muertos y los muertos vivientes apenas se distinguían unos de otros. Tambaleándose, se pasaban la luz roja de los semáforos. Apenas mantenían el equilibrio como cadáveres recién salidos de la tumba. Pocas veces antes había sido consciente de las maneras diferentes de andar y de moverse de los zombis como ese anochecer cuando por las calles seguía al zombi que seguía a Sonia. Examinaba sus muslos, sus manos, sus caderas. Me fijé si eran patituertos, patizambos, y si se apoyaban en postes y paredes. O si avanzaba dando tumbos. En eso me fijé.

Al pasar junto a mí mugían o suspiraban, mientras yo trataba de no despertar sospechas, pues me miraban y me tocaban. Quizá porque percibían mi miedo, mi extrañeza. Mas, cortos de atención, pronto me les olvidaba.

Detrás del zombi-hiena recorrí Barrio Encantado y Riberas del Bravo. Pasé junto a cementerios, tiendas departamentales, estacionamientos y burdeles micros y macros, abiertos y camuflados como bares, escuelas de turismo, talleres de costura y de repostería. Pasé delante de casas de ramería, de academias patito para estudiar relaciones públicas o para seguir carreras de turismo y comercio, de misceláneas en las que se vendían alcoholes, drogas y chicas de todos tamaños y procedencias, tanto aquellas que se iniciaban en los servicios a domicilio y en la prostitución de medio tiempo como las que practicaban la pública y la de tiempo completo en el centro y las afueras de la ciudad. El estado de Misteca era regido por un gobernador prostitucional que todo lo permitía y le entraba a todo negocio ilícito. La ciudad era un laberinto rojo, un vericueto de callejones con lupanares, picaderos y fondas que hedían a carne quemada, gasolina, aceite y cloaca. Sonia, vestida como secretaria, seguida por el zombi hiena, pretendió entrar en un establecimiento de masajes, un salón de belleza o una agencia de modelos para artistas y fiestas privadas, pero siguió andando. Hasta que llegamos al borde de un arroyo por el que corrían los desechos de las maquiladoras.

Salimos a la plaza donde se encontraba el autobús baleado por policías ferales. Todavía los pasajeros estaban sentados en hilera. Agarrados con manos esqueléticas de los asientos de adelante. Sonrientes, con los dientes pelados. Ufanos, con las calaveras limpias. Chidos. Correctos con las piernas cortadas y los pies con zapatos regados por el piso. El chofer había dejado prendido el motor y la gorra en el asiento. De ese autobús había descendido una pasajera tan ausente como había ascendido, Zombi

María. Aún tenía el letrero en el parabrisas avisando que las salidas y las llegadas a la terminal de autobuses estaban suspendidas. Pero indiferente a la escena, sin detenerse y sin cerciorarse que yo venía atrás protegiéndola, Sonia siguió andando.

## TODOS SOMOS MISTECA

Aseguraba una manta tendida de un extremo a otro de la calle. Era el barrio de las casas saqueadas, las puertas y ventanas arrancadas, los muros caídos hacia fuera y hacia dentro, los cableados eléctricos arrastrándose por el suelo, las verjas herrumbradas, las varillas como pararrayos y el cielo avergonzado de las siete de la tarde.

La mayoría de los habitantes se había ido por los altos índices de criminalidad, desempleo, pobreza y corrupción. En la ventana de una casa abandonada una mujer tenía cara de ya me fui, de no estoy aquí, de ya saqué mis cosas y mis ceros, mis chácharas y mis chanclas, de ya quiero vivir en un mundo sin extorsionadores y sin policías ferales. Desertada por el marido, sin maletas de viaje, la maleta soy yo, parecía abandonada por su propia casa. Pasos adelante, en una pared, un inquilino había escrito:

*"Aquí vivía un matrimonio que trabajaba en una maquiladora. Primero despidieron al señor, luego a la señora, y luego mataron al hijo".*

Los comercios de Misteca habían cerrado. Los sistemas de video vigilancia, los cercos eléctricos y los escoltas habían fallado. Hartos de cobradores de cuotas y de impuestos, de extorsionadores y secuestradores, de adictos, edictos, prostitutas y policías los dueños estaban con el pie en el estribo, con medio cuerpo en la distancia. Vacías de mercancías y de clientes, sus tiendas no daban para miedos. Se repetía un aviso:

*SE VENDE. SE RENTA.*

"Los fólders que llevo, el marcado con una K contiene papeles en blanco; el que tiene la inicial N, folletos turísticos". Sonia me notificó por el celular. Así que, cuando ella los dejó caer en la calle, el hombre hiena no los recogió, interesado en alcanzarla.

Al detenerse ella delante del Club Geranio, el zombi hiena pasó de largo. Su clítoris eréctil confundiéndose con un pene falso. Las quijadas crujiéndole como si masticara huesos. En la esquina se quitó la máscara. Era El Amarillo disfrazado de hiena. Un olor nauseabundo recorría la calle.

## El Pediatra

Los zombis de última generación atravesaban el puente peatonal sin mirar el arroyo de autos que corría debajo de sus pies. Arrebañados, faltos de aliento, con pijamas azules entraban al hospital pediátrico como pacientes incurables. En el vestíbulo un gendarme desanimado los distribuía hacia el corredor de la izquierda o al de la derecha según sus males. De un anexo salían personas que sufrían de demencia senil, que se paraban delante de un espejo y no se reconocían. Zombis de pelos blancos. Zombis de pasos lentos. Zombis desmemoriados, desconocidos de sí mismos, como ahogados en lagunas mentales, se paraban delante de una pequeña escalera como ante un abismo negándose a dar un paso más.

"¿Cuántos idiomas habla, míster?" Me preguntó en voz baja un hombre con gafas redondas.

"Cuatro".

"¿Ha visto a mi mujer?"

"No".

"¿Fuma usted?"

"No".

"¿Cuántos idiomas habla, míster?"

"Cuatro".

"¿Ha visto a mi mujer?"

"Se fue por ese pasillo", señalé a una zombi que llevaba un bolso negro sin nada dentro.

"¿Cuántos idiomas habla, míster? ¿Ha visto a mi mujer? ¿Fuma usted?", se fue a preguntarle. Pero a falta de respuesta regresó conmigo como si nunca me hubiese visto, formulándome las mismas preguntas.

"Ninguno, nada, nunca". Me marché al piso superior.

Por la puerta abierta de un cuarto vi a un hombre tumbado en una cama con los pies fuera de la sábana, los ojos clavados en el techo y las manos en alto. Escuchaba una sonata para violín de Schubert que salía de un aparato de sonido. Llevaba el ritmo de la música con los dedos pulgares.

### Doctor Julio Salvatierra. Pediatra

Decía una placa.

**Clínica de la Niña Zombi. Especialidad en Patologías y Cirugías Plásticas Infantiles. Enfermedades de Transmisión Sexual. Embarazos. Abortos. Tratamiento de piojos púbicos, Flujos vaginales, Hepatitis, Sida y todo tipo de contagios venéreos.**

Sobre la puerta de una sala se anunciaba:

**Se venden riñones, corazones, hígados, intestinos y córneas en buen estado. Directo del niño pobre al viejo rico. Donantes seleccionados. Subastas por Internet.**

"El doctor Salvatierra está vivo", me decía cuando lo vi salir de su consultorio con bata verde y zapatos blancos. Sus ojos grisáceos se paseaban por el trasero de una zombi agachada. En la pared, una reproducción del "Esqueleto en un paisaje", de Andreas Vesalius. En el muro a la izquierda, una del "Feto en útero", de Leonardo da Vinci.

Pero, ¿qué hacía ese Fulano supuestamente difunto en una institución para gente senil? Experto en prácticas médicas clandestinas y en montar empresas fachadas, seguramente encubría sus actividades como una hermana de la caridad. A cargo en la organización de Carlos Bokor de los contactos en el extranjero con traficantes de drogas, tratantes de mujeres y lavadores de dinero, viajaba con frecuencia a España, Italia, Holanda, Rusia, Argentina, Brasil, Colombia, Guatemala y Estados Unidos.

Sabedor de eso, lo seguí por un largo pasillo de paredes grises hasta un laboratorio de biología que olía a formol, y que parecía bodega, pues en cajas de cartón se guardaban vestidos y zapatos de niñas de diversos colores y estilos. En las vitrinas había frascos etiquetados con criaturas extrañas conservadas en sustancias de colores y fetos con cabeza de marciano que tenían lustros de estar entre telarañas y fierros torcidos. Consciente de mi presencia, él sacó un feto que después de observar unos momentos metió en una caja de correo y lo ató con un listón negro. Escribió su nombre de remitente con un plumón; colocó embriones de animales y de humanos en jarras de mermelada de fresa y de naranja, y, sin voltear a verme, preguntó:

"¿Nos conocemos?"

"Creo que sí".

Entonces él, usando la mano como un guantelete rompió el cristal y cogió un frasco.

"No abra esa gaveta", se volvió hacia mí y me apretó la mano como si quisiera triturarme los dedos. "Contiene instrumentos ginecológicos para operar zombis, mujeres mutantes y criaturas de origen desconocido. Y bisturís para castrar cabrones".

"No entro en esa categoría".

"Entrará si lo quiero", el doctor Salvatierra sacó de un cajón un picahielo. "Se lo presto al Amarillo para sus trabajos".

"Me gustaría verlo colgado".

"¿A mí? Pero, che, si le secuestraron a la hija eso no significa que se vuelva extremista. Le aseguro que ella no se encuentra aquí en ninguna forma". El médico me lanzó una mirada socarrona y con el frasco en la mano se dirigió al presbiterio.

La clínica ocupaba el lugar de una vieja iglesia y sobre la mesa eucarística estaba una reproducción del grabado "El vampiro despellejado" de Jacques Gamelin. Hacía juego con el esqueleto de bulto que parecía tener los nervios sacudidos por una descarga eléctrica. El doctor se miró en un espejo, se pasó la mano por los pelos y clavó la vista en un cirio prendido. Regresó al altar. Atraído por una caja de vidrio en la que una serpiente de cascabel abría las fauces. Destapó el frasco con un feto. Alzó la puerta de vidrio. La serpiente replegada en la caja hizo sonar sus cascabeles. El doctor Salvatierra la cogió. La víbora no lo mordió. Colgada de la mano la devolvió a la caja. El reptil, con ojos de turquesa, agitó los cascabeles mientras él salía. Ya en la calle, dándose vuelta bruscamente hacia mí, me extendió su tarjeta de visita:

*Doctor Julio Salvatierra*
*Director General del SEMEFO*
*Calle de la Victoria 17, Misteca Centro.*

"Pa'lo que se ofrezca. Pero che, en lo que se le ofrece me temo que no puedo ayudarlo".

En ese momento se detuvo un autobús pintado color de rosa. *Exclusivo para Mujeres.* Era el primer día de playa y las pasajeras llevaban blusas transparentes y pantaloncillos cortos, incluso dos zombis jóvenes que se dirigían al estadio para presenciar un juego de futbol soccer entre equipos de segunda división. El doctor Salvatierra lo abordó y el chofer esquelético arrancó.

"Me gustaría ir al cine contigo, pero sólo hay películas de zombis", dijo Sonia al llegar.

"He visto la cartelera, *Mi hijo es un zombi, sin tormentas será ministro, Zombi yuppyduppy, Kongo-songongo-zombi, El regrezo de loz zombinámbulos, Zombizombra vs. Zombiloko* y *El zombi parado en el crepúsculo toca la melodía del fin.*" Dije.

"No quiero verlas. Contéstame rápido: ¿Te acostarías con tu prima?" Ella masticó hielos triturados.

*La Malinche Negra*

La callada lluvia no tenía precio, las chicas de Callejón Durango en cambio llevaban en su vestir el precio. El chipi-chipi se oía libremente en las calles sórdidas de Misteca mientras los charcos de agua se demoraban en el asfalto ardiente antes de desaparecer en la alcantarilla. Las Circes adolescentes de La Malinche Negra convertían a los hombres en zombis, pero era en las casas cerradas donde las vivas muertas les sacaban el jugo a los cerdos. Jodidos, pero atentos, éstos pasaban los días tendidos en un camastro a la espera de ser usados. Cuando ni para eso servían se les echaba a la calle, donde a falta de teta en la boca o de nalga en la mano deseaban morir aplastados por un camión cervecero.

Si bien el *look* espectral no era mi estilo, después de levantarme en la noche, me fui al Club Geranio a presenciar el concurso de Señorita Zombi. Las Circes Vampiro, con sus espasmos tísicos, iban a desfilar con bandas tricolores cruzadas sobre los pechos de silicón, suavizados sus rostros con cremas color fresa podrida.

La primera en salir fue Marlene Fernández. Con cara amoratada, el vientre lesionado y llagada en los costados, pretendía taparse el cuerpo desnudo con ambas manos. Por el Salón Luna de Cuatro Noches, girl-scouts desnudas andaban con un párpado caído o un brazo quebrado a la manera zombi. Y en los ojos de Marlene brillaba una célula vidriada, un esplendor perdido.

Las jóvenes concursantes buscaban atraer la atención de los clientes decrépitos con trajes de seda y relojes de lujo hacia sus glúteos, la raja del culo, el pubis rasurado y los pezones colgando de los senos como botones descosidos. Su semblante de púberes era un afrodisiaco para esos árbitros demacrados en cuyo semblante lívido se percibía el ansia de lanzarse a desmembrarlas, arrancarles la boca, beberles la sangre y comerse su carne.

"¿Sabes quién acaba de llegar al chóu? La Malinche Negra". Roberto señaló a una mujer vestida de negro, con corbata de moño, botas militares con puntas de acero y con una pequeña ulceración de la membrana mucosa de la nariz como si inhalara cocaína. A primera vista era el tipo de mujer que se podría encontrar en una recepción de la alta sociedad, pero en un segundo vistazo se percibía su carácter hiperexcitable y depresivo, frígido y masculino. El Matagatos, metralleta en mano, se colocó a la entrada del Salón ZIP, Zombi Important People, custodiado por El Kaibil, El Oaxako, El Kong y El Sik. Retirándose todos media hora después con el pretexto de ir al bar.

"¿Sabes por qué se fueron?" Roberto dio un trago a su margarita. "Porque en el salón privado acaba de terminar la reunión del Consejo de Administración de Antros y Casinos Asociados, y ahora se ocuparán en sacar por la puerta de servicio los cadáveres de dos o tres miembros indeseables de la empresa".

"¿Me escuchas?" Entró una llamada de mi jefe de Redacción por el móvil. "Necesitamos material para el suplemento dominical dedicado al tráfico de chicas en Misteca. ¿Podrías tenerlo listo para el viernes?"

"Voy a intentarlo".

"¿Me escuchas?"

"Sí, te oigo, sólo que en este momento estoy presenciando un concurso".

"Te interesará saber que esas chicas que estás viendo tal vez son aquellas que desaparecieron camino del supermercado o de la escuela. Investiga".

"Lo haré".

"Las Iguanas, las gemelas de ojos almendrados que resucitan zombis, aquí están con ganas de divertirse". Presentó por un micrófono Tony Paranoia a Cristal, con una banda verde jade sobre el pecho, y a Mezcal, con uniforme de Girl Scout.

"Te dije en Zacatecas que no me trajeras a Mistecas", reprochó la primera a la segunda.

"No es Mistecas es Misteca".

"*Tóns*, ¿por qué pararnos los milicos en aduana?"

"Para ver qué ocultamos debajo de la ropa".

"¿Por eso encuerar y hurgar en adentros?"

"Por eso, y por otra cosa".

"Qué *carbones*".

Su presencia delante de mí fue breve. Fueron conducidas a un reservado en donde se encontraban Mrs. Petersen, un capo innominado buscado por la policía de todo el país, el director del periódico *La Voz de Misteca* y el general Porky Castañeda.

"Were very sorry for the Girl Scouts", entró diciendo un agente de la DEA vestido de civil como policía feral. Pálido, lampiño, mirada inescrutable y abrigo grueso (acababa de llegar de Chicago), se sentó.

"Las detenidas en la aduana con drogas tendrán que pagar con cuerpo su condena", dijo Castañeda. "Ahora, amigos, los invito a darse un pasón antes del reventón".

"No preocuparse, general, las gemelas deben recibir merecido en cárcel. Cúmplase la ley".

"¡El rey del carnaval!" A los compases festivos de una *diana* Tony Paranoia aventó a un mono araña a la pista.

El animal corrió de un lado a otro, hasta que el coronel de la muerte gratuita, Milton Maldonado, lo mató.

"Pinche mono, no aguantó nada, de diez tiros que le dieron sólo uno era de muerte", bromeó el general.

"La señora desea invitarlo a su mesa", una edecán con traje sastre ajustado vino a entregarme un papelito que me enviaba La Malinche Negra. "La señora se encuentra comiendo sola en un reservado".

"Acepto la invitación". Seguí a la chica por un corredor con paredes forradas con terciopelo negro hasta llegar a un salón con una larga mesa cubierta por un mantel negro con vajilla de plata y sillas de caoba. La luz de los reflectores del salón

contiguo se filtraba a través de un ventanal con celdillas hexa-
gonales como de panal de abejas. Por una vidriera se podía ver
la pista con el mono acribillado. Y a la Señorita Zombi con su
diadema plateada caminando vacilante como si fuera vadeando
las rocas blancas del crack. Cuando la edecán notó que detrás
de la cortina de terciopelo negro Malinche Negra se marchaba,
dijo:

"La señora me pide que la disculpe, le surgió un asunto
urgente que atender. Ella lo llamará a su hotel".

"Pero no sabe el número de mi celular".

"No importa, ella sabrá encontrarlo".

*El restaurador de cadáveres*

**No hay asesinato perfecto, siempre queda un pelo, un pellejo, un hueso, un dedo suelto, una uña o la huella de un cigarrillo en los decesos ocurridos en circunstancias extrañas. Si usted sospecha de la muerte "natural" de un familiar o que su esposa se ha convertido en zombi, por la cantidad de mil pesos podrá conocer la identidad del asesino gracias a nuestra técnica de rehidratación de cadáveres.**

Indicaba el letrero sobre la puerta de vidrio de la clínica del doctor Alejandro Ramírez, famoso restaurador de cadáveres, identificador de cuerpos asesinados y rehidratador de momias mediante huellas dactilares obtenidas de dedos rehidratados. Su método de rehidratación había conducido al arresto de criminales a través de la reconstrucción del cuerpo de la víctima. Una pequeña evidencia podía revelar las circunstancias de la muerte de tal niña o mujer.

"Deseo hablar con el doctor Ramírez", solicité a Rebeca Martínez (según el gafete).

"Me afiguro que el doctor está ocupado", la recepcionista, una belleza norteña, descruzó las piernas.

"Me urge verlo".

"Me afiguro que está atendiendo a una señora".

"Le quitaré unos minutos".

"Un minuto". Seguí a la recepcionista por un corredor con cartones con muestras médicas. En el laboratorio el doctor estaba inclinado sobre una tina con sustancias químicas en proceso de rehidratar un cadáver. En los estantes de un mueble había dedos, orejas y ojos en frascos. La mayoría marcados con nombres femeninos: Nancy, Lucy, Susana. Otros llevaban etiquetas de los lugares donde habían sido encontrados: **Valle. Desierto. Duna. Basurero. Cementerio. Club Geranio. Calle sin nombre y sin número. Puente Roto. Barrio Encantado. Cine Orfeo. Restaurante Trendy**.

"¿A qué debo su visita?" El doctor Ramírez, un hombre extraño que no parecía extraño, apenas levantó la cara para verme. "¿No ve que estoy ocupado? No me gustan las interrupciones. Vuelva otro día."

"Soy Daniel Medina, de *El Diario del Centro*".

"¿Solicita algún servicio?"

"Escribo un reportaje sobre las muertas de Misteca. Me interesan los motivos en su trabajo de investigación".

"¿Por qué hago lo que hago? Por amor a la justicia, por necrofilia y porque estoy loco. Porque me encanta lavar cadáveres, rehidratarlos, fotografiarlos, hacerles impresiones de huellas dactilares, tomarles videos antes que intervenga el médico forense para realizar la autopsia. Vea". Cogió una cabeza negra con puntadas en el cráneo como si fuese una hamburguesa que había pasado tiempo en el asador. La echó en una vasija para que se remojara en una solución química. "Venga la semana próxima, a lo mejor después del baño en el *jacuzzi* notará las lesiones, las cicatrices, las desgarraduras y hasta los lunares negros de esta Afrodita de los cementerios. Como se trata de una *beauty*, podrá comprobar que tenía labios sensuales, manos delicadas, senos suculentos y una tajada en el cuello. Respecto al cuerpo, que en el desierto fue abandonado a los perros ferales, podrá establecer que murió apuñalada. Si el doctor Frankenstein hubiese conocido mi técnica de rehidratación de cadáveres su monstruo hubiese sido más exitoso, menos grotesco".

"¿Cómo supo que era de sexo femenino?"

"Por el tórax y la pelvis, por las extremidades inferiores, el hueso sacro y la pelusa, ese vello fino".

"¿Por qué vienen los familiares de un difunto a su laboratorio, si lo van a enterrar o incinerar mañana?"

"Por estética. O para recuperar las características físicas de un ser querido. Así la familia podrá enfrentar mejor el duelo, el recuerdo, sin tener una imagen negativa. Podrán salir de dudas sobre cómo fue torturado o ejecutado, en qué circunstancias dejó este mundo. La información servirá para tramitar pensiones, seguros, herencias, y en el aspecto legal para la identificación del asesino".

"¿Cómo obtiene el perfil genético?"

"Debo obtenerlo antes de someter el cuerpo al tratamiento de restauración, ya que podría alterar datos útiles. Limpio el cadáver de las impurezas del lugar donde fue encontrado: calle, cloaca o arena. Sólo así podré establecer la causa de muerte por homicidio y abatir la impunidad. Esto no sería posible si no puedo identificar a la víctima momificada por el calor o el frío extremos. El clima semidesértico tiene ventajas y desventajas, así como los restos se descomponen rápidamente, también los momifica. El cuerpo de esa mujer ahora en vías de recuperar su forma original cuando llegó parecía un arenque ahumado con las manos hinchadas. Gracias a mi técnica de rehidratación nos revelará las lesiones que sufrió y los peritos podrán abrir un expediente por homicidio. De otra manera, será sepultada sin investigación. Sin evidencias no hay delito que perseguir, y el caso quedará cerrado para tranquilidad del homicida".

"¿No teme que un día un criminal lo mate y arroje su cuerpo en el desierto como a una de sus víctimas?"

"Lo he pensado, y hasta he soñado que muero emparedado en un tambo de cemento. Pero quien sabe y calla vive mal. Me desagrada el dicho de los policías mexicanos: Si quieres llegar a viejo hazte pendejo".

"¿Cómo se involucró en este trabajo macabro?"

"El trabajo no es macabro, los que son macabros son los hombres. Esta tarea se impuso un domingo en la noche cuando hallándome en una funeraria hubo un choque entre un tráiler y un autobús de pasajeros. Me entregaron catorce muertos. Como estaba solo en la agencia o me volvía loco o comenzaba a disponer de ellos, decidí separarlos por sexos, a juntar sus partes, a devolverles la dentadura, a cerrarles los ojos, a colocarlos sobre las mesas y en el piso previendo la llegada de los peritos. Desde entonces, cuando voy por la calle vestido no de negro, sino de ropas con colores vivos, la gente me pregunta: '¿Cuántos dedos y orejas lleva usted hoy en los bolsillos, doctor?' 'Catorce recabados el fin de semana'. Respondo. Mas cuando algún malintencionado jugándome una broma me saluda con una mano humana, le digo: 'No juegues con el destino'".

"¿Qué le impele a seguir?"

"Mi obsesión por la muerte y por la justicia. Ahora discúlpeme, tengo que atender un caso urgente, han hallado cerca del aeropuerto los despojos de dos niñas y como aquí el calor es una segunda muerte, temo que se vuelvan momias antes que las revise".

"Veo que hay mucha demanda".

"No sólo la gente afligida por la pérdida de una hija o de una hermana me busca, también los delincuentes. Aquí le dejo mis señas".

**Doctor Alejandro Ramírez.**
**Médico Cirujano Dentista, Diplomado en Estomología Forense en la Universidad Autónoma de Ciudad Juárez, Profesor Titular de la Materia de Estomología Legal en el Programa de Odontología del Instituto de Ciencias Biomédicas de la Universidad de Misteca. Experto en Rehidratación de Tejidos Blandos de Cadáveres Momificados para Recuperar la Textura de la Piel y los Órganos Internos de los Occisos hallados en Narcofosas. Armador de Esqueletos. Anexo fechas.**

"Sus calificaciones impresionan, su actividad es invaluable en la ciudad más mortífera del mundo. Por eso quiero preguntarle, doctor, si no le ha llegado el cuerpo de una niña de ocho años secuestrada en la Ciudad de México".

"Considere que en quince años han habido en esta ciudad cuatrocientos asesinatos de mujeres y cien casos de niñas en estado de extravío o desaparición".

"Mi hija se llama Elvira Medina".

"Lo siento, pero no tengo noticias de la llegada a la morgue de una persona con ese nombre".

"¿Le han llegado otros cuerpos infantiles?"

"Algunos, y también de ancianos que parecen zombis, dentaduras sin cara, cabelleras sin cabeza. A través de esos elementos debo establecer la edad y la forma de muerte de la víctima, cómo murió, y darle un baño de rehidratación para quitarle lo acartonado. A veces me llegan tantos muertos que parece que tengo un cubículo en el círculo de los violentos en este infierno sin paraíso que se llama Misteca. Pero yo, trabajando entre tinas con soluciones químicas en las que los cadáveres nadan en los abismos de sí mismos, me mantengo en buena salud mental."

"¿Podría contratar sus servicios para buscar a mi hija?"

"Diríjase a la señorita Martínez. Le diré más tarde si tomo el caso, se requieren visitas al aeropuerto, al cementerio, al Semefo y a los basureros donde los cadáveres son abandonados. No sé si pueda ayudarle".

"Doctor, la chica a la que está dando un baño de sustancias químicas acaba de abrir los ojos en la tinaja. Tiene una expresión horrible", dijo la recepcionista.

"Ah, es la chica de la calle con la que yo pasaba los fines de semana".

"Usted la gozaba, yo la tenía en la cabeza toda la noche, y ahora no pego los ojos hasta la salida del sol".

"Mmmmhhh". El doctor Ramírez se quedó viendo el cuerpo de su recepcionista.

"Sobre mi hija, ¿El Señor de los Zombis la secuestró?"

"Soy médico forense, no detective, busque la Boutique de Embellecimiento de La Malinche Negra, presta servicios a las víctimas de la trata". El doctor Ramírez mostró debajo del saco dos pistolas. "Una para los criminales y otra para los policías. *Bye, bye*".

*Catálogo de carros*

El pelafustán con el pelo en cresta agitó un sobre con polvo blanco. Como lo rechacé, se dirigió a un turista texano. No tuvo suerte y regresó para darme la tarjeta de un antro pidiéndome que al visitarlo mencionara su nombre. Y ya me iba cuando me regaló un catálogo con fotos a colores de chicas desnudas.

**CEMENTERIO DE CARROS GARCÍA**
**MODELOS CHOCOLATE**
**CHATARRA AL GUSTO**
**VISITE NUESTRO SITIO**

En ese taller se reparaban coches usados y de colección. Por una puerta lateral descendí a una segunda planta debajo de la superficie. Allí estaban treinta y seis zombis trabajando con sierras para cortar metales. Las herramientas provistas de una empuñadura se confundían con las manos de los muertos vivientes quienes a veces cortaban huesos de sus colegas como si cortaran jamones.

Como en el poema "Trapenses trabajando" las cuchillas cantaban sonetos de corte metálico en ese mundo material donde las carrocerías y las puertas de los autos caían en pedazos. Un letrero lúdico decía:

ZOMBI TRABAJANDO NO MOLESTAR

*Treinta y seis es el séxtuplo de seis*

Los zombis, con el cuerpo y el rostro cubiertos de aceite y las ropas desgarradas o zanconas, no necesitaban cadenas, como descerebrados cargaban fierros, cilindros y llantas ponchadas por una escalera mal alumbrada hasta los camiones de carga, donde otros zombis se encargaban de transportarlas y luego de quemarlas en las afueras de la ciudad entre elevados niveles de contaminación del aire y densas humaredas. O de hacer hogueras en el desierto. O de arrojarlas en un pozo negro en una casa abandonada. E inconscientes de los efectos de la polución, con los ojos negros de humo y la piel ennegrecida, otros zombis atizaban las llamas con palos con clavos en los extremos.

Seis zombis abajo del taller clandestino pisaban descalzos botellas y vidrios regados en el piso sin sangrar. Ahogados por el humo tóxico, inmunes al asma y al cáncer pulmonar, como programados trasladaban de un lugar a otro refacciones y accesorios de vehículos deshuesados: faros, calaveras, catalizadores, molduras, radiadores, compresores, motores, carrocerías, asientos, retrovisores, tableros, tapetes, rines, estéreos, todo lo reparable para ponerlo en venta de nuevo.

Irónicamente, del otro lado de la calle, un letrero luminoso de la agencia de automóviles, cacareaba:

LA DECREPITUD ES SEXY
COMPRE CARIÑO DE NIÑA MUERTA
CON POTENCIA MACABRA

"Si requiere servicios de cantantes, actrices de moda y edecanes fallecidas consulte en Atención a Clientes nuestras ofertas reservadas a compradores VIZ".

"Modelos usados, obtenga una cotización, pida una prueba de manejo. Seleccione categoría y precio. Compraventa. Intercambio. Pase un fin de semana de Gran Cabrío con la nueva Maserati, acompáñese por la escort del año".

A los maniquíes femeninos hechos de pasta los diseñadores los habían dotado de ojos inyectados, labios partidos, manos con sabañones, piernas vendadas, orejas cortadas, pies planos, hombros caídos y culos flacos. Con nombres como Catalina, Carlota, Fanny, Pamela y Paula había chicas vivas con un fuerte parecido a las fotos de desaparecidas colocadas en las estaciones del metro y de autobuses. Con la misma pregunta:

## ¿LA HAS VISTO?

En el interior de la agencia colgaba una manta:

## AUTO DEL MES

Una chica apoyada en una baranda pintada de rojo, vestida como adulta, enfatizaba la inocencia putrefacta. Una maquillista había dado color ladrillo a sus mejillas. El delineador de ojos de gato había trazado una ojera que surcaba la piel. Los lápices de labios la hacían parecer lúgubre y lúbrica con una ramita seca que se le hundía en el vientre. Sobre sus pechos incipientes la banda de Modelo del Año tenía signos de $$$$.

**Marca Sylvana.**
**Modelo: K Sport.**
**Color: Trigueño Claro.**
**Motor: Nuevo.**
**Carrocería: Reconstruida.**
**Cilindros: 10 en Curvas.**

Tiempo de Circulación: 14 años.

Compresión: Firme.

Encendido: Pirámide rasurada.

Culatas: Fláccidas.

Carburación: Rápida.

Frenos: Tambor hidráulico.

Velocidad: Se ajusta al conductor.

Amortiguador: Reduce el impacto o el efecto del encontronazo.

Marcha: Sufre repentinos ataques de arrepentimiento.

Observaciones: Importado de los países del Este.

Propietarios anteriores: Desconocidos.

Aclaración pertinente: No es lo mismo un modelo del año que uno de 1960.

Aviso: Pasado el bien a poder de manos muertas no podrá ser amortizado.

Dese el lujo de volver a casa en cuatro ruedas o sobre dos piernas.

"No comprendo la relación entre automóviles de lujo y adolescentes. Las mujeres otoñales son descritas como modelos de la nostalgia. Las abuelas zombis son representadas como carrocerías gastadas", me decía cuando el pelafustán con el pelo en cresta me cerró el paso: "Si no compra, devuélvame el catálogo".

## Camino de medianoche

Un crepúsculo de fin de mundo cubría la ventana. Legañas morales llenaban los vidrios. Al verme en el espejo tuve la sensación que el mal sueño había procreado a un doble en su reflejo. En mi interior se había jugado el juego del eres y no eres. El día estaba perdido, no en la calle, sino en mí mismo. En duermevela, toda la noche había luchado contra zombis interiores, semejantes a los de la plaga que azotaba a la ciudad y la de los vivos muertos. Después de una siesta vespertina me desperté más deprimido que nunca, como si emergiera de la pequeña muerte o de una pelea interior contra zombis más viejos que la luna. Mis peores amigos estaban dentro de mí. Así que, siguiendo la tónica del sueño, vestí a mi cadáver con pantalones y zapatos, y me salpiqué agua de Colonia (la pestilencia de los zombis y el río de aguas negras que corría cerca del hotel me era intolerable). El hambre devoraba mis entrañas. Y queriendo buscar a Elvira en calles, parques y escuelas metí una pistola en el bolsillo del saco. "La violencia no es mía", me dije.

Era Miércoles de Ceniza. Los vivos muertos llevaban una cruz tiznada sobre la frente. Muy católicos iban por Avenida Independencia con chaleco antibalas y pistola al cinto. En esa ciudad de muertes prematuras, los pocos adultos mayores traían medallas de la Virgen y de la Santa Muerte. Una zombi con hábito guadalupano se persignó delante de un altar callejero, se espolvoreó las mejillas, se atizó las pestañas y se acomodó la boca fuera de lugar y balbuceó una oración. Cuando vio su imagen en el espejo de pared pareció no creerse a sí misma. Mas, pisando ladeado como si fuera la primera vez que usaba tacones altos, se metió en El Trendy. Justo a tiempo para librarse de las balas que unos sicarios tiraban por la abertura de un "Monstruo Dos Mil", esa tanqueta artesanal que usaban para disparar contra drogadictos, enfermos de sida, prostitutas y vagos, mientras otros sicarios desde la parte trasera del vehículo derramaban aceite y tiraban clavos para impedir la persecución.

"Olvídate de los vivos muertos, la jugada está en el Cine Orfeo. Esta noche vamos a ver *La novia de Frankenstein*, dijo Roberto mientras la cantante ciega de una banda de zombis tocaba en la plaza: "La trova del fuego fatuo":

*Quiero quemar tu cuerpo*
*en llamas verdes, fuego fatuo,*

*como vapor que sale del cementerio blanco*
*quiero elevarme en tu cuerpo incandescente*

*y fundido contigo amortecerme*
*en tus muslos como incendio blando,*

*tocar tus pechos como luces rojas*
*que no palidecen a la luz del alba,*

*en tus ojos como llamas pálidas*
*quiero ahogar mis penas, pelo negro,*

*en la tumba abierta de tu cuerpo,*
*en tu noche de cenizas blancas,*

*quiero matar tu muerte a fuego lento,*
*fuego amargo.*

En el tablado un niño alto y flacucho miraba con ojos de azul desvanecido. En las sillas atadas juntas, patas arriba, nadie se sentaba.

Se nos vinieron encima niños de la calle. Todos *chidos*, con su *mona*. Como zombis apenas podían hablar, moverse, estirar la mano, su motor físico y síquico averiado. Perros amarillos crónicamente hambrientos los seguían más flacos que ellos. Algunos eran prostitutos, tragafuegos, faquires, limpiavidrios, pandilleros que entre los coches estacionados vendían drogas y repartían tarjetas, invitaban a actos sexuales en reservados, a espectáculos sadomasoquistas y a películas porno con actores infantiles. Sólo había que ir con ellos, descender a un sótano, meterse en una trastienda o a la bodega de una fábrica, y cuidarse de los zombis adultos que emergían de los antros excitados por los desnudos de las mujeres y por la música ensordecedora. Fuera de sí, se corría el riesgo de que atacaran a los peatones que iban rumbo a Callejón Durango en busca de ofertas carnales. Gritaban los letreros:

**ATENCIÓN ZOMBIS MENORES DE EDAD
NO ACOMPAÑADOS POR ADULTO
SERÁN ENCADENADOS A UNA MESA DE METAL
POR LAS CANILLAS Y LOS TOBILLOS**

"Hay zombis a los que les da por bailar con miembros de su mismo sexo y una vez calientes ni Dios los enfría. Cuando te muestran tetas y tendones quieres salir huyendo", dijo Roberto.

"Vamos a tomar un trago al Club Geranio", sugerí.

"El *chóu* va a comenzar", invitó una falsa rubia en ropa interior.

"¿Has visto al desierto florecer?", me preguntó Venus García. "Si lo has visto dime cómo es. Recuerdo al ciego que al tocar las arenas ardientes se puso como extasiado, igual que el cura de Promesa de Vida que al meter la mano debajo del vestido de Rosita Gómez sintió sus adentros arder, ja, ja, já".

En el subsuelo bailaban un tango Tony Paranoia y Marlene Fernández. Los ojos de él, rapaces; los de ella, carbones apagados. Él, con traje negro, la mano sobre la espalda empujándola hacia atrás. Ella, el cuerpo curvado, la pierna alzada y el pelo recogido en una red, abrazándolo. Los dos con las greñas en desorden daban la impresión de haber pasado la noche revolcándose al ritmo de compases de acordeón. Así bailaban, hasta que empezaron a discutir algo relativo a una camioneta que había sido baleada la víspera por desconocidos y el chofer había muerto y dos chicas estaban desaparecidas.

"Eso les pasa a las pendejas por dejar la costura y meterse de putas", Tony Paranoia la aventó hacia atrás.

"Qué querías, nos estaban esperando en la esquina y nos tirotearon", La Prostituta Santa le mostró la frente rasguñada, "las cosas se están poniendo gruesas".

"No me lo digas, corazón, es la primera vez que lo oigo", ironizó Tony Paranoia, y, volviéndose hacia nosotros con la mano en el bolsillo del saco, dijo, "¿Les pido un favor, señores periodistas? lárguense de aquí".

"Escucha la voz del silencio, el silencio que está dentro de ti. El silencio no habla, pero su voz tiene muchos ecos", dijo algo dentro de mí, y nos marchamos.

*La novia de Frankenstein*

Viejo Cine Orfeo. Casas abandonadas, fachada decrépita. En la marquesina con maderas y hierros vencidos, la película *La novia de Frankenstein*. En el cartelón, el rostro de Elsa Lanchester como una máscara blanca, como un grito en la oscuridad. En el caserón, riesgos de derrumbe. Paredes agrietadas. Vidrios rotos. Puertas desvencijadas. En la calle, una pareja de zombis recargada en el atardecer. Por un callejón, vienen espectadores zombis. En grupo o en solitario. Entre ellos, una niña desliza su pequeño cuerpo en la sala. Por un instante, la impresión de Elvira. Pero no es ella. De una camioneta bajan tres empleados. Ancianos, uno carga un proyector obsoleto; otro, una sábana blanca enrollada; un llavero del cinturón. Un tercero lleva las latas de la película. Las gafas de sien a sien son como de ciego. Los tres ingresan al cine por la puerta lateral. Un zombi guarda la entrada. Sus ojos en blanco; su camisa sin botones. La vendedora en la taquilla se pasa la mano por la mandíbula descarnada; se mira en un espejo de pared bajo la luz precaria de un foquillo de cuarenta vatios. Cara a cara a su vacío. En el vestíbulo la zombi dulcera se acoda en la vitrina. Entre botellas rotas, pedazos de cartón y cartelones de películas pasadas, pintándose las uñas. *La Edad de Oro. King Kong. M (El maldito)*. Fotos de futbolistas. Ferenc Puskas. Horacio Casarín. En la sala oscura, con algo de galería y de caverna, pero sin butacas sin cortinas sin luces sin caras sin salidas de emergencia, ningún cuerpo discernible. No importa. En el mundo descerebrado de los zombis no hay curiosidad, llevan la ausencia melancólicamente como si la acción pasara en el recuerdo, en un mundo donde actores y público están muertos. En ese laberinto de rostros sin nombre, los zombis perdieron identidad.

De repente, silencio total. El anonimato de un público que se ignoraba a sí mismo. Los espectadores, que en vida pudieron llamarse Federico, Fernando o Facundo aquí hubiesen podido ser Carlota, Julio o María Antonieta. O llevar seudónimo, apodo, número, letra. Este fue el guión que me hice mentalmente antes que comenzara la película. Hasta que en un cuadro emergió el Monstruo con los ojos flotando mientras pasaban los créditos.

En la penumbra de la sala los zombis clavaron la vista en la pantalla-sábana-sudario. Su marco negro, una esquela de muerto. La caseta de proyección, una ráfaga de imágenes en negrura o blanco eléctrico. El público de pie, ansioso de ver aparecer a la novia. Roberto y yo, sentados en el piso, nos levantamos. En torno, palomitas de maíz, zapatos huérfanos, uniformes de policía, latas de cerveza y zombis parados tapando la pantalla. Una zombi punk recargada en la pared, con el pelo de cresta, la camiseta de bandas y la falda corta, su cuerpo una inflamación. Hasta que le dio a Roberto un beso de lengua con púas.

"Su lengua tiene la regla en el hocico", dijo él.

"Me gusta este techo adornado con lentejuelas estrelladas, da atmósfera de intemperie", dije.

"También les gusta a los zombis que sufren de ataques de claustrofobia, la oscuridad les recuerda la tumba".

La copia del film de 1935 brincaba en el aparato. Cuadros negros interrumpían la acción. Hipos narrativos, lagunas de silencio, escenas y diálogos procedentes de otras películas eran frecuentes. Las camisas de manga corta y los *shorts* de algunos espectadores dejaban ver brazos pútridos, piernas llagadas y pies como garras. Otros imitaban la postura de los personajes de la película que aparecían y desaparecían entre paisajes de cartón. Y no obstante que los espectadores no distinguían lo real de lo imaginario, la puerta figurada de la proyectada, los troncos de los árboles del follaje, la hoguera imaginaria del ciego en la cabaña, y a los ayudantes del doctor

Pretorius de los sicarios, a todo lo veían como bocado. Ante las piedras tumbales mostraban una zozobra de enterrados vivos y abrían las manos apartando la niebla delante de su cara. En momentos nada se movía como si el tiempo hubiese caído en una bolsa de silencio, la cinta fuese muda y los actores y los espectadores hubiesen muerto. Eso, mientras las quijadas masticando palomitas sonaban a trituradoras.

"Zombi María", Roberto señaló a una zombi con cabeza rapada, mejillas rosáceas, chaqueta de cuero, botas negras y medias rotas. En trance me miraba, ajena a la erótica de sombras de la pantalla, particularmente a la escena en que la sombra del monstruo se aleja por una calle blanca seguida por la sombra de un perro, y, al llegar al cementerio la sombra del monstruo se mete en una tumba con la sombra de la novia. "¿No te parece una imagen delirante? Sus ojos como cartuchos sin memoria".

Ella se fue. En su lugar quedó la zombi representando a Mary Shelley en su doble caracterización de autora de novela y de novia del monstruo. En la sala y en la pantalla, unas veces vestida de blanco; otras, como momia. Y, ángel en la niebla, veía pasar las imágenes de sí misma en la película, hasta que llegó una zombi sáfica y con manos tontas comenzó a explorar sus carnes, sin importarle que fuesen pútridas o virtuales.

*Crac-crac-crac.* Tres viejos zombis masticaban aire. Sus mandíbulas a punto de romperse. Sus dientes, de desprenderse. No a hachazos ni a puñetazos, por deterioro. Por la edad en que habían muerto y la precariedad con que habían renacido. La senilidad les salía por los ojos.

*Hip, hic, hip, hic.* Los viejos zombis me escrutaban por un espejo. Encubiertos por la penumbra, sus facciones mezcladas a las manchas y las grietas de la luna, sin disimular que me espiaban.

"Aquí las paredes tienen ojos", pensé.

"Te estás alucinando", murmuró Roberto. "El morbo que producen los zombis es más fuerte que mi repulsión".

"Erótica post-mortem". Señalé a dos mujeres que se besaban tan apasionadamente que parecían intercambiar dientes y lenguas.

"Siento claustrofobia", dijo él en voz baja para que no lo oyeran los zombis.

"Quiero comparar a Elvira con la niña parada junto a la pared", saqué su retrato de mi cartera.

"Aquí no la vas a encontrar".

"Tal vez", susurré. En la pantalla tuve la visión de ella vestida de blanco con una mochila en la espalda atravesando las vías del tren. Una locomotora venía por el campo envuelta en una nube de vapor.

"Esa niña no es Elvira, tiene ojos apagados como colillas de cigarros y chiches de mujer".

"Chissss", sopló un zombi con cresta de punk.

"Mira al Señor de los Zombis vestido como mendigo. Vino por la niña, y se la llevó", reveló Roberto.

"Cuál niña".

"La que estabas viendo. Él entró por la puerta de la derecha y salió por la de la izquierda".

"Podemos seguirlo".

"Treinta camionetas negras lo protegen. Sería suicidio".

"Dicen que abajo de nuestra sala hay siete salas. Echemos un vistazo".

"En cada una hay un zombi vigilando. En el segundo nivel hay macetas con zombis nonatos".

"¿Cómo sabes?"

"Me lo dijo una novia zombi que tenía".

"Eres un estuche de monerías, sólo falta que me digas que eres el hijo del Señor de los Zombis".

"No jodas".

"¿Oyes mariachis?"

"Son zombis aclimatados con abono local para que adquieran un acento norteño al gusto del público de aquí".

"Los muertos vivientes se ponen como locos cuando cantan 'La Cucaracha', porque sus voces no están sincronizadas con los movimientos de los labios. Si están fuera de foco, mejor".

"Las luces sicodélicas sacuden las paredes. La música les traspasa la cerilla de la tumba que les cubre ojos y oídos. Sienten que resucitan".

"Mira, esa zombi me agarró el cuello creyendo que soy su amante. Qué chistoso, no quiere soltarme".

"¿Te has dado cuenta?" Su novio le comunicó algo al zombi de los baños y todos los zombis nos están mirando.

"Será mejor decir solamente *Gooood. Baaaad. Friendddd* como Frankenstein, ese Prometeo fallido".

"De nuevo comienza la película, Mary Shelley revela a Lord Byron que el fin de la historia no es el fin del Monstruo, pues el Monstruo vive fuera de la pantalla".

"Chissss", sopló el zombi con cresta de punk, ahora encima de una zombi punk. Sus partes íntimas estaban expuestas a los ojos de los espectadores.

"Dios es ausencia, y todo presente se convierte en ausencia", murmuré.

"Chissss". El sonido atravesó los labios cerrados del muerto viviente.

"Hmmm-hmmm", gimió la zombi que imitaba a Mary Shelley como si fuese la novia que descubre al monstruo.

"*Baaaad*", la voz de Roberto atravesó la oscuridad. En la pantalla la actriz gritó con todo el horror, todos los ojos y todos los dientes que se salían de la cara. Como enloquecida, porque en un salón de belleza le habían metido la cabeza en el agua hirviente de un lavabo y le daban descargas eléctricas con el pelo mojado. La "resurrección" detonada por agujas, interruptores y cables energizados revelaba a una Elsa Lanchester extrañamente bella con párpados vibrantes y peinado sobrenatural.

"*You live! We belong dead!*" El monstruo destruyó a la novia y se destruyó a sí mismo.

"Me pregunto cuántas carnes arderían si quemáramos el cine con los zombis dentro. La novia de Frankenstein con los ojos prendidos y el cuerpo electrificado los ha excitado tanto que ahora quieren comerse unos a otros".

"Nos miran raro. Vámonos, sufro de migraña", la voz de Roberto resonó dentro de mí como si no proviniera de unos centímetros de distancia sino de otro mundo. Tenía aliento alcohólico. Lo que me extrañó, pues no había sacado su pomo de mezcal. "Los zombis excitados por la resurrección de la novia tienen apetito".

"No entiendo por qué el zombi en la caseta de proyección se obstina en pasar una y otra vez la escena de la novia con cara de loca. Se enamoró de ella. Repite obsesivamente el *close-up* de su cara aterrorizada. La pantalla se ha llenado de bocas y de ojos".

"Partamos antes que a la actriz le pongan el casco secador y los zombis vengan con las tenacillas para rizarnos los cabellos… O para lanzarse sobre nosotros".

Ante las imágenes de sí misma en el momento de su resurrección, la zombi que imitaba a Mary Shelley confundía su grito con el del personaje, y con el aullido de un perro. Fijaba la mirada en lo invisible a lo lejos.

"Terminó la película, pero los zombis no quieren irse. Más allá del Fin siguen colgados del monstruo", dije.

Apagados los proyectores en la sala retumbaba el danzón "Frankenstein no debía de morir", cuando por la puerta de Emergencia entraron los vivos muertos. Supuestamente un zombi halcón había traicionado a un policía feral al servicio del Señor de los Suelos y al refugiarse en el cine empezaron a disparar contra todos parejo. Por eso, quizás, una Elsa Lanchester energizada por los flashazos de las descargas eléctricas se quedaba mirando con gesto enloquecido a los espectadores abatidos. Y mientras la palabra Frankenstein crecía y crecía llenando la pantalla, los viejos zombis, que me habían estado observando por el espejo, se fueron calle abajo rumbo al río. De su presencia huían los gatos y los pichones.

*Lluvia*

La sequía azotaba la ciudad de los zombis. Esqueletos de vacas, caballos y perros reposaban junto a árboles ruines. En la Iglesia Promesa de Vida el sacerdote Douglas Martínez exponía al Santísimo Sacramento y hacía rogativas delante de unos cuantos ancianos para pedir la lluvia. En un taxi conducido a exceso de velocidad un vivo muerto me llevaba al aeropuerto. Las inmediaciones estaban resguardadas por la Policía Feral. El jefe de Redacción me había mandado un mensaje: "Carlos Bokor, presidente de la Confederación de Empresarios del Norte y de la Fundación Nacional para la Filantropía, conocido como El Señor de los Zombis, llegará esta tarde a Misteca procedente de Las Cisternas. En esta localidad asistió a la boda de Alicia Hernández Morones, hija del narco-empresario Hugo Hernández Zacuto, presidente de la Compañía de Mineros de Plata del Pacífico. La fiesta, a la que fueron invitados VIPs de la vida política y empresarial, se llevó a cabo en el más estricto secreto, pues entre los asistentes se encontraban el presidente de la República y su esposa Magda Jiménez, amiga de la novia. De último momento se supo que el general Porky Castañeda, titular de Seguridad Pública de Misteca, no autorizó el operativo que el Comando de Operaciones Especiales había preparado para arrestar al narco, pues no quería provocar un escándalo. Por esto, se instruye al reportero y a su asistente que se dirijan al aeropuerto con el fin de fotografiar al capo. O, en su defecto, a su mellizo. Es de suma importancia obtener una foto actual de él o de ellos.

Cuando me bajé del taxi temí que el aparato hubiese llegado ya, un batallón del ejército bloqueaba el acceso a la puerta que daba a la pista de aterrizaje. No para detenerlo, sino para protegerlo. Notificado del vuelo secreto, Roberto me esperaba en el corredor frente a un local de productos típicos, y nos dirigimos al área de carga de mercancías para observar la pista.

En la zona de los hangares privados, guardaespaldas a pie y en camionetas negras (con los motores prendidos), aguardaban el descenso del aparato. Nadie sabía en cuál llegaría el pasajero. Un paranoico, solía cambiar a último momento de aviones y de aeropuertos aduciendo que su destino era Tampico y no Toluca, Misteca y no Mazatlán. Así engañaba a sus perseguidores y a sus protectores, que le preparaban emboscadas o agasajos.

El aparato sobrevolaba el desierto cuando se desató una tormenta. Lo vi alejarse, dar vueltas, bajar, elevarse de nuevo rodeado por helicópteros militares que aparecían y desaparecían entre las nubes. Mientras el capo naufragaba en el cielo, por el canal de una bodega docenas de alacranes gueros fueron arrastrados por el agua.

"Qué guasa". Roberto, con un palito, empezó a picotearles la espalda para que se clavaran ellos mismos el aguijón.

Cuando aterrizó el aparato, guardaespaldas con armas en las manos y alambres colgando de las orejas corrieron para proteger al misterioso personaje. En los hangares se movilizaron camionetas, patrullas, ambulancias, motociclistas. En las terrazas surgieron francotiradores. Guaruras con chalecos blindados se pegaron a él para encubrir su bulto. Elementos de la Policía Estatal Preventiva, el Grupo Aeromóvil, la Policía de Tránsito y la Policía de Caminos escudriñaron los alrededores.

"Bienvenido a Misteca". Se oyó la voz metálica del supuesto Señor de los Zombis saludándose a sí mismo con el cuerpo y el rostro cubiertos con ropas y velo blancos. Capas de tela de algodón lo envolvían para que ni forma ni género pudieran definirse.

"El señor gobernador tuvo un evento en otra parte del estado y no pudo venir a recibirlo", se disculpó el alcalde, acompañado por un agente de la DEA.

"Mierda". El Señor de los Zombis le dio la espalda y se metió en el hangar.

Roberto y yo, ocultos detrás de unas cajas con productos de perfumería francesa robada observamos la escena. Hasta que a Roberto le entró un ataque de hipo provocado por distensión gástrica o por miedo. Era difícil adivinar su causa, el nervio vago y el nervio frénico parecían sacudirlo entero desde el interior. Descubiertos, hubiésemos sido hombres muertos. Así que para asustarlo le tapé la nariz y le metí el cañón de la pistola en la boca.

Las camionetas que se pusieron en marcha nos alertaron de la partida de El Señor de los Zombis. O de su mellizo. Pegadas una contra otra impedían la posibilidad de ver en cuál de ellas partía.

Los vehículos se fueron protegidos desde el aire por un helicóptero. Y emprendimos el regreso en el taxi.

"Qué pasó en el aeropuerto", el jefe de Redacción me habló por el móvil.

"La misión falló".

"¿Tomaron fotos?"

"Ninguna útil. Hablamos luego, el taxista tiene buen oído".

"¿Qué ves?"

"Al borde de la carretera veo a un zombi que quiere ahogarse en el vientre putrefacto de su mujer, mientras por el rostro de ella resbala la lluvia como sobre un vidrio. En el Hotel *Te Noch Ti Tlan* me bajo".

"Yo seguiré hasta Misteca". Roberto se fue en el taxi.

En la cafetería, estaba el beatnik del Club Geranio.

"¿Me reconoces? Salió mi foto en tu diario acostado en un parking viendo llover luz. Te voy a leer mi poema:

*Me estoy volviendo loco. Okey, pero*
*antes que me muera o me*
*encierren quiero contarle a*
*alguien mi visión.*
*Yo no soy religioso —créanme—*

*me gustan las muchachas y el café*
*y un día en el parque*
*yo iba caminando y vi a la Virgen,*
*eso fue todo,*
*pero me he arruinado.*

"¿Qué le pasó a la puerta de vidrio?", pregunté.

"La balearon, no pagamos protección. Ahora debo taparla con una sábana para que el agua no joda el tapete".

"Debo mandar una nota al periódico". Sentado junto a la ventana me puse a ver la calle. Llovía como si el cielo fuera a venirse abajo, a abatirse como castigo bíblico sobre los ejércitos de vivos muertos y de muertos vivientes con ojos como colillas apagadas.

Llovía sobre los empresarios del crimen y de los fornicadores de niñas y sobre los policías y los porteros.

Llovía con rencor sobre las calles sucias y los laboratorios clandestinos, sobre los brazos picoteados de los adictos y sobre las piernas de prostitutas y niños de circuito, sobre los mutantes y los migrantes y sobre los funcionarios fiscales y los delincuentes con cuchillos mentales y materiales.

Llovía sobre los zombis, esas criaturas atrofiadas por dentro y por fuera que se hospedaban en cuerpos sanos como plaga de muérdago en los árboles.

Las semillas blancas caían sobre las paradas de Callejón Durango. Los zombis remojaban sus cuerpos, inútilmente, porque después del remojo parecían bagazos. Peligrosos, porque si uno pasaba cerca de ellos podían convertirse en *bodysnatchers* y arrastrarlo a una alcantarilla para degustarlo.

Zombis tumefactos se acostaban en las corrientes de agua. Tendidos boca arriba bebían la lluvia y tragaban chubascos. O con las uñas-garras se quitaban el fango de la cara ignorando los relámpagos.

Cuando la lluvia se convirtió en llovizna por el jardín pasó la niña del tipo que ve cosas. Llevaba el pelo color fuego y un sostén figurado sobre los pechitos blancos. Por sus mallas bajaba pintura amarilla.

"¿Señor Medina? El Señor de los Zombis estaba esperándote en *lobby*, pero como no presentarte después de visita a niña X, se fue". Vino a decirme el beatnik.

*El jardín de las niñas con los pechos desnudos*

Las niñas del friso con los pechos desnudos entornaban los ojos. A primera vista parecían esculturas hechas con materiales imitando la carne humana, pero eran humanas. Si bien en su elaboración el artista anónimo del Señor de los Zombis había usado el hule, la porcelana, el plástico, el yeso y la madera tallada, también había empleado mecanismos de respiración y en el espacio confinado les había procurado movimiento. La indumentaria de los cuerpos apenas incluía ropas de la cintura para abajo, mientras los muslos artificiales, retocados con esmaltes verdes y anaranjados, poco podían diferenciarse de los reales. Parafraseando a Lope de Vega, bien hubiese podido decirse *Presa en el friso la Venus fugitiva*.

Desde el mirador oculto, el monstruo senil, armado con pastillas azules y gafas negras de sien a sien acechaba por una celosía a las niñas cautivas moviendo el vientre.

La niña X era parte de la colección. Desnuda bajo un sarape rojo, tendida en una cama doble que parecía triple, se miraba en los espejos del techo y de los muros como un juguete erótico. Joyas y ropas serían sus regalos después del "evento". Un jacuzzi en forma de corazón, baños con piso de mármol, lavabos con grifos de oro, botiquines ginecológicos y sobres con coca constituían su Disney-eros.

Adolescentes plagiadas en colegios, centros tutelares, autobuses y fiestas de quince años eran sus compañeras. De cuerpo delgado, piel morena, cabello negro, ojos grandes y edad de entre 8 y 15 años promedio, esperaban semanas para oír los pasos del Dr. Salvatierra que venía a revisarlas. Procedentes de familias desunidas, padres asesinados, madres prostitutas o convictas, tenían pocas posibilidades de ser buscadas en las casas de seguridad y en los campamentos de los narcos. Sobre todo, hubiese sido difícil encontrarlas en el Salón Botánico, el área donde sus raptores las sometían a un régimen lumínico en el que perdían el sentido del tiempo, viendo las sombras inmóviles debajo de los muebles. Semejantes a plantas de interior eran alumbradas con luces artificiales que sustituían la luz natural. Y como si sus secuestradores regularan su floración sexual y sus periodos menstruales, en ciertos periodos les aplicaban una iluminación moderada o baja, o las rafagueaban con luces anaranjadas, blancos eléctricos y rojos violentos.

Encerradas en cuartos oscuros, eran incapaces de detectar los cambios de luz del exterior. Tubos fluorescentes, lámparas incandescentes, bandejas disimuladas en jardineras, fuentes que emitían flores de buganvilias y lámparas de sodio de alta presión dispensaban lo mismo azules suaves que verdes fuertes, rojos deslumbrantes que amarillos mortecinos. El estímulo lumínico estaba pensado para desorientar a las reclusas, que como plantas vivas registraban la duración, la intensidad y la composición del alumbrado.

Los guardias se cuidaban de que ellas no fuesen vistas y no entablasen conversación con nadie. Y cuando trataban de llamar la atención por señas pidiendo ayuda, El Niño Sicario las callaba a latigazos, amenazándolas con cortarles la lengua o con inyectarles drogas. Les aseguraba que si una se creía mañosa, él era más mañoso, y podía demostrarlo clavándole los dientes en sus pompis rosas. Particularmente cuando el invitado era Porky Castañeda, el general de los ojos rojos y los labios blancos.

"¿Cómo estás? ¿Qué día es hoy? ¿Miércoles? ¿Domingo? ¿Han pasado meses desde que me trajeron aquí? ¿Pagó mi madre el rescate? ¿Se comunicó mi papi? ¿Cuándo me llevan a casa?" Detrás de una ventana un pequeño rostro interrogaba al visitante, que era yo. Ella pertenecía a la niña del tipo que ve cosas, pero al notar simpatía de mi parte, un vigilante se la llevó.

En ese régimen de incomunicación mantenían a las chicas hasta que El Señor de los Zombis deseaba arañarle la espalda, tatuarle las nalgas, jalarle el pelo a ésta o a aquélla. Entonces empezaba el ayuntamiento, el juego del espasmo y la agonía. Pero si el capo pedía que le mandaran a Carlos en vez de a Karla, a ésta se le encadenaba a una cama o se le metía en una jaula. O acababa como chica de consolación en un campamento de sicarios. Por eso no era raro que la adolescente desaparecida en la frontera Sur se hallara en la frontera Norte. O en brazos de un zombi cuyo rostro correspondía al de un asesino serial. Y la información que llevara a su captura, como decían los medios, no sería recompensada con millones, sino con golpizas.

Las entradas del búnker parecían de talleres de automóviles y escuelas de repostería. Sicarios guardaban las puertas, en las azoteas halcones practicaban el tiro al blanco. Para impedir la fuga de las chicas había fosos. Uno lleno de zombis hambrientos. Otro de aguas negras.

"*Crunch crunchy* llegó la papa, el huesito crujiente, hora de *lunch*". La Culebra aportaba un costal con conejos, lechones y aves canoras que arrojaba a los zombis, quienes, con quijadas chirriantes y largas uñas negras se abalanzaban para devorarlos.

El Moloch contemporáneo observaba desde su celosía. Amante de los niños, gustaba de las especies tiernas. Para llegar a él había que seguir un intrincado laberinto de cuerpos infantiles; no de senderos torcidos, sino de puertas corredizas y señales equívocas; no de cuartos cerrados, sino de cobijas rosas y espejos falsos que eran ventanas. El mensaje en la pizarra:

EL SEÑOR DE LOS PLÁTANOS
VIENE HACIA ACÁ
EN SU ZOMBITRÓN:
BÁJATE EL CALZÓN

Animales hechos con materiales sintéticos, camas de muñeca, zapatos de mujer, gafas en miniatura, muñecas de trapo y loros parloteando en las paredes indicaban el camino hacia el dormitorio. En una foto, María Félix seguía desorbitada a la niña perdida en los espejos.

La biblioteca del Señor de los Zombis no tenía libros, en sus estantes había cajitas con polvo blanco, frascos con drogas líquidas, botiquines con antidepresivos, pastillas para dormir como piedra y para despertar como zombi, píldoras para combatir los síntomas de la esquizofrenia y la apatía profunda, para energizar el apetito de comida y de sexo. Sin Homeros ni Dantes ni Cervantes ni Shakespeares los libreros eran mundos sin palabras.

Todo parecía imaginario. Todo juego de niños. Excepto los sirvientes dispuestos a sacrificar cualquier cosa a Moloch, incluso a ofrendar a sus hijos al fuego de su lujuria. Se seguían dos reglas de oro. Una, dejar libre la entrada para en caso de tener que salir corriendo. Dos, dejar prendidos los motores de los autos para al oír pasos de policías vaciar el friso de las niñas con los pechos desnudos para que el jardín pareciera desierto.

*La extraña muerte del doctor Ramírez*

La oscuridad chocaba contra la luz como contra un escudo. La irrealidad bañaba las calles de neblina. Dentro y fuera de mi cuerpo, telarañas. Elvira en su retrato, una palidez remota. El Señor de los Zombis y El Señor de los Suelos, dos personas distintas en una muerte incorporada. Carlos Bokor y Charlie Rokob, una vagina fálica. Sonia, sentada en un banco de piedra, en trance sobrenatural. "Ojalá que apagaras los perros", gritaba con ojos abrasadores. "Pero no hay perros", replicaba. "¿Me alucino?" "Eso me temo". Abrí el ordenador, en *El Diario del Centro* la noticia sobre la extraña muerte del doctor Ramírez:

**El doctor Alejandro Ramírez, célebre por su técnica de rehidratación de cadáveres, fue asesinado a tiros ayer jueves a las 19 horas cuando salía de su clínica ubicada en Barrio Encantado. Científico reputado en su ciudad natal, desde muy joven se le reconoció por su habilidad para recuperar el aspecto corporal de mujeres asesinadas en la frontera y por llevar a sus victimarios a la justicia. Genio de la computación, su tesis doctoral fue sobre el origen de los zombis y la transición de los vivos muertos a muertos vivientes. Dícese que su interés en este ramo de la Medicina comenzó cuando aún estudiante en la Universidad Autónoma de Misteca presenció el asesinato de su madre a manos de un sicario apodado El Heladero. Testigos presenciales, que se niegan a ser identificados, aseguraron que poco antes de su homicidio se vio en las inmediaciones de**

la clínica al asesino de su madre. Acompañado por el pistolero El Niño Sicario, se ignora si este hampón había premeditado la muerte del cirujano, temeroso de que pudiera entregarlo a la policía. Según reveló la detective Norma Ortega, no obstante que miembros del crimen organizado lo habían amenazado de muerte después de restaurar el cuerpo de una niña violada y asesinada por Vándalo A y Vándalo B, el galeno no quiso aceptar la protección de escoltas proporcionados por el gobierno. De acuerdo a la comunidad científica, desde hacía cinco años el doctor Ramírez trabajaba en una técnica llamada "retroceso de putrefacción", la cual permitiría tratar cuerpos hallados en completo estado de descomposición y llevarlos hasta un grado de rehidratación en el que podría ser posible su identificación. De esta manera, los asesinos no quedarían impunes. "Es probable que los verdugos del doctor Ramírez crean en el crimen perfecto", declaró el doctor Gabriel Niebla, "sobre todo cuando las autoridades sin investigación alguna cerraron el caso aduciendo que su asistente Rebeca Martínez lo mató por líos amorosos."

"Hay algo raro", por el celular comunicó Roberto desde la Procuraduría. "En un suceso aparentemente no relacionado con el crimen del doctor Ramírez, esa misma mañana se encontró en la Reserva del Desierto a un proxeneta asesinado. Lo hallaron en un taxi con el cuerpo picoteado por armas punzocortantes. Tenía los pantalones abajados hasta la rodilla como si antes de ejecutarlo lo hubiesen sodomizado. Uno de nuestros reporteros mandó a este diario fotos perturbadoras en las que aparece el sospechoso del crimen, un zombi adicto a beber sangre humana, con la bata del médico Ramírez puesta y una tarjeta suya en la mano".

"¿Dijiste zombi?"

"Un muerto viviente que trabaja como sicario de policías ferales al servicio del general Castañeda".

"¿Por qué motivo Castañeda estaría interesado en asesinar al doctor Ramírez?"

"Porque estaba trabajando en la recomposición del cadáver de Diana Martínez, hermana de Rebeca, desaparecida en circunstancias extrañas afuera de la clínica".

"¿Es todo?"

"Hay algo más, sin esperar a que se practicara la autopsia de ley para determinar las causas de muerte del proxeneta, y sin examinar pruebas, el encargado de la investigación dictaminó que se trataba de una venganza entre amantes del mismo sexo, y dio carpetazo al asunto".

"Sospechoso".

"Ahora se sabe que los sicarios después de perpetrar el crimen hallaron escondida en la clínica a Rebeca Martínez, la asistente y amante del doctor Ramírez. En un principio, tal vez por ignorar su presencia en el lugar de los hechos, los sicarios la habían dejado atrás, pero uno de ellos, viendo una luz prendida en un cuarto, volvió para inspeccionar la clínica y decidieron llevársela".

"La conocí durante mi visita al doctor Ramírez. Era una norteña de pelo negro y ojos grandes que despedía sensualidad al hablar y moverse. Creo que el restaurador de cadáveres estaba prendado de ella".

"Una cosa más, un halcón que supuestamente presenció los hechos desde la acera, fue ejecutado".

"Hallé este álbum en la mochila del halcón". Ya en la funeraria, Roberto me mostró fotos de infantes desnudas de tez morena y pelo largo con las manos entre las piernas por timidez o por frío.

"¿Ninguna de Elvira?"

"No, aunque el halcón a cargo de vigilarlas andaba en la trata". Roberto dio un trago a su mezcal. "Para la sed".

"Mira, vienen hacia acá policías para preguntarnos si el difunto era nuestro socio".

"¿Qué podemos decir que no sepan? ¿Qué el halcón fue acribillado por meterse con la esposa del jefe? ¿Qué amaneció con un mensaje en las nalgas: Para que no se te olvide quien es el dueño de la mercancía?" "Yo lo retraté. La putrefacción era suya. Sus ojos parecían focos fundidos".

"El sicario tendrá pase automático de vivo muerto a muerto viviente; de organismo descompuesto a muerto funcional; de muerto absoluto a vivo relativo. La pregunta es: ¿El doctor Ramírez rehidratará su propio cadáver?"

"Mira Daniel, policías ferales están rodeando la funeraria. Los acompañan ancianos jubilados y ejecutivos lumpen de entre 12 y 72 años".

"Buenas tardes, amigos, ¿lloran a un pariente?" El Heladero, uniformado de policía, se dirigió a nosotros.

"Ya nos vamos", Roberto me cogió del brazo.

"¿Por qué tan pronto, amigos, vamos a platicar?"

"Vi la muerte en sus ojos, vi nuestro coche rodeado de sicarios. Caminemos despacio, finjamos tranquilidad", me susurró mi fotógrafo.

Al abordar el auto, en el primer semáforo se nos emparejó una camioneta negra. Por la ventana abajada El Amarillo nos apuntó con una escopeta. No disparó. Se alejó riendo.

*El Trendy*

Puesto el sol El Trendy abrió sus puertas. Era el restaurante de los zombis. Tenía la reputación de ofrecer embutidos podridos, carne de coyote y chorizos españoles. Siempre estaba lleno. Los muertos vivientes parecían reproducirse de noche y como una aberración demográfica no sólo llenaban las plazas y los centros comerciales, sino también las mesas de El Trendy. En grupo o en solitario hacían bola para entrar al restaurante cada noche.

Los zombis, que en las cadenas de comida rápida se les consideraba indeseables, y no se les permitía entrar y tampoco mirar hacia el interior por las ventanas, pues su presencia incomodaba a los comensales, en El Trendy eran bienvenidos.

"Habrá fiesta en El Trendy, vendrán zombis a pasto. Será un *chóu* padre. Vivos muertos, hombres de negocios, extorsionadores y teiboleras ocuparán asientos principales, a lo mejor entre ellos puede aparecer Elvira", dijo Roberto con su hablar golpeado.

"¿Quieres venir conmigo?"

"Mi hijo cruzará la frontera para pasar la noche conmigo. Recibió amenazas de El Amarillo y quiero protegerlo".

"¿Avisaste a la policía?"

"Mejor, no. Nadie lo cuida mejor que esto". Mi asistente empuñó la pistola.

A la entrada del Trendy estaba La Culebra. Hacía de portero. Vestido de azul claro se cubría las manos con guantes blancos. Velas verdes alumbraban las mesas con manteles negros. Fotos con escenas de cine de horror colgaban de las paredes y tubos neón arrojaban sobre la cabeza de los asistentes colores deslavados. Tony Paranoia no perdía de vista la puerta. No fuera a ser que de las paredes se desprendieran pistoleros y le dispararan.

"Tanto tiempo sin verte", Marlene Fernández echó sobre mí una mirada cansada.

"Quiero ver qué hay adentro". Señalé a un cuarto.

"Hay zombis echados sobre tapetes raídos, un librero con paquetes de dinero en los estantes. Si tienes suerte, puedes toparte con la náyade de los charcos de Chalco, ahora zombi", dijo Tony Paranoia.

"¿Qué se les antoja comer, amigos?" Marlene señaló los platos exhibidos en una vitrina en fotos plastificadas: costillas, chuletas, salchichas, alas de pollo, tostadas de maíz azul, hamburguesas, panes y tartas de duraznos. "Nuestros amigos detestan las zanahorias, las espinacas, los rábanos y las lechugas. A las truchas las tiran al WC".

Sentada a una mesa de metal se entregaba a la contemplación de un pastel de chocolate con frambuesas color sangre de toro la festejada de la noche: ZOMBI MARÍA. El postre de cumpleaños rotaba como un féretro, y eso excitaba a los convidados. Elaborado con harina, cacao amargo, azúcar escarlata, cucharadas de esencia de vainilla y manteca de cerdo mezclada con queso crema, su consistencia era ligera y espumosa. Al helado de vainilla derretido lo lamía del plato, mientras un convidado vaciaba el salero en el mousse de chocolate y en las servilletas, pues también se tragaba el papel.

"¿Conoce a Zombi María?" El chef-zombi iba de mesa en mesa saludando con movimientos de cabeza. No le agradaban los saludos de mano y cuando esto sucedía entraba en la cocina para desinfectarse luego.

"No la conozco".

"No importa, hay tiempo para compenetrarse."

"No es mi tipo."

"No importa, habrá tiempo para desahogarse".

"¿Qué hay en la carta?", preguntó Marlene.

El chef-zombi recitó la lista de platos especiales: "Esta noche tenemos sesos crudos con dientes de ajo, chiles piquines con cabezas de fuego, huevos de serpiente hervidos en aceite crujiente, ojos y buches de vaca, testículos a la pimienta, criadillas, carne picada con huevos negros, hígado bañado en sangre de res, delicias todas que pueden acompañarse con agua de jamaica, sangrita, tequila o mezcal. La leche de hembra recién parida, tanto humana como animal, la reservamos a los zombis desdentados, pues en los hospitales y centros de rehabilitación no hay dentistas para zombis".

Interesada en los ojos de distinto color del cocinero, y en su indumentaria —saco café, pantalón rojo, corbata azul y zapatos verdes— Marlene lo escuchaba sin poner atención, mientras desde su mesa Zombi María me miraba como si quisiera comerme. Pálida en su mortaja parecía dos veces pálida. Con un sombrero ancho se cubría las violetas mortecinas de sus mejillas.

"¿Cómo mantiene el orden?", pregunté al chef.

"¿En mi refectorio-bar-bodegón-taquería-carnicería-hostal-albergue-cocina popular-*snack-bar-grill-room-self-service*? Muy sencillo, dispongo de zombis armados con garfios, rifles de asalto, puñales y pistolas".

"¿Qué hace para evitar daños al mobiliario y proteger a la clientela de las riñas entre zombis y policías ferales?"

"Como suelen lanzarse bombas de fragmentación, los accionistas instalaron mesas resistentes a explosivos".

"¿Cuáles son las medidas de higiene?"

"El personal cuida que los clientes no pierdan el control de sus órganos, o que resfriados o enfermos del pecho estornuden y tosan sobre los alimentos o sobre las manos de otros comensales. Los accidentes ocurren cuando un zombi ansioso de sacar con las manos la carne del horno, del microondas o del asador eléctrico o del carbón encendido se chamusca los dedos. Ahora, sígame".

La cocina era una carnicería. El zombi matarife y sus asistentes armados con cuchillos de matar, desollar, rajar y cortar huesos ejecutaban *in situ* cerdos, ciervos, corderos y conejos, descabezaban patos y gallos, colgaban de los garfios cuartos de vaca, cerdos despellejados y terneras sin patas;

ponían sobre la tabla la falda, la costilla, el lomo, el codillo, la aguja, la longaniza, la panza, la cadera y la barbilla del animal.

"Por miedo a que los zombis entren a servirse a sí mismos, cojan con manos sucias la hamburguesa podrida o el pollo pestilente, los pinches defienden la cocina con rejillas como las utilizadas por los tenderos en zonas de alto riesgo. Evitamos las puertas giratorias, pues hay comensales que entrampados dan vueltas y vueltas".

Observar a los zombis comer carne cruda impresionaba. Verlos hincar el cuchillo en las fibras y en los huesos de un lomo como si le cortaran la espalda a un prójimo, todavía más. Agitaban el cuchillo como un arma blanca mirando al comensal vecino con gesto famélico. Y asustaban a los niños zombis rompiendo los huesos de un animal con los dientes y desgarrándolo sobre las piernas.

"Hacer uso del tenedor es complicado, a veces se trinchan la mano o se llevan el pedazo más grande y jugoso de una pieza, desechándolo luego para chuparse los dedos", continuó el chef.

"Dígame otra mala costumbre de los zombis".

"La de meterse por debajo de las ropas la mano y tocarse y rascarse las partes íntimas mientras están masticando. O la de apretarse las nalgas para retener los vientos que sueltan con una tos o una risa. O la de las mujeres que abren las piernas y muestran sin recato su triángulo. O la de convertir el florero en orinal. O la de orinar contra la pared o fuera de la bacinica a la vista de todos. O la de sonarse con las manos tan fuertemente que parecen sonarse la nariz".

"Con esos ejemplos basta".

"Hay zombis que degustan la carne de puerco no sólo con la boca, sino con las manos; saborean la cecina con los dedos como si fuesen dientes, y le clavan las uñas a la carne como si pudiera escaparse. ¿Sabe por qué los zombis no comen chocolate? Porque se comen los dedos".

"No le hallo chiste", Marlene, raspando con un cuchillo las escamas de una carpa, mostró su desagrado.

"¿Quiere venir conmigo a la cocina, señora, y verlos comer albóndigas crudas porque creen que se están comiendo sus huevos, ja-já", el chef se fue.

"No le hallo chiste", Marlene me dio la espalda.

En la cocina una zombi pelirroja seguía con mirada famélica la rotación de una hamburguesa en la parrilla mientras El Amarillo y La Culebra con los brazos extendidos impedían que otros zombis se acercaran a la mesa a comer hígados y riñones.

Inclinado sobre una estufa, El Matagatos le ponía al café pimienta negra, sal marina, leche de cabra, chile pasilla y rodajas de limón que parecían perlas verde pálido. Al verme me clavó una mirada tan dura que aparté los ojos. El Niño Sicario vigilaba la puerta. El paso fronterizo estaba cerca. Como era tiempo de masacres en centros de rehabilitación existía el peligro que los zombis se fueran sin pagar. Pero el entretenimiento no decaía un momento. Cantantes desdentados hacían actos graciosos. Los sobrevivientes de un "paseo" con policías ferales se entretenían con damas desalmadas.

"Detesto ser tocada por zombis que al verme en la calle creen que soy del dominio público. Me agarran las piernas, las tetas y las nalgas", confesó con voz nasal una zombi que llevaba una casaca tan corta que las mangas le llegaban a los codos y los faldones al trasero.

"He sobrevivido a descargas eléctricas, a multitudes en el metro, a indigestiones de comida de avión, a la televisión prendida día y noche y al obituario que escribió un amigo (el que se murió fue él), cuanto más no voy a sobrevivir a las caricias de un zombi", contó una chica delgadita.

"Yo triunfé en la carrera 'Salva tu cuerpo'. Corrí cinco kilómetros bajo el sol perseguida por un sicario enano. Odio el sexo grotesco". La zombi pelirroja abajó la cabeza para disimular su estatura.

"A mí me gusta hacer el *chóu* de la sirena, que de mis senos broten chorros de leche y caigan gota a gota en la boca de un camionero loko", una chica rubia sacó los pechos y paró el trasero.

"Odio el sexo tradicional", manifestó una belleza con gafas rojas y peluca verde. Su camiseta pintada con *spray* y sus uñas puntiagudas la hacían parecer lúdica.

*Zombi-girls* la rodeaban con pantalones vaqueros, playeras con calaveras, botas negras y medias deshiladas. Unas rapadas, otras con el cabello en cresta. Todas fumando.

"No fumen, se les van a poner los pulmones negros", la zombi pelirroja las miró como a insectos.

En eso Las Tres Catrinas, con sombreros floreados y dientes pelados, empezaron a cantar "Tianguis de huesos":

*Vendo baratos los huesos*
*Mis huesitos del montón*
*Mandíbulas cinco pesos*
*Dedos flacos a tostón.*

*Repuestos de calaveras*
*Huesos limpios sin sangrar*
*Piernas izquierdas enteras*
*Hasta para cocinar.*

*Huesos de res tres por diez*
*Costillas de a burro a peso*
*Uñas de cerdo al revés*
*Y de regalo un pescuezo.*

*En cada compra un regalo*
*A todos les doy tres dientes*
*Si no hay de hueso de palo*
*Si no los de sus parientes.*

Cuando volví estaban sentados a mi mesa tres zombis. Indiferentes al género vestían falda, mortaja, chaqueta, uniforme de policía, sandalias, tenis, botas; con gafas de sien a sien se tapaban los ojos.

"Me agrada el pollo medio vivo que patalea entre los dientes, nos da la impresión que no estamos muertos", dijo uno.

"Comámoslo antes que se nos olvide que comemos", dijo otro.

El bufé consistía en ojos de vaca, sesos de mono, ancas de rana, testículos de buey, setas Trompetas de la Muerte y tamales con dedo de niño. Los zombis comían lo que podían, no sólo para las próximas horas, sino para la próxima vida. Uno, con expresión melancólica, parado junto a la pared, tragaba carne podrida como si se tragara a sí mismo. Sin poder soportar puertas cerradas, atacado de claustrofobia, de repente empezó a dar cabezazos a una pared, pues el encierro le recordaba la tumba. Poco antes, la vista de un buey abierto en canal, con la dentadura ensangrentada en muda carcajada, lo había impelido a atacar al carnicero.

Los zombis mostraban llagas, magulladuras, descalabraduras, moretones, desgarres, costras, supuraciones, heridas de bala, cachazos en el rostro, labios partidos, coagulaciones y cicatrices. Meseros amortajados servían sustancias tóxicas, aunque algunos adictos preferían el método tradicional para atontarse: un martillazo en la cabeza.

Al amanecer llegó un vivo muerto con un gafete en la solapa: Dr. Emilio Marrano. Al quitarse la gabardina desprendió un olor a carne podrida. Gordo, se iba de lado. Sediento, bebía arañas en un vaso. Glotón, devoraba lo que estaba sobre la mesa mirando con cara de hambre a los demás. Cuando un vivo muerto le reprochó su gula, el Dr. Marrano enseñó un escrito: "Estoy enfermo. Mi glándula prostática está inflamada, sufro de dolores en la cadera, mis piernas muestran síntomas del vacío de Qi".

"*Listen*, deja de mirar a eze creep y pon atenzión en lo que te voy a dezir. *I am not kidding*", declaró una chica con cara de cómic. Venía del otro lado de la frontera. Traía sombrero azul, falda ajustada, chaqueta roja y los senos sueltos bajo la blusa amarilla. "Zonzo, olvídate de eze zurcido que ze zurra en loz pantalonez, *a big story is about to break*. Ezta noche el monztruo de Mizteca *got a letter from his bozz* proponiendo *terrorize the zity*. El monztruo anunziar *when and where he will strike*". Como me quedé dudando, añadió: "*I offer you a nigth with me* en dormitorio eztudiantes Texas University".

"Señorita, vengo de parte del Señor Bokor a traerle este presente". Un mesero se inclinó hacia ella con un paquete en la mano.

"*Another* collar de perlas, ¡qué barato!" La chica zombi lo aventó al cesto de basura y le dio una bofetada con la mano izquierda.

"*Please, miss*, reciba su regalo, si no costarme la cabeza", suplicó el mesero.

"*Thanks*, dile a ese *creep* que no vuelva a *bother me*", la chica abandonó el salón.

"¿Dónde estás, Daniel, que no contestas?" Oí en mi celular la voz de Hilaria. "¿Estás ebrio? ¿Qué haces en este momento? ¿Buscas a Elvira?"

"Estoy en El Trendy".

"El director de la escuela se comunicó conmigo para preguntarme por qué la niña no asiste a clases. Me amenazó con expulsarla si no se presenta la semana próxima".

"Qué desgraciado".

Yo me sentía apagado ante la luz brillando en las joyas de las zombis.

"*Good morning, good night*". Pasaron las gemelas Cristal y Mezcal con una falda escarlata y las tetas descubiertas. La machorra que vigilaba la puerta de la cocina no era Lady Godiva sino Lady Saliva. "Nos vemos en El Cadillac".

"¿Qué estás viendo?" Volvió a llamar Hilaria.

"Veo que el doctor Marrano se bebió diez arañas en un vaso y se cayó de la silla".

"No seas putañero, dedícate a buscar a Elvira".

"Te juro, Hilaria, que desde que llegué a Misteca no he hecho otra cosa".

"Quiero resultados, si no tomaré el próximo avión a Misteca para buscarla yo misma".

"Los tendrás en unos días".

"Lo mío no es una advertencia, es un ultimátum".

*Quiero contigo*

La noche siguiente hubo fiesta en El Trendy. Zombi María se levantó del lecho de lodo donde dormía, se acomodó los ojos, se fajó la cintura y se ciñó los muslos un poco más arriba de las medias. Se calzó los zapatos dorados. Se polvoreó las mandíbulas descarnadas y se arregló los labios. Vestida de verde se dirigió a El Trendy. La Orquesta Zombi Colombia estaba tocando una cumbia. La música tropical era la favorita de los zombis porque les sacudía las entrañas y les despertaba del sonambulismo. Aunque a veces en la pista tenían miedo de que en las sacudidas se les fuera a caer la cabeza o se les desprendieran los pies. Quizá por eso las parejas se apretaban como si quisieran comerse. Y una vez que comenzaban a bailar no tenían para cuando parar. Terminada la pieza seguían empernados.

Cuando me vio Zombi María sus ojos dejaron de estar apagados. Al ritmo del danzón "Frankenstein no debió de morir" vino hacia mí, se reacomodó la nariz, se tapó las orejas caídas con mechones para ocultar cicatrices. Sin decir agua va, como atravesando un velo de sonidos, me descargó una ráfaga de diminutivos con palabras nasales, intercaladas con caricias:

**Quiero contigo.**
**Acércate a mí quedito.**
**Quiero sentir tu miembrecito.**
**Dame un latido de tu corazoncito.**
**Quiero bailar contigo pegadita,**

**de pancita y de cachetito.**
**Caliéntame con tu cuerpecito.**
**No me dejes solita.**
**Quiero yacer contigo, corazoncito.**

La zombi al bailar, apretándome entre sus brazos fláccidos metía su pierna entre las mías; me clavaba la lengua en un beso de dientes, y, *cantadito,* me confesaba su deseo de hacer el amor conmigo donde, cuando y como yo quisiera.

"Bonito". "Maldito". "Vámonos a la cama". Me mordía la oreja. Pero el hedor vaginoso de su boca y los vapores corporales que le salían por debajo de la falda me ahuyentaban. Era la primera vez que yo abrazaba carne muerta y no sabía cómo disponer de su anatomía. Sólo acertaba a decir: "Mañana, mañana".

"Tons qué, ¿nos vamos?", ella me presionaba, me rasgaba la espalda con las uñas.

"Mañana, mañana", trataba de apartarla de mí, temeroso de su zombi amigo que me clavaba los ojos como dagas.

"Mañana, madres", Zombi María emitió las emes y las enes con voz tan nasal que me dio la impresión que los sonidos le salían por la cara.

Se acabó la música. Pero ella no me soltó. Me acompañó a la mesa, vigilándome con cara de pescado mientras me mostraba sus pompis como sandías aguadas.

Comenzó la pieza y con ambas manos me agarró. Yo, estrechándola, temía que en un arranque de pasión o de celos me rompiera los huesos. Pues no sólo trataba de adentrarme por sus partes bajas, sino también por la boca desdentada, y por la piel abierta y ávida. Entre más se excitaba, el vientre más se le profundizaba. Tratando de eyacularme, yo estaba a punto de colapsarme, reacio a un coito en seco. Como ella lo notaba, me clavaba las uñas y me golpeaba la espalda. Abriendo los jirones de su escote, mostraba las manzanas podridas de sus tetas. Yo admiraba el verdor mortecino de sus ojos, sus dientes como de papel aluminio de cajetilla de cigarros. Cuidándome de sus lonjas repelentes, trataba de no apretarla. Así nos mantuvimos juntos y separados. Así pasamos el tiempo al ritmo de "Frankenstein no debía de morir", en su cuello negro bamboleándose una placa con su nombre: Zombi María.

"Esa garra fue Señorita Misteca. Ganó el certamen de belleza nacional por sus atributos físicos y su encanto social. En sus buenos tiempos paraba el tráfico, los peatones se detenían para mirarla y las fotos tomadas con celulares eran difundidas en las redes sociales. Ahora es la Señorita Derrame de Petróleo, la diadema se le hundió en la cabeza y los rojos labiales parecen granos de granada aplastada", vino a decirme Sonia. "Un día entré a su cuarto en Barrio Encantado. Estaba tendida en la cama mirándose la cara en los espejos que tenía en el techo para observar los progresos de su deterioro físico. Día y noche se examinaba. Y se cubría de cremas, se ponía velo y peluca, ropa amplia y guantes, y salía al mundo buscando a quien devorar".

"No sabía que Zombi María como Frida Khalo se pintaba a sí misma en sus padecimientos".

"Así es". Sonia se fue a otro cuarto. Marlene Fernández la siguió con la faldilla que apenas le cubría los glúteos. Para celebrar su entrada, un músico con cara de ídolo marcó con los pies el compás. Y la Orquesta Zombi Colombia se soltó tocando una cumbia. Luces rojas atravesaron el espacio. Brazos gordos se anudaron a mi cuello. Sombras de parejas zombis se apretaron en la pista. Caras desfiguradas bailaron mejilla contra mejilla y labios sedientos bebieron el aliento de hembras desalmadas. Con los ojos cerrados se chuparon los fluidos, se pasaron las manos por los genitales, bajaron pantaletas y pantalones, atacaron bocas queriendo atraparse la lengua. Era una orgía de zombis. Desde los muros los espejos reflejaron camisas y blusas desabotonadas, rodillas raspadas y uñas esmaltadas. En las sillas se sentaron criaturas de piernas largas y cortas, faldas abiertas y cierres rotos. La penumbra se abría y se cerraba según las puertas. Una pubescente se esfumó con un zombi desorbitado, una Venus se quitó el sostén transparente y dejó ver chiches ajadas.

"Quiero contigo", Zombi María me rasgó la piel con uñas erizadas.

"Desinféctate", la hice a un lado y saqué el frasco de gel que llevaba en el bolsillo. Mas cuando levanté del suelo a una niña zombi por cuya herida le salía un líquido negro, un halcón me cogió del brazo. "Pertenece al jefe. No tocarla".

Quise contestarle, pero me distraje viendo por la ventana a un convoy de camionetas negras estacionándose junto a la acera de El Trendy. Policías armados bloqueaban la calle y se posicionaban a las puertas del antro. Oliendo muerte, los peatones y los acomodadores de coches huyeron. Sin perder un segundo los agentes de la ley no escrita subieron la escalera. Con silenciadores en las suelas, tomaron posiciones entre las mesas y cerraron las puertas. Las exteriores como las interiores. Tenían instrucciones del general Castañeda de eliminar a los muertos vivientes. Y de violar a las meseras jóvenes. Sospechando masacre, La Malinche Negra se escabulló por una puerta trasera. Alcancé a ver en su talega la datura inoxia, el *toloache* que en El Trendy daba a los asistentes. Tras ella El Matagatos, La Culebra y El Amarillo se volvieron ojos de hormiga.

Ante la ofensiva los muertos vivientes se hicieron los muertos. O se quedaron a la mesa comiendo con manos ávidas restos de sesos y criadillas, bebiendo insectos verdes en los vasos. Sin instinto de conservación, como moscas que vuelven al terrón de azúcar, no se defendían. Marlene Fernández, lesionada, fue recogida por una ambulancia ordenada por el coronel Milton Maldonado. A Tony Paranoia se lo llevaron los policías ferales para torturarlo. Como estaba entre amigos, creía que lo dejarían libre. El chef de El Trendy cayó a mis pies.

"Un delincuente menos", declaró el general Castañeda con la bota sobre su cuerpo.

"Mañana, mañana", Zombi María, como en duermevela, repetía con voz nasal.

Salí de la mesa bajo la que estaba resguardado. Me arrastré hasta la salida abriéndome paso entre los zapatos rojos de Marlene Fernández. Cuando me perdía en la calle, alcancé a ver a los policías partir en negras camionetas en busca de los zombis del antro Aka Akapulco Aki mis Takos. Espreyaron en la pared un mensaje:

**Los aquí presentes fueron rehabilitados. No teníamos motivo para odiarlos. Fue una puntada del general Porky Castañeda. No nos guarden rencor.**

"Sólo a una mente perversa se le ocurrió poner la cumbia más rápida del Caribe para que bailara la gente más lenta del mundo", me dijo Sonia en la esquina.

*Noticias de Misteca: El Misterio de los zombis ferales*

Ese fin de semana manadas de zombis ferales invadieron la Reserva del Desierto. En la "Cueva de los Zombis", nueve adultos y cuatro menores fueron sacrificados en un altar. Por las lesiones y las ropas desgarradas la Procuraduría infirió que las víctimas fueron atacadas por perros callejeros.

Elementos de la policía que peinaron la reserva el lunes al amanecer hallaron a dos mujeres de entre 22 y 34 años que mostraban arrancamiento del miembro torácico izquierdo, evidencias de desgarramiento de los tejidos y exposición de huesos. "Eran paradas de Callejón Durango". Concluyó el dictamen. No obstante que vecinos del lugar habían denunciado que gentes de Puente Roto acudían a la cueva de noche para celebrar ceremonias delante de una roca cubierta de helechos "para agarrar al zombi sobrenatural".

"Se está haciendo peligroso ser mujer en Misteca", Sonia entró en mi habitación la medianoche del martes.

"¿Qué quieres decir?", le pregunté desde la cama.

"Hace unas horas fueron halladas cinco niñas de entre 11 y 13 años con cortaduras y mordeduras en pantorrillas, glúteos, brazos y cara", ella se llevó un puro a la boca y empezó a fumar.

"¿Te adornaste con perlas?"

"Falsas, las verdaderas son una lata, te las pones y en la esquina te roban".

"Peritos en criminalística dijeron que los zombis ferales se encarnizaron con sus presas y las lesiones fueron causadas *ad mortem* y *post mortem*", Roberto, descalzo y en pijamas verde limón, irrumpió en mi cuarto. Traía el pelo parado con gel. "Por la mugre de los cuerpos se cree que los asesinos las arrastraron hasta la cueva".

"¿De dónde sales?"

"Del bar del hotel".

"¿Cuál bar?"

"El de mi cuarto".

"¿Solo?"

"Con Sonia".

"Si es así, seré padrino de bodas".

"Vine a decirte que hallaron en la cueva a un hombre de la tercera edad y a una bailarina que hacía yoga. El adulto mayor, que trató de defenderse con las manos, fue mordido en la cara. La bailarina fue atacada en las piernas".

Sonia le arrebató la palabra: "El ataque a Venus García fue horrible. Un zombi feral que la acechaba entre los matorrales se le vino encima. La hirió gravemente y en el hospital falleció murmurando 'Zombi', 'Zombi'"

"La necropsia determinó que había muerto por heridas múltiples, mutilaciones graves y lesiones en los pechos causadas por colmillos", Roberto se abrió la camisa. "Qué calor hace aquí, no hay ventiladores".

"Préstame la pistola, por si tengo que defenderme en la calle", Sonia cogió mi revólver de la mesa y se marchó dejando la puerta abierta.

"Te lo presto", le grité.

"Por el pánico que provocaron los crímenes en la población guardias armados salieron en busca de los zombis, pero los que salieron huyendo fueron ellos… Aduciendo que no encontraron a nadie, excepto a una manada de perros callejeros", Roberto sacó un cuadernillo del pijama. "Este es mi informe: Lacra, un artista que tatúa dragones y santas muertes en la espalda de los zombis declaró que como las criaturas ferales unidas a las jaurías caninas tomaron por asalto cementerios, terrenos baldíos y estaciones de metro, su propósito es tatuarlos a todos. De acuerdo a Julia Carranza, maestra en Ciencias, la razón por la que han surgido hordas de zombis en Misteca se debe a que los zombis enfermos de sarna y de parásitos, no vacunados contra la rabia, se tornaron salvajes. Como sabemos, los zombis, de comportamiento tranquilo durante el día, de noche se tornan feroces. Al igual que los ancestros lobunos de los perros, los manda un macho alfa, al que se ha visto correr en cuatro patas y envuelto en andrajos. Una manada regular de zombis puede contar con veinte miembros. En algunos parajes atacan a presas de sangre caliente. Nacidos de hembras libres pasan su vida, desde el nacimiento a la muerte en lotes baldíos y edificios abandonados cercanos a mataderos y basureros donde se alimentan de animales pútridos, lechones lactantes, perras con crías y aves a las que comen con pico y plumas. El peligro que representan es que transmiten enfermedades infecciosas".

"Algo positivo que podría decirse en su favor es que ayudan a extirpar plagas nocivas: ratas, cucarachas, garrapatas y chinches. Lo negativo es que algunos viendo en un prado a una morena de ojos de azabache comiéndose un taco de carne al pastor pelan los dientes a la espera de comérsela a ella también. Por desgracia, el chiste del Señor de los Suelos, emitido desde algún lugar de Misteca, de que los zombis que no poseen agresividad no sirven como guardianes, es irresponsable", aseveré.

"Mientras son peras o son perones, la opinión pública exige a la Procuraduría que realice un operativo para capturar a los zombis ferales que frecuentan la Reserva. El gobierno, como medida de control de la plaga, debería publicar que cada familia que tenga en su poder o albergue en su casa a un muerto viviente, o que esté en tránsito de convertirse en uno, esté sujeta a un registro obligatorio. Requisitos serían: implantación de un microchip en el cuerpo para poder rastrear sus movimientos, identificación del propietario, vacuna contra la rabia, certificado de no antecedentes penales o disturbios mentales, y esterilización para evitar su reproducción sin control. Para lograr este objetivo el ayuntamiento deberá poner a disposición de la ciudadanía cincuenta quirófanos móviles. Otra medida sería que la Sociedad de Bienestar Animal aplicara una eutanasia indolora que conlleve a la paralización de las funciones cardiacas y respiratorias de los zombis ferales y de los perros callejeros".

"No todos los zombis, como no todos los perros callejeros, están en movimiento continuo, a veces duermen en un coche destartalado, en un vagón del metro o en una tumba. En esos lugares debería tatuarlos Lacra".

"Agárrate, esta noche habrá una boda en el Club Geranio. Bueno, hasta más tarde, me voy a tomar una siesta", Roberto se marchó.

"La controversia sobre las muertes en la Reserva continuará por algún tiempo. Me tomaré una ducha de agua helada para bajarme el calor y luego iré a la Procuraduría para indagar sobre el asesinato de Venus García", me dije. "Por lo que veo el mantra de los zombis ferales, como el de los perros callejeros, es: *anda, ataca, anda, fornica, anda, pela los dientes, anda, escóndete, anda, ataca de nuevo*".

*Noticias de Misteca. Rastrean el Oriente, ignoran el Poniente*

Si bien la boda no se celebró esa noche, al día siguiente aparecieron más víctimas en Reserva del Desierto. Cubierta de nieve, la ciudad tenía un *look* siniestro y bello a la vez, pues la central camionera, el aeropuerto, las maquiladoras, las escuelas y los pasos internacionales estaban cerrados y un manto de blancura cubría las calles de silencio.

En una mesa del Club Geranio tendieron a Venus García. Inerte en el lecho funerario le taparon los ojos con una mascarilla de avión. La mortaja, cortesía de Tony Paranoia, era de seda. Cortinas negras enlutaron las paredes revestidas con papel pintado. Luces moradas ocultas en floreros alumbraron el techo. Las sombras de las llamas de las velas parecieron rígidas en la pared.

El carmín en el rostro lívido revelaba un pequeño detalle de coquetería. Sus botines rojos y su pecho alzado hacían imaginar a la bailarina contoneándose en el Club Geranio al ritmo de una cumbia. Y la carroza negra que aguardaba en la calle con la puerta forrada de tela negra, tirada por caballos, a la vieja usanza, daba la impresión de que esperaba a una dama de la alta sociedad de Misteca. Pero no, el coche fúnebre de Colinas del Paraíso la esperaba a ella.

El salón reservado a los VIPs era la capilla ardiente. Los muebles los habían trasladado a una bodega. El ataúd rodeado de cirios estaba al fondo. La Malinche Negra de luto, con velo rojo sobre la cara. Desde que entré no dejó de escrutarme. Sonia, junto a un jarrón con agua bendita, no pronunciaba palabra. No dejaba de ver a los sepultureros. Por el calor el cabello se le pegaba a uno sobre la frente. Los ojos miopes del otro detrás de las gafas de plástico eran difíciles de atrapar.

Policías y empresarios habían venido a presentar sus condolencias al evasivo propietario del antro: Tony Paranoia, con gafas negras, chaleco negro a prueba de balas, diamante en la corbata y movimientos parcos. Los "meseros" El Kaibil, El Kongo, El Sik y El Oaxako, mal encarados, servían tragos y bocadillos.

"Recordaba a Venus más flaca, la muerte la engordó", Marlene Fernández descruzó las piernas.

"Tóquenle a Venus, 'Frankenstein no debió de morir'", sugirió Tony Paranoia.

"Perfidia" era su canción favorita", Marlene avanzó hacia el féretro mostrando su cuerpo esbelto metido en una falda estrecha y un suéter color coral.

"Nada de eso, tóquenle un danzón, al oírlo en el otro mundo se le pararán las nalgas", Tony se dirigió a un reservado donde lo esperaba una cubeta con botellas de champán flotando en hielo picado. En la fuente de mariscos los camarones parecían sonrojados.

"Últimas noticias. A los perros ferales acusados de asesinato, al hacérseles pruebas en garras, piel y colmillos, se descartó que hubiesen sido ellos", dijo Roberto. "Al eliminarse la posibilidad de que la jauría tuviera algo que ver con los homicidios, se sospecha que los responsables son los narco-satánicos de Empalizada".

"En el interior se halló un círculo de rocas de cuatro metros de diámetro con piedras pequeñas y braseros con cenizas en el centro", Tony Paranoia, abriéndose la arrugada chaqueta de lino dejó ver la cacha de la pistola, cogió de la mesa un vaso de whisky y se lo bebió de un trago. "En una vasija de barro negro se encontró un corazón envuelto en el sostén de Venus".

"Tenemos buenas noticias", reveló el alcalde de Misteca. "Como durante las últimas cuarenta horas no ha dejado de nevar y la temperatura ha registrado veinte grados bajo cero, por el llamado frente frío número cuarenta, se declaró que la muerte nos ha dado una tregua: Sólo se contabilizaron diez homicidios, sin contar los cadáveres de migrantes que se hallaron congelados".

"Las noticias siguen siendo sobre las muertas de Misteca", insistí. "No se ha resuelto el caso de Venus. Cuando se encontró su ropa íntima cortada a cuchillo, no por dientes de perro, sino por dentelladas humanas, se supo que antes del ataque llamó por el celular al Club Geranio. Su comunicación fue interrumpida no por ladridos, sino por el jadeo del monstruo que le arrebató el aparato. "Alguien me está siguiendo. Nos vemos a las doce", alcanzó a decir. No llegó a la cita. Murió a causa de sus heridas. Junto a su cuerpo un bebé (no suyo) presentaba mordidas en el cuerpo.

"Los zombis y los perros ferales capturados en las redadas fueron remitidos al Centro de Control de Plagas y serán condenados a prisión perpetua. O serán ofrecidos en adopción, hayan o no participado en el homicidio de Venus García y de otros ciudadanos", el alcalde aplastó su cigarrillo en el cenicero con un alacrán prensado. "Pero ante las protestas de los defensores de derechos animales estamos obligados a posponer su sacrificio. Aunque somos de la opinión que los animaleros deben adoptarlos, darles de comer y lavarles los colmillos con cepillo de dientes".

"Los familiares de las víctimas tienden a pensar que el asesinato múltiple fue cometido por policías al servicio de los cárteles de la droga. Los cadáveres presentan heridas ocasionadas por armas de fuego, golpes contundentes, ahorcamiento y asfixia con bolsas de plástico", manifesté.

"Esas criaturas no cortan el cuerpo con cuchillos y no torturan. El zombi con *shorts* floreados sospechoso de haber cometido el asesinato de Venus andaba tan lentamente que era incapaz de perseguir a un deportista más allá de un metro", Sonia le tapó a la difunta el rostro con una pañoleta y le cruzó los brazos sobre el pecho. "Así católica se ve mejor".

"Ahora, si me lo permiten, tomaré una foto de familia", Roberto apuntó con la cámara al grupo.

"De ninguna manera, los aquí reunidos tenemos razones para no querer que nuestra imagen salga en las redes sociales", saltó Tony Paranoia, oliendo a lavanda.

"Si es así, la dejamos para otro día".

"Me da gusto que el amigo acepte nuestro consejo".

"Último momento". En mi celular apareció una nota del *Diario del Centro*: "Venadeado. Un joven albino que vendía droga a niños de la calle fue baleado cuando caminaba a orillas del Río Bravo. Pandilleros le dispararon desde un Cadillac. El joven permanece en el Semefo como desconocido. Un vecino, que pidió el anonimato, al escuchar ráfagas de metralleta se asomó a la ventana y vio a un sicario de rostro amarillo darse a la fuga. Llevaba una mortaja con un esqueleto estampado. "Cada noche", dijo el testigo, "el zombi albino era visto vendiendo droga a la bailarina Venus García. Ahora los vecinos, mirando al cielo, dicen que no vieron nada".

"No parloteen, pongan el bolero 'Perfidia' y vamos a bailar", dijo Tony Paranoia, y mientras Marlene emitía un pequeño sollozo los sepultureros procedieron a sacar el ataúd por la puerta que daba a la calle.

*La Malinche Negra*

**La Malinche Negra está de vuelta dispuesta a golpear a los padres de familia donde más le duele, en sus hijas. Si sabe algo o nota algo, no dude en llamar al 666.**

La niña parada en la esquina leyó el cartel. Tenía ojos azules, llevaba falda y zapatos de mujer adulta. La Malinche Negra, sentada en un banco, el maquillaje derritiéndosele en las mejillas por el calor, no le quitaba la vista de encima. Cada día, a la hora del almuerzo, llegaba a la plaza con su pupila en una camioneta negra. La niña rubia se paraba junto a una cabina telefónica, el impermeable rojo bajo el brazo.

"Hey, pretty, ven aquí". Como si llamara a un perro el comandante de la policía hizo una seña, y la chica lo siguió al Hotel Marín. Viajero frecuente de sus carnes en la habitación puso la pistola sobre el buró. "Te voy a ejecutar", dijo, y le arrancó la ropa.

Consumado el servicio, la chica volvió a la cabina telefónica, y se quedó allí parada hasta el anochecer, cuando pasó la camioneta negra a recogerla para hacer el tour de los antros. Tirada en el piso, atada y amordazada, la trasladarían al Hotel Cadillac. En el *Penthouse* Alma, la encargada de piso, le daría somníferos y alcohol mientras los clientes VIP, atraídos por sus formas precoces y facciones infantiles hacían cola para tenerla.

Durante tres días con sus noches, Roberto y yo la vigilamos en un coche alquilado. Ayudados por Sonia, que merodeaba la plaza, los hoteles y los clubes. El miércoles ella la columbró en el Bar 8. Pero como el sol de la tarde entraba al antro bajaron las persianas.

El jueves no pude dormir imaginando a esa niña sin nombre entre paredes con grafitos rabiosos, sus ropas en el piso, abierta de piernas en posiciones obscenas. Y hasta soñé que ella vestida de blanco se dirigía a la Iglesia Promesa de Vida para casarse con El Señor de los Zombis. Iba muy oronda al altar cuando al Señor de los Zombis le entró pánico al ver a Douglas Martínez con un cuchillo de plata en una mano. En la otra sostenía una pierna de jamón serrano, y al empezar a rebanarla como a un pene de cerdo él escapó del altar, gritando: "Zombi María, Zombi María, no me eches al fuego, me vas a quemar los cuernos". "No te vayas, sólo quiero coser tu pene a fuego lento". "Erótica post-mortem", me decía yo cuando Sonia llamó para avisar que había visto a la niña rubia mirándose en el espejo retrovisor de un coche.

La detective Norma Ortega se dirigió a la plaza, pero la niña se había ido. Sin embargo, dispuesta a hallarla (aunque estaba hundida en la depresión, pues acababa de salir del hospital habiendo perdido a su bebé), pasó horas espiando a los proxenetas. Cuando La Malinche Negra se dio cuenta que la vigilaban, se la llevó en un taxi conducido por El Amarillo.

La detective no cejó en su afán de liberarla. Al cabo de unos días la avistó yendo al Hotel Marín con ropas de niño, el pelo teñido y la boquita pintada. A dos chicas que bajaban de un autobús, se atrevió a preguntarles por el nombre del niño.

"No se acerque". La previno la mayor, de unos trece años, mientras la menor miraba asustada.

"Díganme cómo se llama el niño o las meto a la cárcel", les gritó a las menores de brazos delicados, traseros de mujer adulta y botines negros.

"Es La Gringa", reveló la pequeña, pero El Amarillo —camisa rosa, pantalón de mezclilla y tenis con cabezas de dragón—, la metió en su taxi.

"A la niña rubia no se la tragará la tierra", aseguró la detective Ortega. Y su búsqueda no fue en vano. El anochecer del sábado se enteró por Sonia que El Niño Sicario la llevó al

Buenos Aires, un hotel con fachada de mosaicos como de baño público, y cuando vio encenderse la luz de una ventana en el cuarto piso, llamó a la policía. Pero la policía no llegó.

"Los hampones me conocen, por favor fíjate si entre las chicas está Elvira", pedí a Sonia.

"Es un favor peligroso, la espía puede ser espiada, a los hampones les parecerá raro ver a una parada sentada".

"Eres mi carta".

"Daniel, te tengo buenas y malas noticias", me habló luego Sonia por el celular. "Las buenas, he visto al Niño Sicario rondando la plaza, indica que si los zopilotes planean, hay carroña. Las malas, el tipo es un sicópata".

"¿Dónde estás?"

"En un depa frente al Bar 8".

"Voy para allá". Atravesé la calle, pero hallé la puerta atrancada por dentro y la ventana cubierta por una cortina negra. Toqué el timbre. La cortina se recorrió y dejó ver una figura mostrando una cartulina blanca.

## NOS VEMOS EN LA PLAZA

La plaza estaba desierta. Los ojos de Sonia aparecieron en la pantalla de mi celular. "La Malinche tiene a la chica. El Amarillo la llevó al Hotel Cadillac. Lo vi en el estacionamiento bajar de una camioneta negra a una niña encapuchada".

Alertada, la detective Ortega alertó a la policía. Apoyada por agentes ferales ingresó al hotel y por los corredores persiguió a las sombras de las pequeñas putas, quienes, en cueros y pintarrajeadas, dejando caer los lápices labiales, se cogían de los barandales.

Apersonado en el Cadillac, la detective me señaló a la niña rubia que tenía los ojos clavados en el piso. A la puerta de una recámara estaba La Malinche Negra esposada. Su cabello más semejante al de una Medusa que al de una empresaria del crimen. Sus ojos negros, desorbitados por el coraje más que por el miedo insultaban a la mujer que la arrestaba: "Cómo se atreve esa pinche bruja a detenerme".

"El operativo que llevó a la captura de La Malinche Negra tuvo lugar el sábado a las 23 horas en el Hotel Cadillac", declaró en un noticiero de televisión el coronel Milton Maldonado. "La transexual Juana Manuela Gómez Robles, junto a La Malinche Negra, fue arrestada con armas de alto poder, alijos de droga, cincuenta mil dólares en efectivo, una camioneta con diez armas largas, cuatro cortas, tres mil cartuchos y siete celulares".

En otra información se mencionó que una denuncia ciudadana condujo al rescate en el Hotel Cadillac de la adolescente Justina Juárez, raptada en la Colonia Polvo Blanco camino de un centro comercial. Con ella sumaban 78 las jóvenes secuestradas con características físicas similares: pelo negro, tez morena, cuerpo delgado. Sedadas con lorazepam los tratantes las mantenían desnudas en una alcoba con paredes y techo recubiertos de espejos. Las gruesas cortinas no permitían la vista al interior y los huéspedes no se percataban de lo que sucedía dentro, a pesar del olor a heces y a orina mezclado con los hedores de comida del restaurante de abajo.

"La jefa de la banda, La Malinche Negra, fue capturada. Sus operadores El Matagatos, La Culebra y El Amarillo, acusados de homicidio calificado y de dirigir una vasta red de trata de mujeres nacionales y extranjeras, fueron arrestados", informó la detective Ortega. "En su primera declaración la delincuente dijo ser María Teresa Rangel, para luego confesar que se llamaba Chelo Zarza Lobero. En su agenda tenía como clientes a políticos y empresarios, y en su nómina a mandos policíacos y jueces, a quienes pagaba en especie los favores recibidos. Mas tengo que admitir aquí que han sido liberados por una jueza El Matagatos, La Culebra y El Amarillo, y que La Malinche Negra escapó de un penal de alta seguridad disfrazada de enfermera. Por lo que a mí toca, el general Porky Castañeda ordenó mi traslado a Tapachula para investigar el caso de unos agentes migratorios involucrados en la trata de centroamericanas".

"Cómo nos engañaron", dijo Roberto. "Las tres desgracias, La Malinche Negra, La Madrota Violenta y La Viuda Negra eran Chelo Zarza Lobero. Las tres garras, una sola miseria". Su color favorito era el negro, sus trajes tenían el mismo corte; en actos oficiales llevaba corbata negra, botas militares con puntas de acero y suelas de caucho vulcanizado, útiles para patear zombis. Pues, según el Pentágono, esos zapatos son armas de destrucción masiva.

*La iniciación*

La trajeron de noche en una camioneta negra. Llevaba vestido verde con lentejuelas. Calzaba zapatos blancos con tacones de aguja. Tenía doce años y nariz respingada. Un letrero sobre el parabrisas del vehículo decía *Reina de Belleza Adolescente*. Otro, en la parte trasera, avisaba *Precaución Transporte Escolar*.

Manos desconocidas la bajaron en una casa con dos entradas, una que daba a Avenida Independencia y otra a Paseo del Triunfo, tapándole la cabeza con un sarape para que no viera el número ni el nombre de la calle. Una puerta automática se abrió y se cerró tragándose al bocado humano. En un cuartucho Mrs. Petersen procedió a desnudarla, a darle un baño de tina, envolviéndola luego en una toalla blanca. Rociándole los muslos y el "hoyito" con perfume francés, le echó encima una tela tan delgada que se le transparentaban las chiches incipientes.

"Quiero irme a casa", la niña X, tristísima, se sentó al borde de la cama mirando a la pared.

"¿No estarás enfermita? ¿Quieres que te revise el doctor Salvatierra?" Mrs. Petersen le puso un collar y un anillo. "Después de la boda te darán horrores maravillosos para que te entretengas, unos diamantitos, una Barbie en cueros para que la vistas y un perrito con cuernos de chivo".

"No frunzas la boca, te vas a ver fea", una estilista le polvoreó las mejillas, le aplicó lápiz labial y sombras en los ojos; le hizo trenzas con puntas hasta los glúteos.

"Te levantaré el vestidito por encima de las rodillitas para que se te vea Romita por los calzoncitos", un fotógrafo le tomó fotos para una revista de modas infantiles.

"Te quitaré ese trapo para que luzcas los panecitos", Mrs. Petersen le desató los listones rosas del sostén.

"El paquete está listo para entrega". Mrs. Petersen llamó a El Amarillo. "El invisible la recibirá en sus aposentos, el paquetito será una sorpresa de cumpleaños".

"Yo la conduciré a la capilla, si hay boda. Si no la hay, la llevaré a la alcoba", dijo desde otro cuarto La Malinche Negra.

La niña X exploraba el patio por la ventana cuando Mrs. Petersen la jaló hacia dentro donde estaban otras adolescentes vestidas con ropas grandes y *look* espectral de chicas proles.

"Le daré un paseo a la niña X, está deprimida", Mrs. Petersen se puso una chaqueta de cuero y pantalones con bolsillos para navajas y cadenas, y salieron a la calle.

Camino de Callejón Durango, Mrs. Petersen la ilustraba en cuestiones de sexo y yo le tomaba fotos de espaldas cuando El Amarillo me dio un cachazo.

"Ayúdame", al verme golpeado la niña X dejó caer una nota al suelo.

"En el Club Geranio esta noche se rifará a una virgen. El sorteo tendrá lugar en el Salón Una Luna para Cuatro Noches". Por el celular me comunicó Sonia. "Los VIPs llegarán temprano para ocupar las primeras filas. No importa, El Señor de los Zombis ha comprado todos los billetes".

## LA JOYA DE LA COSECHA DEL AÑO

Al pie del cartel esperaba una recepcionista, la cual nos condujo a Roberto y a mí a una mesa apartada del salón, desde la que tendríamos mala vista del evento.

"Tallas grandes para pequeñas bellezas. Camisetas amplias, pantalones ajustados, blusones con manga murciélago, suéteres caídos y zapatos tamaño treinta y dos para las Venus de la pasarela", anunció Tony Paranoia.

Los músicos vestidos de negro estaban en el estrado cuando el zombi-mono-araña-con-traje-de-hierba-seca-y-la-cara-pintada-de-rojo entró bailando. Un zombi disfrazado de murciélago-arranca-cabezas-piel-de-ratón- con-cascabeles-en-los-tobillos lo siguió como un Cupido pederasta. La orquesta rompió la noche con un son tropical. Todos los presentes hablaban, nadie escuchaba. La niña X cubierta de aretes, collares y anillos empezó a andar en círculo con zapatos grandes. Las largas trenzas eran movidas por una brisa causada por un ventilador. En la cabeza una diadema. Sedantes se echaba a la boca para amortiguar el miedo.

"Ojos saltones, orejas de murciélago, mandíbulas descarnadas, piel plomiza, pelos blancuzcos, labios que al besar ensalivan la cara, momia de Ramsés salida de la tumba", Mrs. Petersen alimentaba su paranoia describiéndole los encantos de El Señor de los Zombis.

"Niña X, por favor salga a escena", pidió Tony Paranoia mientras bailaba Marlene Fernández. Hasta que, como si se le atragantaran las palabras después de un largo silencio, el empresario de bares y clubes, notificó: "La rifa se pospone hasta nuevo aviso, porque la rifada no ha querido salir y El Señor de los Zombis ha tenido que marcharse para atender un asunto urgente", informó por un micrófono Tony Paranoia.

## El banquete

El capitán de meseros llevaba metralleta. La edecán jefe, granadas en el bolso. Un francotirador, disfrazado de camillero, un rifle de alto poder. El jardinero cortaba con un machete las cabezas de los tulipanes. La sombra que sacaba por una ventana un arma de uso exclusivo del ejército era un halcón. El vigilante que anunciaba la llegada de los invitados especiales era otro halcón. Los acomodadores de Mercedes Benz, BMWs, Rolls Royces, Ferraris, Bugattis, jeeps Grand Cherokee y otros autos blindados, con vidrios ahumados y silenciador, eran miembros de los Guardias Especiales. Las chicas del guardarropa, con sus faldas de cuero negro, estaban entrenadas en artes marciales.

"Nos acaban de avisar que nos desplacemos al hangar, hacia acá vienen señores muy pesados para asistir a la boda. Tengan listos los carros de golf para dos, cuatro y seis pasajeros. Utilicen los de color rojo, azul, verde, blanco y amarillo con grandes llantas y motor eléctrico", notificó el jefe del cinturón de seguridad a sus subordinados, y hubo movilización de sicarios con overoles rojos, camisas de manga corta, gorras de color y desodorantes en las axilas para aparcar los vehículos en los prados y junto a los estanques.

"No sólo el hangar en que aterrizarán las avionetas y los helicópteros con sus pasajeros secretos deberá estar vigilado, también los baños, las cocinas, las piscinas; vehículos de emergencia aguardarán en las cocheras con tanques de oxígeno y extinguidor de incendios", añadió Tony Paranoia.

Una luna pálida naufragaba en el cielo cuando Roberto y yo nos mezclamos a los mozos camino de descargar las camionetas de Catering Galicia, Mariscos Gold, Comercializadora de Calamares Gigantes, Camarones Freezeados en Marquetas y Carnes de la Central de Abasto, las empresas proveedoras de alimentos. Pinches y sicarios llevaron juntos a la cava cajas de vinos Romanée Conti 2005, Petrus 2004, Chateau Latour 1007 y Chateau Haut-Brion.

En la cocina los chefs estaban entregados a la preparación de los platillos para la boda: langostas asadas, tostadas de atún y camarón, huachinango a la veracruzana, cochinita pibil a la Yucatán, chiles en nogada y tacos de insectos (jumiles, chapulines, larvas de hormiga y gusanos de maguey), así como de las especialidades del centro: corazones en su tinta, sesos en mole negro y criadillas de buey. En el jardín tres bandas tocaban en diferentes tiempos "Adiós mi caballo bayo, cuanto he llorado porque murió mi amigo más fiel".

"A comer y a la cama una vez se llama", anunció por el micrófono Tony Paranoia, disfrazado de Hombre de Plástico, por su capacidad de doblarse, torcerse y moldearse ante cualquier circunstancia. Al escuchar al maestro de ceremonias, los asistentes se dirigieron a los comedores. Agentes de vigilancia recogieron armas, portafolios, celulares, grabadoras, radios y cámaras.

Corrí hacia el ascensor y oprimí el botón del quinto piso, pero antes que se cerrara la puerta se deslizó en el interior El Amarillo. Ignorándonos mutuamente, aunque cada uno consciente de la presencia del otro, hicimos el breve viaje. Él, extrañado de que yo hubiese sido invitado a la boda; yo, mirándolo acariciar con mano zurda las cachas doradas de su pistola. Mas, cuando salimos al pasillo, no se despegó de mí hasta dejarme frente a la Salida de Emergencia… que daba al vacío. Entonces se fue. Yo bajé por la escalera.

"Hey, yo instalé este aparato, si suena tendré que arrestarme a mí mismo", el gobernador de Misteca soltó una carcajada cuando lo hicieron pasar por el detector de metales.

"Son las ocho en punto, señores invitados, favor de pasar al comedor con el número que les fue asignado", dijo por micrófono Tony Paranoia, mientras modelos del año conducían a los multimillonarios por puertas laterales hasta el salón privado, donde se les asignaría un lugar en la mesa principal. La regla de guardar discreción sobre la identidad del otro era absoluta. Frente a la mesa en forma de U estaba una mesa más pequeña. A ella se sentarían el gobernador de Misteca, el presidente de los empresarios y el general Porky Castañeda, a quienes el Señor había conferido cargos de confianza en lo más alto de la jerarquía del cártel. Estos, a su vez, habían nombrado a subalternos en las tesorerías, los bancos, las cadenas hoteleras, los rangos militares, las casas de cambio y los cementerios.

"El Señor se mantendrá oculto del otro lado de un espejo vidriera para no imponer su presencia a los invitados", anunció Tony Paranoia. "Los invitados deberán sentirse como en casa y platicar libremente".

"Felicito al Señor por su discreción y le muestro mi agradecimiento por haberse acordado de mí", cada uno, dirigiéndose a la vidriera en la que se veía reflejado, esperaba que el gran jefe lo mirara y escuchara.

"Invitamos a la distinguida clase empresarial del país a apadrinar la boda de nuestro querido y respetado amigo Carlos Bokor. De todo corazón les doy la bienvenida, a la vez que agradezco a los prominentes miembros de nuestra familia económica y política que hayan sacrificado tiempo y dinero para desplazarse por aire y tierra a esta humilde mansión", expresó el gobernador de Misteca.

"Nuestros amigos no deben temer que lo que aquí se diga sea ventilado en los medios o mal usado por enemigos políticos, lo dicho o hecho en esta reunión se mantendrá en secreto. Los convocados aquí hemos venido por estricta invitación, sin mujeres, sin periodistas, sin cámaras fotográficas y sin orejas", advirtió Porky Castañeda, el general que no sólo otorgaba favores, sino también ejecutaba traidores.

"En esta feliz ocasión en que los hombres más ricos de la nación nos hemos congregado para festejar la boda de nuestro amigo, quisiera solicitar a cada uno de los presentes una aportación personal para ofrecer al novio y a la novia un obsequio conjunto consistente en veinticinco millones de dólares. Con toda confianza aclaro que estamos abiertos a donaciones más altas". Jerónimo Aranjuez, presidente de la Compañía de Mineros de Plata y Oro del Pacífico Oriental y de la Fundación Nacional para la Filantropía, quien había elaborado la lista de magnates y planeado el convite, hizo su entrada en una silla de ruedas empujada por una joven en falda corta y blusa escotada. Por unos momentos todos se preguntaron con los ojos quién podría ser la personalidad que no podía valerse por sí misma, hasta que entró con paso grave su secretario particular con una carpeta bajo el brazo.

"Un momento, ¿de a cómo es la contribución?", preguntó Simón Sacristán, magnate de la Empresa Global de Medios y ministro de Telecomunicaciones.

"De a mucho", el presidente de la Compañía de Mineros orientó la voz hacia el espejo vidriera.

"¿Cuán mucho?"

"De un millón de dólares".

"De acuerdo".

Tony Paranoia se acomodó las gafas con aros rojos, bebió el agua de un vaso, y comunicó: "Han pedido la palabra el representante del Presidente de la República, el Secretario General del Partido de la Revolución Integral, el Jefe de Relaciones Públicas de los Cárteles Unidos del Centro, el Sur y el Norte, el dueño de Productos Cárnicos y Lácteos, el presidente de la Cámara de Diputados y el Director General de la Banca del Sureste".

"En agradecimiento por los favores recibidos, queremos hacer una vaquita de veinticinco millones de dólares, la que ofreceremos a nuestro amigo y jefe", Felipe Smith Hernández, presidente de la Bolsa Nacional y de la Policía Política, sacó su chequera mientras en la sala observaba, oía y tomaba notas La Malinche Negra.

"Lo doblo, mi aportación a los desposados será de cincuenta millones de dólares. Ahora creo que debemos pasar a la capilla de la ceremonia", don Vicente Pérez se puso de pie. Era el propietario del Conglomerado Global de Bienes y Raíces y de la Constructora de Hidroeléctricas, Ejes Viales, Presas y Carreteras.

"Empalizada, el pueblo vecino, está de fiesta por la boda de don Carlos Bokor. Por cortesía del Señor celebrarán con verbena popular, fuegos pirotécnicos, juegos mecánicos y grupos musicales", avisó por el micrófono Tony Paranoia. "Ahora se servirá la cena".

*La boda*

Pasada la medianoche, la narco capilla de El Señor de los
Zombis parecía estar lista tanto para velar un cadáver como
para celebrar una boda. Con sus altas puertas y sus muros de
cristales coloreados que daban a patios y jardines daba la impresión de un lugar de recogimiento. Vitrales de tonos verdes,
azules y amarillos iluminaban las naves. El piso de mármol y
las bancas de caoba reflejaban las luces de los candelabros. En el
altar, una figura de bulto de La Santa Muerte, el esqueleto con
calavera verde y mortaja de seda, sería la madrina. Con una mano
descarnada sostenía una balanza; con la otra, esgrimía una gua-
daña con la que cortaba los hilos que unían al devoto con el
mundo. En el centro ardía una vela blanca rodeada de velas rojas, amarillas, verdes y azules. Las negras representaban las de-
mandas de los fieles que querían ser librados de gente indeseable.
Ofrendas con euros, dólares y monedas de oro estaban en los
platos entre camarones y chocolates. Botellas de alcohol, y de
agua, la cual nunca debía faltar en el altar de La Santa Muerte,
tenían en su asiento puñados de tierra virgen. Arreglos florales
adornaban el piso y la bóveda, de la que colgaba un ángel zombi
con alas en la espalda. Vitrinas contenían figuras de muertos vivientes de diverso tamaño, ya que se consideraba que el difunto
viajando hacia el futuro nunca dejaba de morir. Los guardaespaldas zombis vestían uniformes policíacos y de futbolistas. Las
hembras, con collares y cuarzos, llevaban peinados en cresta y
sudaderas estilo *punk*. Halcones revisaban la capilla con aparatos y perros. O atisbaban detrás de las columnas y de la cruz de
plata de treinta metros de altura. Comandos de sicarios y solda-

dos protegían los accesos. Edecanes y modelos recibían a la entrada a los invitados especiales.

Con música de órgano entraron los novios. La niña X, con la cara cubierta por un velo negro, y Carlos Rokob (o su mellizo Charlie Bokor) con traje blanco. El general Porky Castañeda, el gobernador de Misteca, el alcalde y el doctor Julio Salvatierra se pararon delante del obispo de La Santa Muerte. Todos cuidados por sicarios.

En un palco se sentó La Malinche Negra entre dos mujeres vestidas de negro con gafas negras. Tal vez simulacros de La Madrota Violenta y La Viuda Negra, quienes, como gorgonas, observaban siniestras a la pareja.

En la galería se acomodaron funcionarios de mediano y bajo rango, empresarios de la pequeña industria, gerentes de banco y comandantes de la policía feral. Entre ellos me deslicé yo con traje negro alquilado y corbata de moño.

Como el tiempo de espera era largo, inspeccionado por sicarios ocultos y circuitos de vigilancia, yo los sufría como si tuviese una espina de pescado atorada en la garganta, y sentí alivio cuando con paso solemne entró la guardiana de La Santa Muerte y abrió la vitrina para quitarle la mortaja a la estatua y ponerle un vestido de seda azul. De un estuche forrado con terciopelo negro sacó joyas. Prendió un cigarro y le echó humo a la cara. Como en trance, daba una chupada y le ponía un collar; daba otra chupada, y le ponía aretes. Hasta que le dejó el cigarro entre los dedos como ofrenda y el obispo de La Santa Muerte, con bonete de forma cónica y báculo pastoral, rompió el silencio:

"Procedo a dar la bendición, la comunión y la unción a los desposados. Con permiso de Dios, invoco a las figuras de La Santa Muerte, la de los vientos, la del agua, la de la ciudad, la piadosa, la presa, la de los narcotraficantes, la de los policías, la de las prostitutas. A ella, la igualitaria, le pido que bendiga esta boda".

A punto de dar el sí, la niña X viendo bailar las llamas de las velas se sintió mareada. Al verla al borde del desmayo, Mrs. Petersen corrió para untarle una sustancia en las narinas. La Malinche Negra apagó los cirios.

"Felices bodas, hermano", dijo un mellizo.

"Felices bodas, hermano", dijo el otro.

"Tenemos nueva esposa".

"Vamos a compartirla".

"En tu cumpleaños".

"En el tuyo".

"Tú mandas, hermano".

"Tú, hermano".

Rokob y Bokor dirimían la posesión de la niña X cuando entró un trío cantando "Piensa en mí", seguido por meseros con quesadillas de hongos de los que provocan visiones. Tony Paranoia y Marlene Fernández, en trance, aparecieron para animar el ágape con un baile. Mas, de pronto, alguien abrió la puerta de la capilla y en manada ingresaron periodistas armados de cámaras fotográficas y de video. Al frente, disparando ráfagas de flashazos estaba Roberto apenas reconocible por la peluca, los bigotes y las gafas con aros azules. Unos mariachis canturrearon:

*"Amor chiquito, acabado de nacer,*
*Tú eres mi encanto, eres todo mi placer".*

"Hey, pútridos, esto se está poniendo de a kilo", gritó El Matagatos escopeta en mano, y El Sik, El Kaibil, El Kongo y El Oaxako saltaron sobre los intrusos. Sicarios la emprendieron a golpes contra fotógrafos y periodistas, mientras los músicos parodiaban una canción popular:

*El zombi y la zombia se van a casar,*
*en mortajas entran a la catedral.*

*Oye la noticia Porky Castañeda:*
*"Hágase la boda, yo doy el pastel".*

*Sale Tony Paranoia de la ratonera,*
*"Amarren al gato, yo seré el padrino".*

*Salta La Malinche Negra con una pistola:*
*"Traigánme a la niña, yo seré madrina".*

*Llega El Matagatos en una motoneta:*
*"Háganse las bodas, que yo cantaré".*

*Se acabó la boda, hubo mucha droga,*
*Se soltó el gato, se comió al padrino.*

*El zombi y la zombia se iban a casar,*
*Salieron huyendo del muladar.*

Los novios se esfumaron.
La capilla fue desalojada por los sicarios.
En la calle apareció una manta:

*Descerebrados, nos vemos en el jardín de las niñas con los*
*pechos desnudos. No fallen.*

*El enfrentamiento*

No hubo cita. Hubo traslado de chicas del Hotel Cadillac y de Callejón Durango hacia la frontera para de allí pasarlas a Estados Unidos. Custodiadas por patrullas de la Policía Feral, que pretendía haberlas arrestado durante un operativo, los proxenetas de La Malinche Negra las sacaron de madrugada tendidas en el piso de cuatro camionetas negras para no ser vistas desde el exterior. En un movimiento de rotación y de exportación, con la excusa de hacerles exámenes médicos, los tratantes habían sacado también a varias chicas previamente seleccionadas de casas de masajes, moteles y antros. Las páginas de Facebook traían imágenes de colegialas y estudiantes:

**Escort de Chihuahua en Los Ángeles por unos días.**
**Escort de Tlaxcala en Miami por un fin de semana.**

Pasaban los carros rumbo a la carretera cuando El Matagatos salió por la puerta trasera del Club Geranio. Su rostro, marcado por un estupor de alcohólico o un letargo de droga, mostraba la necesidad de rasurarse y abotonarse la chaqueta en los ojales correctos. Perdida la noche con mujeres, deslumbrado por la luz del atardecer, observaba las sombras de los postes para saber la hora.

En la acera lo esperaban La Culebra y El Amarillo. Avenida Independencia estaba desierta, no porque los policías ferales y los espontáneos del crimen se hubiesen marchado a la luna en un chárter, sino porque se temía un enfrentamiento entre los cárteles de la droga o la ofensiva del general Porky Castañeda contra los zombis. O ambas cosas. La movilización de zombis vivos muertos y de muertos vivientes sería todo un espectáculo en el Hollywood del crimen, pero pocos deseaban presenciarlo, o ser víctimas colaterales. Halcones de ambos cárteles recorrían los barrios en uniformes militares o vestidos de civil y en las bocacalles instalaban retenes.

"La plaza deja millones de dólares al año, pelearemos por ella", El Matagatos se restregó los ojos.

"¿A los grupos que nos apoyan los madreamos o los dejamos operar?" El Amarillo se despabiló.

"Habrá que esperar órdenes", por la boca chueca de La Culebra salieron palabras chuecas.

"¿Con cuántos elementos contamos?"

"La semana pasada movilizamos a doscientos para limpiar de *trash* los barrios bajos".

"En algunas zonas hay tiroteos entre halcones y halcones, entre zombis y zombis, ¿qué hacemos?"

"Dejar que se maten entre ellos".

"El enfrentamiento será lascivo".

"Dirás, decisivo".

"No manches", El Matagatos con El Amarillo y La Culebra se fueron por Paseo del Triunfo; pasaron delante del inmueble de la Comisión Nacional de Derechos Humanos, baleado la víspera, y de la Iglesia Promesa de Vida, con los vidrios rotos. Allí se separaron. El Matagatos se quedó mirando a una camioneta blanca estacionada en la esquina. La plaza estaba llena de perros callejeros. Los vivos muertos los habían recogido de los terrenos baldíos y los parques donde formaban jaurías. Abandonados por sus dueños por enfermedad o vejez los vivos muertos los habían adiestrado para lanzarse contra los muertos vivientes. No habían desaparecido, como pretendía el alcalde de la ciudad, por las campañas de esterilización y de exterminio. Al contrario, se habían multiplicado, pues los machos no estaban castrados ni las hembras tenían ligadas las trompas. Por semanas los policías ferales los mantenían hambrientos encerrados en un corral. Y los soltaban para atacar zombis, morderles tobillos, pantorrillas, cuello, nalgas, hasta despedazarlos.

Echados al borde de una banqueta, en su territorio marcado con orina, con las orejas y los ojos alertas, los perros nos miraron pasar a Roberto y a mí. Pero a nosotros lo que nos sorprendió no fue su hambre sino una estampida de caballos. En el centro de la ciudad, aprovechando el descuido de un miembro de la Policía Montada, que dejó la puerta abierta del camión que los transportaba, espantados por el tráfico de vehículos y los disparos de la Policía Feral, varios animales se habían dado a la fuga provocando daños a carros y pánico en peatones. Los equinos que arrancaron de Paseo del Triunfo y enfilaron hacia Barrio Encantado, fueron perseguidos por manadas de perros corriendo detrás de ellos para mordisquearles patas y pescuezo. Hasta que ya a punto de salir a carretera los hombres del coronel Milton Maldonado los cercaron con patrullas y motos.

"Escucha las noticias", Roberto se pegó el móvil en la mejilla. "Hace veinte minutos un grupo de sicarios irrumpió en el Club Geranio y mató a los policías ferales que bebían acompañados de teiboleras. Dos de las víctimas eran hijos del alcalde… Se creyó un incidente más, pero luego los mismos pistoleros atacaron a un convoy que se dirigía a una narco-fiesta en Las Cisternas, localidad donde el grupo Kongo Kolombia, compuesto por doce narco baladistas, desaparecido el viernes en la noche, había sido torturado y ejecutado por Los Zombis Nueva Generación. Los cuerpos de los integrantes se hallaron en una noria".

"Los Zombis Nueva Generación ya habían participado en una masacre en una cancha deportiva abriendo fuego contra los futbolistas, y los elementos del batallón de infantería que acudió al lugar en respuesta a una llamada anónima (de ellos mismos) que denunciaba la masacre de esos futbolistas. Veinte delincuentes, ocho militares y dos civiles fue el saldo de muertos", dije yo.

"Hace un rato policías de Las Cisternas fueron detenidos por militares por no prestarles ayuda, por incendiarles vehículos estacionados en el mercado y por combatir del lado de Los Zombis Nueva Generación".

"En las calles adyacentes se hallaron personas calcinadas en el interior de camionetas secuestradas. Una familia que transitaba por la zona pereció en el fuego cruzado. En la refriega falleció "La Jenny", en cuyo honor se celebraba la narco fiesta con prostitutas y drogas cortesía de La Malinche Negra".

"Afuera del rancho de la narco fiesta un Nissan chocó contra una patrulla militar y al darse a la fuga los sicarios fueron abatidos por tropas del coronel Milton Maldonado".

Nuestro diálogo fue interrumpido por el fuego cruzado. Un burro zombi cayó con el cráneo partido al atravesar de una acera a otra, habiéndole disparado un policía feral desde una moto luego de haber ejecutado a una burra, su pareja, con un pelaje tan blanco que parecía transparente.

"¡Lilia, Lilia!", gritó Sonia al animal que era mascota de una amiga suya de Callejón Durango.

"Cállate", el policía feral tiró a mi prima al suelo de un fuetazo en la espalda. Mas cuando ella iba a lanzarle madres por la agresión le tapé la boca, pues el agente de la ley ya estaba listo para atropellarla con su moto.

En ese instante apareció un zombi pelirrojo en uniforme militar. Una carrillera le atravesaba la camisa. A los pies de Roberto clavó un cuchillo en señal de desafío. El zombi y mi asistente se midieron como suspendidos en el espacio aguardando ver quien intentaba coger primero el arma. Durante la espera, Roberto descansaba un pie sobre el otro, con las manos libres para rechazar la posible embestida. Hasta que, agachándose para atarse las agujetas de los zapatos, cogió el cuchillo y se lo clavó en el pecho.

"El zombi pelirrojo era tan tonto que no se dio cuenta que moría. Matar da sed, te invito a un trago en el Club Geranio", dijo Roberto.

## La campaña de exterminio de los zombis

El halcón sentado al borde de una azotea con los pies colgando sobre el vacío formaba parte del escuadrón de espías que vigilaba calles. A veces descendía pretendiendo repartir tarjetas fuera de los antros o se hacía pasar por mesero o taxista mirando y oyendo por agujeros de paredes y rendijas de puertas. Sus cámaras recogían imágenes que mandaba a la central de información. La televisión y la radio advertían a los ciudadanos: "Los zombis andan sueltos. En cualquier calle, en cualquier plaza, en un supermercado la gente puede ser atacada y devorada por los muertos vivientes".

Los vivos muertos comandados por el coronel Milton Maldonado andaban cazando migrantes, principalmente a aquellos que habiendo emprendido la aventura de cruzar el país de Sur a Norte sin papeles, podían ser reclutados como sicarios. Agazapados en los matorrales acechaban el paso de los trenes y cuando descendían se lanzaban al asalto, a la violación y al asesinato. O avisaban a los traficantes de personas sobre la presencia de una chica extraviada o de una fugitiva de la trata o del prostíbulo. De otra manera, las entregaban a los policías ferales para venderlas o violarlas. Por eso, entre el traqueteo de un tren que partía atravesando el valle con las luces apagadas se oían los gritos de una víctima.

Los comandos de los vivos muertos y los policías ferales colaboraban en la campaña del gobierno para exterminar a los muertos vivientes, a los que calificaban de inmundos, asquerosos, fétidos, hediondos, degenerados, alevosos, nauseabundos y conspiradores. Desde el Club Geranio podía oírse el ulular de las sirenas de las patrullas y las ambulancias que pasaban por Avenida Independencia para recoger a los indeseables baleados por tiradores que disparaban parejo a camilleros, escolares, adictos, prostitutas y zombis.

"La ciudad es un cementerio de fuegos fatuos", declaró el general Castañeda negándoles condición humana. "Cualquier lugar, centro comercial, río de aguas negras, edificio de interés social, terreno baldío, pajarera de cemento o de vidrio es bueno para arrojarlos; cualquier zanja es propicia para mandar a un zombi a la siesta eterna, si no se tiene acceso a un incinerador. No descansaré hasta eliminar a los zombis de este lado y a los zombis del otro lado".

"¿Cómo distinguir a los vivos muertos de los muertos vivientes?", pregunté a Sonia, viéndolos venir con cara de bobalicones de Goya con los pies hacia dentro como patizambos. "Cada uno es peligroso a su manera. Cada uno es una isla, y juntos conforman una horda, hacen un archipiélago de horror".

"No sé", ella se cogió de mi brazo, temerosa de que alguien pudiese arrebatarla.

"¿Qué harás ahora?"

"¿Huir?" Sonia señaló al halcón que andaba en la azotea observando a los zombis que iban por Avenida Independencia. El sicario temía que fueran a infiltrarse por los pisos inferiores del edificio y subir por las escaleras a la azotea, y atacarlo.

"Mira", señalé a unos zombis con las manos metidas en pantalones harapientos. Con la quijada caída, la garganta rebanada, los tejidos colgando y el vientre con los intestinos de fuera andaban muy campantes.

"Esos alter egos nuestros aunque los matemos no morirán del todo", me dije, parado delante de las carpas de la feria anual de Misteca. En la barraca de tiro al blanco se invitaba:

*¿Trae pistola eléctrica? ¿Metralleta de rayos láser? ¿Lanzallamas portátil? Tírele al monstruo, tírele al doble, al simulacro, a la humanidad ajena. Piense en el vecino, en el paria, en la mujer rural. El anhelo de devorar al prójimo lo encarnan ellos, los zombis. Practique su rencor, apúntele al corazón y la cabeza. Má-*

*telo de una vez, porque si no lo mata hoy mañana será uno de
ellos. No se duela de su muerte, muere sin saber que muere.
Cuando cierre el día, nadie sabrá quien ganó la guerra entre los
que se fueron y los que se quedaron, todos zombis, todos iguales.
Afine su puntería.*

Sonia y yo nos miramos en los espejos, ella en un cóncavo,
yo en un convexo. Rodeados de niños zombis con helados en las
manos.

"¿Tienes miedo?"

"De mis miedos".

"¿Qué quieres decir?"

"Tengo miedo de los miedos que me causo yo misma
al ver a los asesinos que disfrazados de civiles me siguen por
la calle, tratan de envenenarme con drogas, quieren levantarme infracciones por conducir un coche que no es mío,
aplicarme el alcoholímetro a la salida de un bar en el que no
he estado, reclamarme impuestos que no debo, y hasta ence-
rrarme el fin de semana por faltas a la moral en una ciudad
sin moral".

"Sonia, los espectros que conocí de niño, imágenes de
mis padres muertos y de mis hermanas pre-humanas, fallecidas en edad temprana, están de vuelta. Pero esos nadas que
andan por la calle, dime, ¿qué son?"

"Son los insepultos que como pájaros extraños vienen del
futuro en busca de agua y alimento", replicó ella, mientras pasábamos cerca de Colinas del Paraíso, desbordado por sus tumbas, con lápidas de cemento y cruces con palos cruzados sobre
las aceras.

"Esos engendros, ¿aspiran a una inmortalidad vacía? ¿O
como productos de la sociedad global, descerebrados están programados para destruirse a sí mismos? El horror está en nosotros y al tratar de extirpar a los monstruos nos convertimos en
ellos. ¿De dónde vinieron? ¿De los fuegos fatuos de los cementerios de la civilización? ¿Dormían en las grutas de nuestra cul-
tura y una noche salieron de nosotros como cadáveres vivientes?
¿Como fantasmas prenatales estaban en el mundo antes que

naciéramos y como desechos post-humanos estarán aquí cuando nos hayamos ido? ¿Son los ancestros que emergieron de sus tumbas para vengarse de las faltas imaginarias o reales que cometimos contra ellos? ¿Las momias que pasaron siglos con los ojos abiertos mirando el cielo sólido de su sarcófago? ¿De qué peste negra del alma, radiaciones y contaminaciones son el producto? ¿De la putrefacción de la tierra y de las aguas, del calentamiento global o de los alimentos y drogas que ingirieron, que los hicieron nacer y morir deformes? ¿Qué crímenes cometieron para que anden por el mundo como caníbales de sí mismos? ¿Son las víctimas de nuestros tsunamis morales, de nuestra época sin poesía? ¿Son criaturas del Juicio Final que andan entre nosotros con cuerpo de demonio y cabeza de asno?"

"Mejor fíjate en esos tipos que nos están siguiendo". Sonia indicó a unos chicos banda con cuchillos, pistolas y cadenas en las manos.

"¿Quiénes?", pregunté.

"Esos, Randy la Rana y sus compinches, los amos del desmadre y la violación tumultuaria". Sonia paró un taxi y saltó dentro jalándome con ella, poco antes que nos atacaran los pandilleros.

El coche arrancó, mientras ellos se quedaban atrás estupefactos, sus siluetas vestidas de colores oscuros reflejadas en un charco.

*Tres camionetas negras*

Tres camionetas negras pasaron por debajo de dos edificios en forma de pantalones, mientras la luz del alba alumbraba las vías del tranvía abolido. A la salida de instalaciones policiacas cercanas, sicarios armados con rifles de asalto y chalecos antibalas se cubrían la cara con pasamontañas. Poco después, en Barrio Encantado, se les vería pateando la puerta de una casa de masajes y baleando a los que estaban dentro. Recogidos los paquetes con drogas y dinero, volverían a las camionetas. Una hora más tarde, en Tacos Anita, matarían a dos comensales. Una mesera recién llegada de Uruapan moriría sobre el mantel de plástico con flores estampadas. En la esquina de Avenida Independencia y Paseo del Triunfo sacarían de un vehículo incendiado a un simulacro de Tony Paranoia, que creían era el propietario del antro. En las afueras de la ciudad, se detuvieron y tomaron por asalto un galgódromo, en el que se apostaban drogas, mujeres y dinero. Quizá los mismos, quizás otros, participaron en una balacera en una tienda departamental y ordenaron que los clientes se tiraran al piso mientras disparaban sus metralletas contra blancos escondidos detrás de los casilleros de los suéteres. A las siete de la tarde se enfrascaron en refriegas sucesivas, en una carretera, una plaza y en los cuarteles de la Policía Feral.

El miércoles la ciudad amaneció bajo fuego. Desde temprano las redes sociales difundieron mensajes y fotos sobre enfrentamientos que tenían lugar en casas sin número en calles sin nombre. Hacia las 9 de la mañana se reportaron choques con uso de granadas, lanzallamas, fusiles de alto poder y poncha llantas. Hospitales y clínicas declararon un estado de alerta por temor a que médicos, enfermeras y pacientes fuesen secuestrados o ejecutados.

El pánico cundió en una escuela femenina cuando un grupo de niñas salía al recreo y un comando de policías ferales comenzó a disparar sobre zombis juveniles. Las colegialas, cuyas edades oscilaban entre los cinco y los once años volvieron de prisa al salón de clases, se tiraron al piso y se resguardaron detrás de pupitres. Dos niñas gritaron histéricas mientras los geranios de las macetas que adornaban las ventanas eran decapitados por las balas. La joven maestra, acodada en el piso, tenía ganas de levantarse para ver qué estaba pasando fuera porque oía gritos de un joven al que los narcos o los policías ferales maltrataban salvajemente. Chicos de secundaria tomaron fotos con sus celulares. Pasada la balacera se suspendieron las clases por el riesgo que corrían los escolares, los maestros y los padres. Entretanto, en la zona comercial de Barrio Encantado empleados y clientes se refugiaron en oficinas y estacionamientos pidiendo a sus conocidos por twitter y facebook que se alejaran de las zonas de violencia, pues miembros del crimen organizado y desorganizado, militares y policías formales e informales estaban tirando parejo sobre civiles, vivos muertos y muertos vivientes.

Hacia las cuatro de la tarde hombres armados asaltaron un autobús y obligaron a los usuarios a descender con el propósito de atravesar las unidades en el cruce de Avenida Independencia y Paseo del Triunfo. En otras partes de la ciudad bloquearon con tráileres y camiones arterias principales, vialidades secundarias y las entradas y salidas de la Carretera Estatal 222. Un convoy de policías ferales fue recibido en una gasolinera con disparos de armas largas. Una empleada que atendía las bombas de gasolina quedó sobre el asfalto. Un vendedor de tortas corrió hacia una tienda para protegerse de las balas, pero cuando llegaba le cerraron la puerta.

"Ordeno que se active el código rojo, pido a la ciudadanía quedarse en casa y no mandar a los niños a la escuela. Declaro la guerra a los muertos vivientes, causantes de la violencia que está azotando Misteca y los culpo de la epidemia que se extiende por el país llamada Muerte Zombi", el general Porky

Castañeda anunció por televisión. "Informo que la Secretaría de Salud enviará a esta capital una brigada de médicos entrenados para combatir la plaga de los zombis. Diez ambulancias se encuentran en camino. No son muchas, pero serán suficientes para enfrentar la emergencia sanitaria. El gobierno ofrecerá una recompensa de un millón de dólares a quien entregue vivo o muerto a Habacuc, El Profeta de los Zombis, el loco que comanda a los muertos vivientes. Preciso, no todos los zombis son caníbales, pero todos son desechables".

El jueves un vecino reportó una balacera en la Calle de Sócrates 1523. Iniciada a las 7 am se prolongó hasta las 8 pm, cuando los pistoleros se dispersaron. Sólo para enfrentarse calles adelante con policías ferales. Imágenes y videos de carros con agujeros de bala, como si les hubiese caído nieve negra en la carrocería, fueron subidas a Internet. Las redes sociales propagaron escenas de colegiales tirados en el piso de los salones de clase y de cuerpos de mujeres desangrándose en una banqueta de la Escuela de Enfermería.

Los usuarios de twitter y de facebook emitieron alertas y notificaron sucesos en los que aparecía El Profeta de los Zombis desnudo, el esqueleto correoso, corona de latón y pene como chile enroscado. Llevaba un crucifijo en la mano derecha mientras con la izquierda arengaba a la turba de los no muertos putrefactos que lo escuchaban.

"En su rostro viaja la mortandad y a sus pies caen cabezas incendiadas… He aquí que yo levanto a los zombis, lentos de movimiento pero presurosos para obrar el mal", las redes parafraseaban palabras del bíblico Habacuc, del cual El Profeta de los Zombis había tomado el nombre. Personas no identificadas aseguraban haberlo visto en tal esquina, en tal parque, en tal antro entre mujeres descuartizadas, cuerpos de peatones medio comidos y vehículos en llamas.

En un video difundido por *Youtube* se mostraron imágenes de un autobús sin placas con zombis calcinados en el interior. Un tren de carga transportando caballos había chocado contra el vehículo que trató de ganarle el paso. En el puente del accidente apareció una manta:

No Benimos a Matar Solo Keremos Meter Miedo.
Por Kada Sikario Muerto Mataremos a Sinko Tuiteros.

*Los espeluznantes doctores de la plaga de los zombis*

Los espeluznantes doctores de la plaga de los zombis llegaron a la estación de autobuses el mediodía del sábado. Con el cuerpo blindado de los pies a la cabeza se les vio descender de una unidad de la Línea Cinco Estrellas con las puertas y ventanas selladas. No había multitudes aguardando su llegada, ni siquiera autoridades, venían de incógnita. Y aun el maletero con dientes de oro y encías peladas se mantuvo a distancia. Por higiene y temor, pues sus entrañas olían a rayos y porque podían confundirlo con un zombi harapiento que frecuentaba los alrededores. Un letrero en la terminal advertía a los fugitivos de la ley que de aventurarse en Misteca podrían ser atrapados no por la Policía Feral, sino por El Señor de los Zombis, cuyo retrato hablado colgaba de una pared. El aviso de la colombiana Gladys García buscando a su hermana Silver, ya no estaba.

Con maletines en las manos los doctores recorrieron calles, hoteles, antros, escuelas, hospitales, maquiladoras y centros comerciales para purificar el mal aire y neutralizar las bacterias de los muertos vivientes. Para protegerse de los esputos, las pústulas y los contactos con la carne putrefacta llevaban las manos enguantadas y la cara con una máscara de plástico con un pico ganchudo que dentro guardaba plantas olorosas y hierbas medicinales.

Semejante a la indumentaria de los *dottore della peste* o *beak doctors* de las plagas europeas, el atuendo de los médicos del Último Día espantaba por igual a sicarios, drogadictos, policías y prostitutas. Los ciudadanos evitaban mirarlos como si el estado zombi pudiera pegarse por contagio o por la vista.

Con abrigos negros de cuero encerado, sombreros de ala ancha y botas de acero a prueba de armas blancas y de fuego, caminaban parsimoniosamente, indiferentes a las cuadrillas de sepultureros que recogían los cadáveres de los zombis ejecutados en la vía pública con el fin de transportarlos a los incineradores, tratarlos como desechos peligrosos y convertirlos en cenizas. El *incinerare* de la materia orgánica putrefacta provocaba en Misteca una fuerte polémica. Iniciada por las declaraciones a un periódico del jefe de misión sanitaria, un inescrutable personaje de nariz picuda y ojillos de pellizco que se conocía bajo el seudónimo de doctor Frederik Sartorius, y no por su nombre de Tomás Pezopetes, el cual también podía ser un seudónimo. Se discutía si la combustión podría afectar más a los ciudadanos, que aunque habituados a las partículas tóxicas y los gases infecciosos, sufrirían impactos cancerígenos. El conductor del programa sobre el origen de los zombis, asesorado por médicos locales, argumentaba que en el condado de Maricopa, Arizona, un zombi vestido de sheriff había salido de la cámara de incineración más rabioso que como había entrado, preguntándose los expertos si el cadáver al entrar en contacto con el oxígeno, el hidrógeno, el nitrógeno, el fósforo, los óxidos metálicos y otras materias combustibles no había producido a un Frankenstein, pues el sheriff alucinado, llamando al conductor "migrante grasoso" delante de las cámaras de televisión había tratado de ahorcarlo.

No lejos de las plantas incineradoras y sus humos, los médicos de la peste exploraban con sus bastones los cuerpos de los zombis caídos en la calle, y hurgaban en sus ropas y sus llagas, evitando el contacto de piel a piel. Los seguían vagos y perros callejeros, y hasta vivos muertos, a pesar que sus figuras flacas y chaparras, imágenes andantes de la muerte, imponían miedo. En particular sus ojillos malignos que al escudriñar al prójimo por los agujeros de la máscara, eran muy perturbadores.

Semejantes anuncios del fin, vistos a la caída de la noche, los espeluznantes doctores de la plaga de los zombis, precedidos por el doctor Sartorius, daban la impresión de formar una bandada de zopilotes humanoides que husmeaban en el paisaje hedores y colores de la muerte. Unos llevaban en las manos un picahielo; otros, un largo bisturí, siempre listos para clavarlo en el pecho del muerto viviente. Supuestamente venían para controlar la propagación de la bacteria *Zombis pestis*, trasmitida por contactos orales, sexuales o manuales, y por mordeduras, salivas, heridas y otros focos de infección. Para lograrlo debían acabar con las fuentes de transmisión de la bacteria: los zombis mismos, y con sus víctimas, en proceso de devenir zombis.

Los doctores de la peste visitaron primero los cementerios, las maquiladoras, los basureros, los picaderos y los antros donde se apiñaban drogadictos y prostitutas; luego las calles del centro, las áreas residenciales, la periferia y los barrios marginados. Y hasta las dunas del desierto, donde, según rumores, hacía décadas cayó una nave en forma de meteorito con criaturas transmisoras de la bacteria *Zombis pestis*.

Entretanto las autoridades pedían a la población por radio y televisión mantener fuegos encendidos para ahuyentar a los zombis y proveerse de lanzallamas y extinguidores en caso de ser atacados por ellos. Sobre todo, debían mantener a los niños lejos del contacto de los muertos vivientes, y de los vivos muertos, por si acaso.

"Me contaron que un médico de la plaga va por Misteca picoteando el cuerpo de las sexoservidoras con la excusa de que son zombis contaminadas sexualmente con la bacteria", dijo Roberto.

"Tendríamos que verificar si las mujeres están enfermas o se trata de asesinos seriales disfrazados de médicos".

"En un café estaba una mesera zombi con los senos más grandes que puedas imaginar. Lechosos, y no tan manoseados como los de las sexoservidoras, cuando servía el café y el cruasán traía los suyos en charola. Esa era su costumbre, hasta que sacando de una cuna a un bebé zombi, un bagazo metido en una casaca militar, comenzó a amamantarlo. De sus pezones salían chisguetes blanquinegros cuando llegó el doctor Sartorius con sus médicos con bisturís eléctricos, aparatos de rayos láser y cauterios para quemar tejidos. Y dejaron a la mesera y al bebé zombis convertidos en materia muerta. Yo los vi desde detrás de los cristales".

"No les tengo miedo, llevo una granada en mi bolso y si se me acercan los vuelo. No me inspiran confianza, su vista me da ñáñaras", Sonia, asustada, señaló en Avenida Independencia a un vehículo fumigador que se dirigía al estadio de futbol donde se habían concentrado hordas de zombis. Al llegar a Plaza de la Constitución, nuestro coche se dio la vuelta porque venía un zombi montado en un caballo con alas negras. El muerto viviente, de cuerpo esquelético y piel verdosa, armado con un largo machete, se desplazaba caracoleando como viento. Y como viento se fue al desierto.

*Un halcón cae del cielo*

"El halcón cayó del cielo. Parado en la terraza giratoria del edificio más alto de la ciudad cayó con los brazos abiertos sobre la banqueta. Francotiradores apostados en los edificios vecinos lo acribillaron. Lanzado al vacío de cabeza los binoculares se incrustaron en su cara. Traía un mensaje en las nalgas: "Para que no se te olvide quien es el dueño de la yegua". Firma El Loko".

"Su rostro parecía sudario. Sus ojos, focos fundidos. Sus uñas, tijeras de las que cortan los ramos de flores en la funeraria. Su pasaje de vivo muerto a muerto viviente, un pase automático. Del cuerpo despedazado surgiría el cadáver funcional. De la muerte total, el vivo relativo. En su silencio pétreo, se escuchó un suspiro", escribí para *El Diario del Centro*. "En la calle, el viento. Arriba, las nubes encendidas, las dunas polvorientas. Un arco iris resquebrado en los cerros y un esqueleto galopando en el desierto componían el paisaje".

En la cámara mortuoria donde velaban al halcón un sicario entró con una metralleta. Quería rematarlo, temeroso de que resucitara. Al toparse conmigo, me miró como queriendo darme un tiro. Colgaban de su cinturón pistolas portátiles: pulverizadoras, de aire caliente, de perno percutor y de soldar. Salí por la puerta trasera. Abordé mi coche. En el primer semáforo se me emparejó una camioneta negra. Por la ventana abajada se asomó La Culebra. Pelón, tipo militar, me apuntó con una escopeta. Pensé que iba a dispararme, se alejó riendo.

"Al borde de la azotea de la que cayó el halcón estaban sentados El Amarillo y El Niño Sicario. Parecían gárgolas cagadas por los pichones", Roberto mandó un mensaje.

"Indaga", repliqué.

"En la chaqueta se hallaron fotos de chavalas de tez morena y cara delgada, pelo largo y ojos grandes. Todas escuálidas. Todas tímidas, con las manos entre las piernas tiritando de frío".

"¿Alguna era Elvira?"

"Ninguna".

"El halcón, ¿qué puesto ocupaba en la jerarquía criminal?"

"Controlaba a meseros, taxistas, policías, la red de espías que en restaurantes y bares vigila la llegada y salida de forasteros en autos, autobuses, motos y camiones de carga. Día y noche le comunicaban: "Viene policía, viene soldado, viene periodista, pasa mujer".

"Busca su perfil".

**Demóstenes Mendoza. Lugar de nacimiento: Apokaliptitlán. Entrenado por la CIA para el manejo de armas sofisticadas y para trabajos de eliminación física de individuos y de grupos subversivos. Perteneció al Grupo Anfibio y Aeromóvil de las Fuerzas Especiales y a la Brigada de Fusileros de Élite. Al término de su entrenamiento, se afilió al Cártel del Sur, cuyo cabecilla era el coronel _Crazy_ Solares Smith, muerto en Tapachula durante un enfrentamiento con la Marina. Después del deceso de su jefe, Mendoza mató a su sucesor, el capitán Walter Domínguez.**

"El gobierno federal declaró la guerra contra los zombis", ¿habrá que mandar estas notas al _Diario_?

_En ventanas y azoteas están parapetados francotiradores. Elementos de la Policía Feral disfrazados de camilleros en batas blancas recorren la ciudad para limpiar de muertos vivientes las calles. Armados con productos biocidas, autorizados por la Dirección de Salud Pública, llevan bromuro de metilo, pistolas Fischer para control de roedores y nebulizadores con mangueras flexibles para emitir niebla fina con máxima penetración helada en los cuerpos. Con aparatos para eliminar carcomas de granos, gorgojos, chinches, garrapatas, ácaros, artrópodos dispararon a los zombis._

"Antes de enviarlas haremos un recorrido por las zonas de conflicto. Hace un par de horas grupos de muertos vivientes fueron sorprendidos en la plaza principal por elementos del ejército y desde camionetas, helicópteros, motos y tanquetas embistieron a un grupo que avanzaba por la carretera interestatal".

"Fuerzas especiales tomaron posiciones detrás de costales de arena, bancas de cemento, automóviles estacionados y andan cazando zombis; soldados identificados por sus camisolas azules, pantalón beige y botas con puntas de acero se apostaron en camellones y prados, y a una orden del general Castañeda se lanzarán al ataque".

"¿Sabías que el coronel Milton Maldonado hundió su espada en un zombi para templar su acero y que El Niño Sicario clavó su daga en el pecho de una zombi adolescente para sentir su llanto?"

"Oye a esos policías dialogando en la patrulla".

"¿Te enteraste, papi, que hay que meter cerebro a la obra?", dijo uno con tejana negra, gafas negras y pistola en mano.

¿Hay órdenes de cogerse al Señor de la Carroña?", preguntó el otro, con gorra de beisbolista, calavera estampada en la playera negra, y metralleta.

"Las hay, na'más cuídate de la oreja invisible que nos está oyendo".

"Me cuido, mano, pero no me pongas la pata encima".

"Mira, mano, si sigues con la mariconada te corto la mollera".

"Escucha, mamahuevos, si esos descarnados vienen pa'cá, los fidelcastro".

"Óyeme, fideo, hay órdenes de plomear a esas lacras.

"El gene degenere escupió la instrucción que fuéramos al cementerio a sacrificar gallinas y moler huesos de gente; pidió que metiéramos en una olla a Chelo Zarza Lobero y al Matagatos para que juntos procreen puerquitos".

"Mira, mano, no lo pienses dos veces, tira o serás tirado así en la calle como en la cama".

"Oye, *beauty*, los tenis del zombi están muy chéveres".

"No son tenis, son pies de gato para escalar paredes".

"No la mames, buey".

"Si la mamo, buey".

"Antes que me vuelva ojo de hormiga, dime, mano, cuál es el estado del tiempo".

"Según El Fisgón, por la mañana habrá un clima templario, con lluvias de plomo y carreteras no despejadas y por la tarde temperaturas de tierra caliente a incendiada".

"Zombi, zombie, zumbando, llamando", bromeaban por radio los malandros. "¿Oyeron, bueyes? Un halcón cayó del cielo".

*El zombi del sótano*

Era la hora feliz en que las harpías de Misteca andaban sueltas, los sicarios se abatían entre ellos y los adictos llegaban a los baños públicos a venderse por un pasón. Las ventanas estriadas estaban llenas de moscas verdes y la pestilencia de los zombis sin sepultura apestaba el aire. Yo tenía los labios partidos y al morder un pedazo de pan me salía sangre. Las fuentes de la plaza principal estaban secas y no había una gota de agua en el lavabo, en ningún lavabo de la ciudad. Con los binoculares yo podía ver a un niño zombi tendido en la banqueta. Parecía dormir, pero estaba muerto. Una nube de moscas zumbaba en torno de su boca desdentada. Al verlo sentía el impulso de abandonar la ciudad tan pronto como lo permitiera la noche, perdido en la teleología del para qué de las cosas, que interconectaba verbos, acciones, sujetos y objetos tan disímbolos entre sí como estar, amar, matar, moverse, Sonia, Elvira, Malinche Negra, espejo, escalón, dentadura, ventana, cama, zapato, silla, puerta, niño zombi. Después de todo, cuando yo no hablaba quién hablaba por mí.

"¿Te has topado con el nuevo huésped del hotel?", preguntó Roberto por el celular.

"¿Qué quieres decir?"

"Hay un zombi en el sótano".

"¿Lo has visto?"

"Al abrir la puerta de la cocina descubrí a una criatura con los ojos abiertos ciegos a la luz".

"¿Se puede ver?"

"Si bajas al sótano. Pero ten cuidado, puede ser bravo".

"Si me ataca le daré un balazo".

"¿Quieres que te acompañe?"

"Bajaré solo".

"Si ves que sale a la calle, síguelo, te llevará con La Malinche Negra, tal vez a la casa donde esconde a las niñas de la trata. No le des sal. Despertará de su letargo".

"No te preocupes".

"Lleva lámpara, abajo hay una negrura de lápida".

"¿Desde hace cuánto tiempo vive allí?"

"Desde antes que los zombis aparecieran en los espejos como alter egos nuestros, ya estaba allí. Desde antes que hubiese casas y calles en Misteca, ya estaba allí esperando el momento de su resurrección".

"Veré por mí mismo", descendí al sótano. El zombi estaba en la cocina entre las ollas y la porcelana brillando en la oscuridad. Llevaba zapatones sin calcetines y traje gris rata. Tenía los cabellos en cresta por una mezcla de vaselina y borra, las muñecas y las manos adornaba con cadenas y anillos. Entre insectos aplastados, televisores descompuestos y cartones con viejas revistas *Life* parecía imaginario, obra de un pintor neurótico que con chorros de pintura había deformado su imagen. Daba la impresión de un necrófago que habitaba la interioridad de una sombra más que la penumbra de un cuerpo. Oí en su inmovilidad un grito *post-mortem*, no de la Naturaleza, sino de la carne macerada. Al tenerlo enfrente pensé en una larva en tránsito de convertirse en otra forma, animal o vegetal. Cuando volvió los ojos ciegos hacia mí vi su cabeza como una piña en una cesta de mimbre con cuchillos mellados.

Secretando una saliva amarillenta se levantó, abrió los brazos como si quisiera volar. Hambriento de todo, dio un paso. Trastrabillando, subió la pequeña escalera. El ala de un sombrero de palma le tapaba la mejilla izquierda. En la calle, anduvo entre coches con las llantas ponchadas y los vidrios quebrados. Seguramente se dirigía a un bar abierto.

"Mamá, allí viene el cuco, me quiere chupar", gritó un niño cerrando la puerta de su casa.

Los inmuebles de Avenida Independencia eran túmulos de tabicones. En un dormitorio al aire libre resollaban zombis despanzurrados, tenían los ojos cubiertos de ceniza y arena. Entre dos adultos una niña zombi abrazaba a un perro de peluche. La retraté. No sé por qué, la foto no era publicable por el horror que infundía. En la bifurcación, una flecha anunciaba (sin precisar kilómetros):

## EMPALIZADA
## PUEBLO TÍPICO

En un supermercado con sellos de *Clausurado* dos vivos muertos acechaban a una zombi en harapos. En ese momento se oyeron ráfagas de metralleta. El zombi del sótano no necesitó muchas balas. Sólo una en la frente.

Tras el tiroteo apareció Douglas Martínez para bendecir el cadáver.

Yo me eché a correr, hasta que en una esquina me topé con Roberto. Apañuscaba un papel. Su artículo:

"En Misteca los asesinatos no los comete nadie. Los crímenes de hoy son sepultados por los de mañana. De los 'eventos' las autoridades no hablan. Mucho menos los zombis. Para éstos todo pasa como en un sueño. Aunque un camión aplaste a su madre, no muestran emoción. Aunque sea miércoles, les es indiferente. La atrocidad no tiene día ni hora. El tiempo avanza a ritmo de zombi. De vivo ausente. En la ciudad del crimen nadie atestigua nada, salvo los vivos muertos que cometen los crímenes y los achacan a los muertos vivientes. Ellos se ocupan de las investigaciones y de limpiar las calles de sospechosos, y toda evidencia desaparece. Por eso todos viven como escondidos. Salvo los zombis de ojos vidriosos que van por Barrio Encantado dejándose balear. Y baleados, resucitarán para devorarse a sí mismos".

"Debemos meter algo sobre las niñas que las redes de la trata secuestran en la frontera sur y trasladan a la frontera norte para la prostitución forzada. Nadie sabe nada de ellas, excepto los vivos muertos, esos criminales de labios blancos que frecuentan el Salón de la Nada sobándose los huevos en busca de las nuevas", observé.

"En un callejón aparecieron empalados. ¿Quiénes eran? ¿Qué delito cometieron? ¿Puede llamársele víctima a un zombi que ha sido ejecutado por ser zombi? Nada importa. Zombi mata zombi. Vivo muerto resucita en muerto viviente. Si existe la resurrección depende de nosotros. Entretanto, la próxima guerra será contra las moscas".

"Mira, el sacerdote Douglas Martínez trata de seducir a Juana la tarahumara. Ella, sentada en la banqueta, tortillas en mano, enseña su sexo como si ofreciera un pollo placero".

"¿Ya oíste la noticia? A partir de este 2 de noviembre el gobierno instituirá El Día Nacional del Zombi".

"Mira a Juana, con los pechos saliéndosele por el escote y los ojos llorosos por el picor de unos chiles suavizados por cucharadas de frijoles negros y rebanadas de aguacate, está a punto de entregarse al sacerdote por unos cuantos panzas verdes".

"¿Quieres ver un ejército de zombis? Ven conmigo esta noche a mi cuarto y asómate a la ventana", Sonia me habló por el celular. "Luego nos divertimos juntos".

## El Decapitador Fantástico

El jueves Misteca fue el teatro de persecuciones en autos y de ejecuciones sumarias. Desde ventanas y azoteas señoras y niños presenciaron tantos enfrentamientos de grupos armados que las autoridades previnieron a los ciudadanos por radio: "Atención, cuídense de los testigos presenciales, hay tantos sueltos que lo que difunden produce pánico en la gente".

Los ánimos estaban alterados, comandos de delincuentes habían asaltado a una agencia automotriz llevándose los coches en exhibición y a vendedores y clientes. Y más tarde dos secretarias habían aparecido violadas y encostaladas. Además de que los pandilleros habían intensificado el reclutamiento de jóvenes en barrios populares, los señores de la droga libraron batallas por el control de los centros de rehabilitación para recuperar en sus filas a los drogadictos. En diversos puntos de la ciudad operadores de El Señor de los Zombis combatieron a operadores de El Señor de los Suelos, y nadie supo quién era quién.

Al anochecer los grupos replegados abandonaron vehículos y cadáveres. Los servicios de limpieza con escobas, máquinas de cepillos y mangueras de agua a presión lavaron la sangre, el aceite y la grasa de las calles; recogieron cuerpos, urnas con cenizas, lanza granadas, puntas metálicas poncha llantas y kilos de cocaína, cristal, marihuana y otras drogas. Las redes sociales informaron sobre centenares de muertos y lesionados, quemados vivos y despanzurrados. En un autobús calcinado se halló en los asientos a zombis esqueléticos con la cara vuelta hacia delante y las manos aferradas a los tubos. Empleados de funerarias, que pidieron no ser identificados, aseguraron que los occisos no eran trasladados a sus instalaciones: "Los muertos invisibles son recogidos por los sepultureros de los cárteles", revelaron.

"Preferimos que no los traigan, los muertos y los zombis no pagan los servicios y hacerse cargo de cadáveres no documentados está penalizado", afirmaron gerentes de hospitales, pues los sicarios solían levantar los cuerpos de los caídos en las calles y en los vehículos, y llevárselos a cementerios clandestinos, que contaban con incineradores y fosas comunes, o a clínicas instaladas en casas de seguridad con médicos y enfermeras de guardia. De los zombis que se pudrían en la vía pública nadie cubría los gastos de incineración, y nadie daba cuenta de ellos.

La televisión guardaba silencio sobre la batalla librada en Barrio Encantado. Las redes sociales daban la cifra de cien víctimas mortales, un saldo no determinado de desaparecidos y de mujeres violadas. Oficialmente no había muertos. El general Castañeda en sus informes no mencionaba el número de bajas y sólo registraba cuatro vehículos confiscados, cuatro heridos, un muerto y la captura de cinco halcones que monitoreaban los movimientos tácticos de la policía feral. Sobre la cantidad de zombis eliminados la información estaba clasificada.

Para contribuir a la paranoia general, en las redes sociales corrió la noticia que El Decapitador Fantástico en la Calle de Colima había matado de ochenta balazos a dos chavos de diez y doce años, y a su prima de catorce. Los había confundido con vendedores de drogas al menudeo. Pero eso no impidió que él, hallándose más tarde en la Colonia Romita, liquidara al hijo de quince años de una lavandera para robarle su celular y sus zapatos tenis. Así que cuando camino del hospital pediátrico me topé con un vendedor de sandías oriundo de Nueva Italia —que había pasado nueve meses en una cárcel de Misteca acusado de asesinar a dos obreras de maquiladoras con tajos de machete tan severos en el cuello que les había desprendido la cabeza del tronco—, dicho individuo me causó escalofríos. Estaba vestido de blanco y se frotaba el pelo como si quisiera quitarse insectos del cráneo. Tarareando algo inaudible movía los labios. En un estuche de violín llevaba el machete. Era El Decapitador Fantástico y se dirigía a un trabajo.

A tono con ese encuentro, el mediodía del viernes, a las puertas del hospital un acomodador de coches encontró sentado en una silla de plástico a un hombre con bata verde, pantalones azules y tirantes amarillos. Tenía su cabeza entre las manos. Al principio creí que el galeno sostenía una calabaza de Halloween, pero cuando me acerqué vi que parecía una Medusa. La cabeza cortada no por un Perseo, sino por El Decapitador Fantástico, el vendedor de sandías. Una suave brisa movía sus cabellos. Su cara estaba cubierta de arena como si su cuerpo hubiese sido arrastrado en el desierto por una *pick up*. Sus ojos eran terroríficos. No por infundir pavor, sino por haber visto de frente a su asesino machete en mano. En la pared, una placa:

**Dr. Julio Salvatierra, Presidente de la Clínica de la Niña Zombi, Especializada en Patologías y Cirugías Plásticas Infantiles, Fue Actor Involuntario en la Pieza "El Cráneo Animado". Director Escénico: El Decapitador Fantástico.**

Junto a un coche estacionado estaba el cuerpo desnudo de una chica con los pechos redondos como panes y los párpados apretados para no ver que le iban a cortar las piernas y los brazos. A su lado, *El Diario del Centro* traía la noticia de su muerte antes de que ocurriera: **FUGITIVA ASESINADA**. En la foto, El Decapitador Fantástico, vestido de blanco, con los ojos color gargajo, cogía la cabeza de los cabellos.

"El doctor Julio Salvatierra fue ejecutado a la entrada del edificio principal por un comando que lo interceptó cuando salía del nosocomio donde traficaba con órganos humanos. El sicario asesino poco antes había abierto fuego a los guardaespaldas que lo protegían desde una bahía del jardín", declaró el director de Servicios Clínicos. "La ejecución causó pánico entre pacientes, visitantes, médicos y empleados del Valet Parking. Incluso una niña estalló en llanto en brazos de su madre cuando oyó las detonaciones. Con conos blancos señalamos los lugares donde cayeron los casquillos. El sicario huyó. Estamos ante un caso en que el entierro es anterior a la ejecución. En el Cementerio Colinas el Paraíso vimos su epitafio. Sin duda, alguien tiene un gran sentido de humor negro".

*Asalto al hotel*

Soñaba que el zombi del sótano se acomodaba la nariz con las manos y se pegaba a la cabeza orejas que miraban. Soñaba que él, acribillado, seguía andando, y que sus pasos en el piso inferior sonaban como hojas quebradizas. Horas antes, derrumbado por el cansancio, me había quedado dormido sobre la mesa. Vi el reloj. Eran las cuatro de la mañana, una hora muy tarde para acostarse y muy temprana para levantarse.

"¿Qué son esos ruidos?", pregunté a Roberto por el celular. En cada ventana del edificio de enfrente estaba un zombi mirando hacia la calle.

"¿Cuáles ruidos?"

"Esos ruidos como de ratones royendo la madera".

"Serán zombis arrancando puertas".

"Creí que eran ratas".

"Todas cayeron en las trampas".

"Las puertas crujen como si alguien tratara de abrirlas".

"No te preocupes, El Señor de los Zombis no llega a sus oficinas en Barrio Encantado hasta mediodía. En sus actividades eróticas no tiene horario, se ayunta cuando le da la gana".

"Al zombi del sótano lo abatieron en el supermercado".

"No abras la puerta".

"Voces no hay, hay ruidos en los pisos de abajo y de arriba como si alguien arrastrara cosas pesadas".

"Revisaré los cuartos vacíos. Algunos están conectados por puertas interiores y baños comunes. No se puede acceder a ellos sin abrirlos con llave maestra. Es posible que en ellos vivan zombis. Para verlos está la luz de la calle, y la del ojo".

"El calor enjaulado y la falta de ventilación hacen insoportable el interior".

"Hace poco me topé en un pasillo con una zombi cosiendo una falda con una aguja sin ojo. Polillas negras revoloteaban alrededor de su cabeza. El problema no fueron las polillas, el problema es que ella desapareció luego", minutos después me informó Roberto. "La Salida de Emergencia da al vacío. Diez escaleras blancas se recargan en las paredes exteriores, algunas con extensiones para alcanzar los pisos de arriba. O la noche. Adonde suben los sueños".

Voy pa'bajo. Los pandilleros de la Comuna 13 le acaban de romper el cráneo a un zombi con un bat. Lo dejaron tirado en la banqueta… En este momento a toda velocidad avanza contra mí un malandro en moto. Viene como en trance, habiendo ejecutado en la esquina a una adolescente de cabellos blancos. Lo esquivo, pero él se lanza sobre el zombi con la moto.

Oí a Sonia llamar a su amiga de Callejón Durango con una voz nasal que no era suya. Mas un policía feral le dio un fuetazo en la espalda y ella cayó al suelo. El malandro de la moto regresó para atropellarla, pero le disparó. Sonia recogió el cuerpo de la zombi de cabellos blancos, la subió a un coche y partió con ella.

Focos de cuarenta vatios alumbraban las azoteas de los edificios cercanos al hotel. Cientos de cilindros de gas como zorrillos metálicos apestaban el horizonte. Agazapado entre los macetones un zombi aguardaba la orden del Profeta de los Zombis para tomar por asalto el hotel. Cientos de muertos vivientes esperaban su turno para alcanzar las plantas superiores. Desde abajo miraban con ojos vacíos. Todo parecía en suspenso, hasta que todo empezó a moverse. Temblores oscilatorios, apenas registrados por el ojo, que no duraban más que segundos, mecían calles y edificios. Y a los zombis, que ascendían por una escalera blanca agarrándose de los peldaños para no caerse. Sobre todo porque los zombis de abajo sacudían la escalera para tumbarlos y subirse ellos en su lugar. De manera que los muertos vivientes ya casi alcanzando la terraza, caían de espaldas.

En la plaza se veían tantos que temí se habían reproducido de noche. Las calles hervían de cadáveres desorejados, desnarigados, con los pelos parados en el cráneo raso y las uñas largas en pies y manos. Me impactó un jetón greñudo. Como perro herido dirigía la cara hacia el cielo poluto. Desde la banqueta, húmedo de rocío, con el torso desnudo, parecía un hombre de las cavernas esperando año tras año el momento de su resurrección.

Manos escarapeladas subían por la escalera exterior, pies llagados se atropellaban en el pasillo. Y tantos asaltantes cogían al mismo tiempo la manija de la puerta, disputándose uno a otro la oportunidad de girarla, que salí a golpearlos con una silla. Pero ellos inmunes a los porrazos rompieron la silla. Y la puerta. Con el cuerpo. Con muchos cuerpos. Teniendo yo que tocar sus carnes flatulentas. Hasta que con una varilla les di en la cabeza. Con un cuchillo perforé su vientre. Usé un martillo como mazo. Un picahielo como espada. Un tapete como escudo. Pegué a caras, quijadas, nalgas, lomos y pechos sin importarme género ni tamaño. Me quedé con dientes, pellejos y pelos en las manos. Repugnantes y fétidos, soplaban al caer a la acera. Había abundancia de ellos, como salidos del subsuelo seguían llegando, y tuve que abrirme paso en la escalera, defendiéndose ellos de los tiros con las manos, de la varilla con los dientes, de los cuchillazos con los hombros.

Afuera los vivos muertos atacaban a los muertos vivientes con pistolas, escopetas y lanzallamas. En la plaza el general Porky Castañeda comandaba el exterminio. Lo asistían El Kaibil, El Oaxako, El Kongo, El Sik y los policías ferales que conducían tanquetas, helicópteros, motos, ambulancias, carros de bomberos y vehículos blindados. Corría el rumor que habían rodeado al Profeta de los Zombis.

"Levantaron a Roberto unos policías ferales disfrazados de zombis. Maniatado y encapuchado se lo llevaron en un vehículo negro. Ha llegado su fin", Sonia me avisó por el celular, mientras en la recepción yo veía a mi asistente desfigurado y tasajeado, con el cuerpo desnudo de la cintura para abajo, los zapatos atados uno con otro. Pero no era él, era el beatnik. Los vivos muertos le habían puesto sus ropas.

## La guerra de los zombis

Los zombis cubrían los carriles de la Autopista del Sol. Con ropas de colores grises cruzaban y descruzaban las líneas blancas tanto las continuas como las discontinuas, ignorando semáforos. Para ellos no había separador central, su meta era llegar a la ciudad, aun si marchaban en sentido opuesto.

Misteca era una ciudad devorada por su hambre. Las fuentes de sus jardines de ornato estaban secas. La sierra, su vegetación desaparecida, parecía una columna de pez pelado. El Río Bravo seguía su curso de serpiente contaminada, aunque en todas partes flotaba una gota de sed.

Yo en mi cuarto, frente al tablero de ajedrez en la mesa, soñaba jugar una partida contra El Profeta de los Zombis. Roberto tomaba una siesta en la habitación contigua, aguardando que bajara el calor para salir a cubrir la guerra de los zombis.

"Humano, no te esfuerces, estás perdido", en mi sueño me decía el profeta, mi rey sitiado por sus caballos, creyéndose vencedor. Su corona de latón ladeada, sus dedos esqueléticos cogiendo mi pieza. Pero me comí su reina. Y, mal perdedor, arrojó piezas y tablero al piso.

"Despierta, vamos a coger la noticia por los cuernos", Roberto me ayudó a recoger las piezas que yo mismo había tirado. "Mañana aplicas la tumba de Filidor".

Salimos juntos, él a tomar fotos y yo a redactar la nota. El Profeta de los Zombis estaba moviendo sus peones. Con una vieja armadura de conquistador español, con mallas en las piernas, peto, yelmo y picos en los zapatos, atemorizaba a los vivos muertos. No sólo eso, con el castañeteo metálico de su dentadura, las cuencas vacías en la visera y las guanteras de acero que sujetaban la espada y la lanza, embestía cabezas y corazones. Por la babera asomaba su hocico quebrado, no por los estragos de la guerra, sino por esa locura breve que es la ira, según el poeta Horacio.

El río de concreto estaba quieto, fluían los zombis a su alrededor. Lentamente, hipnotizados por los faros de los carros, aunque era de mañana. Como tontos extendían los brazos para coger las luces con las manos. Mientras El Profeta, sobreviviente de sucesivas descomposiciones y resurrecciones, daba la impresión de poder atravesar paredes. Unas veces se manifestaba delante de sus hordas; otras, detrás de ellas. Emitía sonidos como un enfermo de la faringe que usa aparato para hablar. Los rayos del sol destellaban sobre su armadura como sobre una herida.

Al frente del ejército, con su uniforme camuflado con la arquitectura de las calles, el general Porky Castañeda aguardaba con fusiles y lanzallamas la llegada del contingente de los zombis. A su lado, un sargento vestido de sombras le cargaba las armas. En su gorra un letrero decía:

**AMERICAN ZOMBI DYSFUNCTIONAL**
**¡LEAVE ME ALONE!**

A una señal, los zombis entraron al combate desarmados. Con los dientes más que con las manos se lanzaron como perros ferales a morder cuellos y armas, muslos y chalecos blindados. Pero aun de rodillas, con las carnes desgarradas, los huesos roídos y los hombros tajados, su rabia de matar era más fuerte que el riesgo de morir de nuevo, y ni el fuego ni los tiros los ahuyentaban.

Al llamado del Profeta los zombis salían de las casas abandonadas; avanzaban furibundos a orillas del Río Bravo y por los campos de asfódelos, que había plantado un griego nostálgico del Aqueronte. A lo largo del basurero líquido, donde lo mismo flotaba una mujer desnuda, un perro degollado, una bolsa de basura o un sicario descabezado, pasaban indiferentes. Hasta que a un rugido del general Castañeda cientos de vehículos partieron a toda velocidad para aplastarlos. Las cucarachas mecánicas parecían un monstruo rodante que emitía sonidos de tráfico y llamas enceguecedoras. La luz era audible. La carretera distante y la calle cercana, el edificio, el camión, los helicópteros y las sirenas de las ambulancias conformaban la estrategia del ruido.

Todo aparato había entrado en acción. Sus cláxones, sus motores ahogados, sus puertas abriéndose y cerrándose, atacaban a los muertos vivientes a la par que los vivos muertos los acorralaban entre coches aparcados, los ponían contra las paredes y los fusilaban. Policías ferales asistían a los soldados desde los pisos superiores con lanzallamas y escopetas y los zombis caían como costales de patatas sin exhalar un quejido. Si no fuera por los proyectiles zumbando hubiese podido decirse que la escena transcurría en un sueño.

Cuando al caer la noche los ferales se marcharon, los cajones vacíos del estacionamiento pareciendo nadas de concreto, surgieron hordas de zombis vestidos de blanco, sin género ni edad, y los vivos muertos los sorprendieron cuando atravesaban la calle rumbo a la plaza principal. En la escaramuza cayeron dientes, casquillos, pedazos de carne y zapatos sobre el asfalto; orejas volaron, ojos saltaron, mugidos emergieron por agujereadas mandíbulas.

Con sus cuerpos convertidos en hogueras individuales los zombis alumbraron la plaza. El elemento antiguo, el fuego, distraía por su belleza cambiante, sus cráteres espontáneos y sus chisporroteos musicales.

Sobre las lápidas de Colinas del Paraíso los policías ferales colocaron ametralladoras para disparar contra los cadáveres vivientes que buscaban refugio en las sepulturas. El olor de la carne quemada se fundió con el hedor del chapopote.

Los zombis seguían llegando y Misteca era una fábrica de muertos. Comandados por El Profeta afónico, en batallones desordenados se arrojaban al ataque sin considerar la estrategia aviesa de los vivos muertos. Entrampados en callejones, engañados por semáforos con el ojo quebrado, sucumbían.

Con gafas rojas de langosta el general Castañeda dio órdenes a los soldados de desmantelar los retenes, retirar los sacos sobre los que se parapetaban, aparcar ambulancias y carros particulares, y todos los semáforos se pusieron verdes. Entonces, con un estrépito de cláxones, motores, altavoces y aparatos de sonido tocando música techno, los tráileres, los camiones de carga, las tanquetas, los carros blindados, las patrullas y las motos policiales emergieron de las sombras a toda velocidad, se lanzaron contra los zombis.

Desde la terraza giratoria del edificio más alto de Misteca, El Halcón, con su Winchester Magnum dotado de mira telescópica nocturna y de silenciador, disparó a los zombis. No contento con la cantidad de abatidos, ascendía y descendía por el elevador, y, en segundos, con un batir de alas metálicas, los tiroteaba. Abatía a un zombi, y se escondía. Reaparecía a unos metros de distancia, clavaba una lanza a alguien, y remontaba el vuelo. Hasta que con su Winchester Magnum, circulando, planeando a baja altura, me apuntó.

"Te llevó la tiznada", graznó sobre mi cabeza como si el momento futuro fuese ya pasado. Pero pasó un vehículo atropellando zombis, y pude escapar.

"Hey, tómame foto", me pidió una turista texana en la plaza principal, mientras una zombi como en un suicidio ritual se arrojaba a un lanzallamas.

"¿Con la ciudad en ruinas?"

"No, con la zombia calcinada".

*La batalla final*

Cada ventana reflejaba el oro glacial del sol de invierno. Desde su terraza El Halcón espiaba. Con cara negra y ojos ígneos parecía un señuelo para atrapar zombis. El general Castañeda había instalado señuelos de halcones, y, qué mejor cosa había para espantar muertos vivientes que vivos muertos. Irónicamente, los cristales esquinados de los pisos superiores parecían bloques de hielo con zombis reflejados y El Halcón rodeado de humo un espectro con alas.

Fue por esos días que los pandilleros de la Comuna 13 salieron de una vivienda (sin luz eléctrica y sin agua) y se fueron por Avenida Independencia en camiones prestados por la Policía Feral. Con apodos como Randy la Rana, Gustavo el Clavo y Richy el Rastrillo, a los gandallas del Barrio Logan se agregaron las golfas locales: Rebeca la Güera y Ofelia la Fideo. Vestidos con pantalones vaqueros, botas de combate y chalecos de cuero, y armados con pistolas, navajas, cadenas de bicicleta, ladrillos y bates de béisbol, hombres y mujeres llevaban letras tatuadas en los dedos y piercings en las orejas. Su consigna era "Pega, corre, pega y nada". A la campaña del gobierno de "Desarma tu corazón", ellos respondían con los lemas: "Arma tu coraje", "Dale dientes a tu razón". La chica pedía a su chico un favor: "Embarázame antes que te mueras".

Al alba dejaron en su madriguera el botín robado: bicis, motos, celulares y chalecos blindados, y con el pelo como casco entraron a la pelea contra los zombis. Las mujeres, la cabeza rasurada, sin manifestar simpatía por los muertos vivientes ni por los vivos muertos, consideraban que tanto unos como otros apestaban el mundo.

Rumbo a Avenida Independencia pasaron por el Penal de los Políticos de la Corrupción, edificio cercano a la plaza principal que ocupaba una enorme manzana. Sus instalaciones, sexenalmente renovadas a gran costo, parecían ruinas morales. En permanente construcción, pasillos y celdas se mantenían inacabados. En sus crujías, los presos visitados por policías ferales, a cambio de dinero y favores, aceptaron armas para disparar desde ventanas y azoteas a todo zombi que pasara por la calle. "Denles parejo", fueron las instrucciones del coronel Maldonado, montado en una moto bajo el sol anémico de la tarde.

Lo que provocó alarma general, en una ciudad en la que todo el tiempo había alarmas generales, no fue que los usuarios del metro trataran de introducirse sin pagar ni que los empleados del Sistema de Transporte Urbano se hubiesen dado a la fuga, sino que un pasajero hubiese descubierto sobre las vías un auto sospechoso. Requeridos para inspeccionar el Volkswagen, los bomberos hallaron cuatro cajas de cohetones en asientos y cajuela, no explosivos que pudiesen causar una masacre. En una manta se acusaba al director del Sistema de alquilar los corredores y los andenes como dormitorios a sexoservidoras lésbicas y zombis gays. Al investigarse la causa de la presencia del auto con los juegos pirotécnicos, se supo que pertenecían a los familiares de un paisano de nombre Juan José Martínez que había fallecido en el desierto de Arizona. Después de días de caminar sin agua y sin gorra por el Valle de la Muerte, el migrante se había colapsado delante de un cráneo humano debajo de un saguaro. Justo en medio de la batalla de los zombis, ahora los parientes querían celebrar con fuegos artificiales su retorno al país en un ataúd de cartón. Finalmente, al único que los policías ferales quisieron detener fue a un zombi de dos metros y veinte de estatura parado en el andén del metro. Como un energúmeno tiraba golpes y mordidas en defensa de su almuerzo: un bebé envuelto en una cobija. Mas la cosa no quedó allí, pues luego, cuando el general Castañeda iba en su camioneta afuera del metro al oír un grito que surgía de entre los zombis caídos, al abajar la ventana y escrutar la oscuridad, sólo vio una masa inánime, pero el chaleco blindado que le oprimía los pechos de mujer y el ombligo correoso en el vientre como una cola metálica le fueron más importantes que el grito. Hasta que éste se repitió. Lo emitía el gigantón del metro. Y al verlo avanzar hacia él, decidió quebrarlo. Nadie se daría cuenta, excepto una vieja costurera pegada a la ventana, quien no sólo parecía tener los ojos cosidos a la cara sino ella misma estar cosida con el hilo de la soledad. De manera que cuando la anciana como un gato encerrado arañó los bordes de la ventana para advertir al gigantón que estaban esperándolo para hacerle pum-pum, el general se encontró con él en medio de la calle, con su currículo de crueldad escrito en la cara.

El militar vio que el gigantón llevaba en la epidermis una telaraña de colores y palabras que le surcaba el pecho, su historial grabado. Las marcas eran su insignia, su récord personal, su pertenencia, su status y su lealtad hasta la muerte al colectivo para el cual abatía indeseables en la gusanera social. Cada tatuaje ganado con sangre; cada dato de su biografía escrito en la piel; cada diseño aludiendo a los maltratos sufridos en Barrio 18, a su iniciación en el crimen, a los castigos en la cárcel, a los choques con la policía fronteriza, a la experiencia de las drogas, a los amores truculentos y a la pérdida de amigos asesinados; y, sobre todo, al demonio que comandaba sus actos odiosos. Adicto a la cocaína, al crack, al sexo violento y la saña ritual, experto en secuestro, trata de mujeres y venta de drogas, ese Zombi Tatuado se expresaba por señales.

Debían ser las diez de la noche cuando las ametralladoras cantaron su melodía de balas y el gigantón, harto de vagar hambriento y rabioso, con sonrisa forzada agradeció el castigo. Poco antes, avanzando hacia el general con un objeto en la mano (algo como un espejo o una pistola), como un extraterrestre salido de las cloacas sociales echó un vistazo a su madre, la costurera. Mas el general, creyendo que portaba un arma de fuego (no una armónica cromática de 12 agujeros que había hallado en un bote de basura) dio la orden de tirar y los milicos lo acribillaron.

Roberto saltó para fotografiar sus botas sin suelas (debajo de los tubos de cuero andaba descalzo), y aunque un policía quiso atropellarlo con un camión cervecero para desaparecer evidencias, el recuerdo de la muerte de su padre relampagueó en su mente y en rápida maniobra escamoteó al automóvil. La víctima fue un ciclista. La anciana bajó la cortina negra y la ventana pareció una esquela.

## La ofensiva del ruido

Señales luminosas atravesaron el espacio. Fuerzas invisibles avisaron al general Porky Castañeda del avance de los zombis. Luces anaranjadas disparadas en el sur fueron contestadas desde el norte con luces azules. El Matagatos levantó la mano. El Amarillo dio la orden de disparar. Apoyados por tanquetas y helicópteros artillados los contingentes del sur y del norte avanzaron contra los zombis. El general Castañeda mandó que los autobuses, las camionetas, los camiones de carga, las motos, los automóviles deportivos y los vehículos conocidos como "rinocerontes" se lanzaran sobre todo muerto viviente y lo plancharan. El coronel Milton Maldonado mandó colocar al frente de los vehículos a personas indeseables. Sus cuerpos serían escudos contra los zombis. A la defensa de una Suburban amarraron de pies y manos a Rebeca Martínez, la secretaria del restaurador de cadáveres, quien, despavorida, miraba el asfalto deslizarse velozmente bajo sus ojos. Sus pechos goteaban perlas de aceite. Violada tantas veces por policías ferales era difícil llevar la cuenta.

Atado a un camión de redilas estaba Douglas Martínez, el sacerdote de Promesa de Vida, sin pantalones y sin calzoncillos, pero con un misal bajo el brazo. "Clug Beranio", balbuceaba el beatnik con estopa en la boca. En un *jeep* el chef de El Trendy veía horrorizado su mano derecha con una granada. Tony Paranoia envuelto en una gabardina negra colgaba de un tráiler transportador de cervezas. Pero la que se ganó las palmas fue Marlene Fernández, La Prostituta Santa. Al frente de una embarcación venía como un mascarón de proa con los brazos abiertos y las tetas de fuera. Semejante a una sirena de su vientre salían ruidos polifónicos y de su boca chorros de aguardiente.

"Libérame, cabrón", gritó a Tony Paranoia.

"¿Qué te pasa?"

"No preguntes, idiota, ¿no ves? Iba a la frontera en mi camioneta cuando migras malditos se me emparejaron en una Suburban y me entregaron a estos cerdos".

"¿Por qué te llevan?"

"Qué pregunta, pendejo".

"Veré qué puedo hacer".

"Ni te preocupes, los zombis son tan estúpidos que a la primera oportunidad me les pelo". Su voz fue cortada por un latigazo en la espalda, no dado por un zombi sino por un policía feral.

"Ocúltate", me dijo Sonia.

"¿Dónde estás?"

"Cerca de ti. Pégate a la pared para que no llames la atención de los vivos muertos que se dirigen a la carretera. En Barrio Encantado están disparando desde ventanas y puertas. Con rifles de asalto AK-47 y fusiles Barret, las armas llamadas "borradoras" vuelan hasta balcones. Asistidos por sicarios con granadas de fragmentación "tipo piña", motosierras "cortacabezas" y lanzallamas "mata zombis", combaten cuerpo a cuerpo".

"Los civiles, pertrechados en sus domicilios, apilan muebles contra las puertas para protegerse de las balas del fuego amigo. Todas las salidas de la Autopista del Sol están bloqueadas. Hay órdenes de Castañeda de no permitir la fuga de ningún zombi. A falta de líderes visibles, las órdenes de ataque, contraataque y retirada se dan por móviles y señales luminosas", informó Roberto.

Cuando Sonia y yo nos acercábamos a la zona de conflicto hordas de zombis atravesaban el puente. La precariedad de las aceras los obligaba a pegarse a la barandilla. Los tiros y las cuchilladas no les hacían mella. Con gabardinas negras y zapatos heredados de vivos muertos, más pequeños o más altos, más gordos o más flacos, las ropas prestadas los volvían anónimos.

Desde una cafetería vimos a unos estudiantes correr por Paseo del Triunfo. Los vivos muertos se aprovechaban del conflicto de los zombis para eliminarlos. Mas los estudiantes creyendo que estaban a salvo, al dar vuelta en una esquina eran sorprendidos por gases lacrimógenos y bombas incendiarias. Los granaderos, para confundirlos, se ponían máscaras de calaveras. Muerte sobre muerte.

Roberto tomaba fotos. El Amarillo le salió al paso. Con una chaqueta rojo sangre y zapatos de charol, le apuntó con una metralleta. Mi asistente, sintiéndose ya cadáver, se despedía de Sonia con la mirada cuando el coronel Milton Maldonado cogió al Amarillo del brazo.

"Es reportero", dijo. "Baja el arma". Y el sicario, amarillo de rabia, se perdió de vista.

Roberto me preguntó si debía subir a Internet las fotos que había tomado. Le dije que sí. Y en el Volkswagen nos dirigimos a la Autopista del Sol donde el general Castañeda masacraba zombis. Más tarde, nos fuimos por calles laterales, atravesamos un paso a desnivel, un parque y un barrio donde reinaba la anarquía criminal. Expuestos a la violencia de los francotiradores y a los lanzallamas, sentíamos que en cualquier momento podíamos recibir un tiro o un flamazo por la espalda. Retenes militares pedían credenciales, nos interrogaban y nos dejaban y no nos dejaban pasar. Los golpes más mortales contra los zombis los asestaban los milicos en el cementerio. Disfrazados de sepultureros, sobre las fosas comunes emplazaban ametralladoras y desde tumbas adornadas con ángeles de mármol disparaban contra cualquiera que se moviera, fuese albañil, zombi, camillero, chofer, hijo de vendedor o cavador de tumbas.

Por esos andurriales apareció una chica con la boca pintada y las uñas esmaltadas. Con blusa morada, falda roja y tobilleras blancas era extrañamente bella bajo el cielo gris. Pero cuando sonreía, la alcanzó el líquido inflamable de El Matagatos, y cayó postrada a los pies del sicario.

Me topé luego con una pareja haciendo el amor. Se movía tan rítmicamente en el acto ritual que al principio creí que las figuras que forcejeaban entre los bloques de concreto eran un solo cuerpo, un hermafrodita amándose a sí mismo, como si los pechos y los muslos que se juntaban y se separaban pertenecieran a un organismo fornicándose interior y exteriormente. Qué raro que en medio de la batalla hubiesen decidido amarse.

En torno chirriaban carros, civiles buscaban refugio en casas abandonadas y estaciones de metro, luces intermitentes atravesaban el smog que cubría la ciudad. Mas la danza del amor concluyó cuando la mujer se levantó vestida de hombre y el hombre se alejó con ropas y zapatos de mujer.

## Los zombis alineados

El zombi aquel miraba pasar a los peatones desde una ventana sin vidrios. En particular clavaba los ojos color clara de huevo en una parada de Callejón Durango, cuyos pantaloncillos ajustados y pechos desbordados quién sabe qué reminiscencias le despertaban pues hasta la mandíbula descarnada movía. La promesa de una noche erótica *post-mortem* lo entusiasmaba tanto que en una sacudida acabó dislocado en la penumbra.

Los zombis reunidos en el parque central, el lugar donde los avistó Roberto por primera vez, estaban muy diezmados. De pie sobre los bancos de cemento o tendidos sobre las viejas vías del tren, oscilando entre la inconsciencia y una memoria sumergida en la piel, sus miembros se resquebrajaban como si fuesen animales disecados. Los que estaban en mejores condiciones físicas avanzaban tambaleándose por los campos arenosos y las calles basurientas. Otros se escondían detrás de árboles y postes, o se pegaban a las paredes en las calles oscuras.

Contra los zombis más estúpidos los policías ferales se ensañaban y les echaban las patrullas para aplastarlos. En el asfalto quedaban unas manos aquí, unos ojos allá, unas vísceras más allá, unas piernas, unos pelos, unas orejas, un líquido blancuzco como en un *omelette* humano.

Roberto trataba de captarlos con su cámara digital cuando El Matagatos pasó al frente de un contingente de meseros, vendedores ambulantes y taxistas armados con machetes, varillas, navajas, fierros, bombas incendiarias, metralletas y rifles de caza. El Amarillo y La Culebra, en la retaguardia, trataban de cerciorarse que los servicios de limpia retiraran de la vía pública a los heridos y los muertos. Las bajas de los cadáveres redivivos se contaban por cientos. Ver a un zombi caer de un auto en movimiento o ser aventado por un sicario desde una ambulancia en marcha parecía una ilusión óptica porque en cosa de segundos desaparecía de la calle.

En los pasillos del Crematorio Río Bravo estaban alineados los zombis. Al ver a tantos juntos era difícil imaginar cuánto tiempo pasaría antes que los empleados municipales dispusieran de ellos. No había privilegios en la incineración y se les despachaba sin duelo, ritual religioso y sin presencia de deudos. No se les amortajaba, se les arrojaba a la hoguera en ropas viejas o prestadas. O se les desnudaba, y entre paladas de pelos, huesos, músculos y cuerpos de fibra de vidrio con ojos y labios sintéticos se les quemaba. A veces se recurría a la verificación de enfermeras, voluntarios y estudiantes de Medicina antes de desecharlos como a productos caducos, basura de hospital y fluidos tóxicos, no fuera a ser que estuvieran en estado letárgico y de repente lanzaran mordiscos. A los moribundos se les asistía con un plomazo o un cuchillazo en la cabeza o en el corazón. No fueran a resurgir.

En un patio del Semefo los servicios de limpieza lavaban con mangueras los cuerpos tirados en el cemento, o desde la coronilla a los pies se les desinfectaba con sustancias químicas. Las costureras de la muerte les cosían las heridas y les cubrían las aberturas con pegamento, lodo o mezcla de albañil para que no escaparan los hedores y las bacterias, y con los brazos y los pies atados se les echaba al drenaje profundo para que nadaran en las aguas hediondas. Con las chicas zombis había muestras de pudor, se les cruzaban las manos sobre el pubis depilado o se les tapaba la vagina con un trapo de cocina amarrado a las piernas. A las teiboleras, en lencería, tanga o en pantaletas, con las chiches al aire, se les llevaba al desierto en un camión de volteo y allá en un ojo de agua se les arrojaba una por una, como en pasarela.

Para contener a los parientes y amigos de los zombis, que se concentraban a las puertas de un hospital o del Semefo, grupos de granaderos los ahuyentaban con gases lacrimógenos y garrotes mientras los familiares congelaban al zombi o se lo llevaban en una sábana colgada entre dos motos. Los cripto-taxidermistas, expertos en elaborar obras de animales extintos y criaturas inexistentes, solicitaban la entrega del cadáver para procesarlo. No había prisa en deshacerse de ellos, en los pasillos no causaban daño, aunque su aspecto repugnara. A cada uno le llegaría su turno, la carretilla, la hoguera y tendría su propio humo.

Por un rato pensé que Roberto sabía adónde iba, pero andaba perdido, y no fue hasta que llegamos a Paseo del Triunfo que nos orientamos. En medio de la refriega surgió un zombi ropavejero con un traje color gris rata. Sonámbulo, ajeno a la batalla, empujaba su mercancía sobre un carrito. De una barra colgaban las chaquetas como espantapájaros acribillados.

"Al llegar a cierta edad los zombis, qué digo, los viejos, se parecen a Nosferatu el vampiro", pensé.

Roberto quería tomar una foto del ropavejero con la carretera, las vías del tren que no pasaba y las pajareras de interés social de fondo, mas él y el ropavejero se echaron a correr cuando una manada de zombis salió de un osario. Parecía irónico, pero los muertos vivientes como ruinas contemporáneas estaban a punto de derrumbarse.

Entre tanto cadáver le pedí a Roberto que siguiéramos buscando a Elvira, aunque tenía la esperanza de no hallarla entre los muertos que se descomponían en los coches quemados y en los antros saqueados. Él aceptó, y, cuidándonos de los tiradores en las azoteas nos fuimos por Avenida Independencia.

"¿Te enteraste?", Sonia llamó por el celular. "Hallaron a la prima de Venus García con el tiro de gracia. Te hablo al rato, una jauría de zombis se me echa encima como salidos de una película muda, excepto por los gruñidos".

"Entréguense, tiren las armas, alcen las manos, están sitiados, su Profeta ha sido capturado, pónganse en fila, los que no sigan instrucciones serán ejecutados", gritó por un altavoz el general Castañeda exhibiendo a un Habacuc descalzo, con taparrabos y coronado por un farol.

"¡Púa!", con ojos incendiarios, la mano izquierda levantada y la derecha sujetando una cruz, El Profeta de los Zombis parecía fuera de sí. Y más exaltado pareció cuando descubrió que lo iban a decapitar.

En eso, una banda de invidentes comenzó a cantar "El narcocorrido de Carlos Bokor":

*Me comparan al Chapo y a Escobar*
*en peligrosidad, pero soy más monstruo*
*que ellos, como lo pueden comprobar.*

*Si los gobiernos ofrecen millones*
*por mi cabeza, yo les puedo dar más.*

*Mi nombre pa' ké se los digo.*
*Mi karrera ya la konocen.*
*Me inicié en el tráfiko así no'más.*
*Aún muerto sigo en la pelea.*

*Los lanzallamas*

Después de cenar Sonia y yo nos dirigimos al Club Geranio. Las luces de las ventanas de las casas habían sido apagadas por los morbosos habitantes que querían presenciar la contienda desde la oscuridad.

Al ver a los lanzallamas que recorrían Barrio Encantado se notaba que no eran bomberos que volvían de una misión, sino militares entrenados para abatir a los zombis.

Comandadas por el coronel Milton Maldonado las unidades especiales peinaban las calles en busca de muertos vivientes. Al descubrir a uno entre los escombros, los soldados apretaban el gatillo y lo abrasaban, supervisados a corta distancia por el general Porky Castañeda, insistente en ejecutar *in situ* a Habacuc, El Profeta de los Zombis.

Con cascos y uniformes a prueba de balas, y en la espalda los depósitos con líquido inflamable, El Kaibil, El Oaxako, El Sik y El Kongo disparaban sus lanzallamas contra los zombis. Estos, deslumbrados por las ráfagas que les echaban a la cara caían como polillas.

Entretanto en Avenida Independencia los pandilleros Randy la Rana, Gustavo el Clavo y Richy el Rastrillo acribillaban con sopletes a los rezagados. Entre ellos reventaron sobre el pavimento a un zombi viejísimo que parecía tener más de cien años. Por los cráteres apagados de sus ojos brotaron llamas, y por sus costillares se desprendió un corazón calcinado.

Las Gangas, como apodaban a Rebeca la Güera, Ofelia la Fideo y Rosa la Guitarra, eran las más fieras. Se hacían llamar a sí mismas "Quema alas", porque a los zombis "Come fuegos" rociaban con gasolina y les metían antorchas en la boca.

Ofelia la Fideo era tremenda, sentada sobre el cofre de un Sedán estacionado, volvía la cabeza hacia la derecha, hacia la izquierda, y disparaba a quien se moviera, sin importarle si era zombi o persona.

Randy la Rana aparentaba estar distraído y cuando el zombi se acercaba, pum, el flamazo. A Sonia y a mí nos tocó ver a una joven zombi que venía por la calle y sin más el pandillero, quitando el seguro del lanzallamas, mató el brillo ahogado de sus ojos.

"¿Te fijas en las chicas que quemas?", le preguntó Richy el Rastrillo cuando en el suelo la zombi se debatía, su vientre se hundía, sus ojos saltaban y su lengua se retorcía.

"Bah", refunfuñó Randy la Rana.

"Ella nunca te hizo daño".

"Pobre pendejo, siento lástima por ti porque sientes lástima por una zombi pendeja".

"Una tregua", Gustavo el Clavo, en medio del incendio, le ofreció un cigarrillo de marihuana.

"¿Quieres que te lo prenda con mi lanzallamas?", se burló Rebeca la Güera.

"Mejor préndemelo con la teta".

"¿Qué tiene el fuego que todo el mundo admira y a los zombis encandila?", preguntó Sonia.

"Dios hizo al fuego para que el hombre tuviera el placer de contemplar al sol", filosofé.

Minutos después, con aparatos que lanzaban líquidos inflamables a treinta metros de distancia, los pandilleros se fueron rumbo a Callejón Durango para limpiarlo de zombias putrefactas. Les divertía que las paradas saltaran como insectos o cayeran sobre el asfalto para ser atropelladas por vehículos, o verlas correr como gamos en combustión hasta rodar por el suelo como sombras ardientes. O, más aún, verlas elevarse por encima de sí mismas propulsadas por un chorro de fuego para caer como un puñado de cenizas. O arrojarlas como a malvaviscos contra las paredes humeantes. O verlas tratando inútilmente de salvarse del fuego que las correteaba con sus propios pies. Las paradas de Callejón Durango.

En Paseo del Triunfo, a las órdenes del coronel Milton Maldonado, El Amarillo y La Culebra flameaban a los drogadictos dormidos en las aceras, a los vagos y a los travestis esperando clientes. Y hasta a las hojas colgadas de los árboles quemaban. Como a *trash* dejaban los cuerpos incendiados, que recogerían las brigadas de limpieza en camiones de volteo.

Desde la planta en construcción de una maquiladora, en cuyos pasadizos, talleres y oficinas había hecho su madriguera, El Profeta de los Zombis observaba las hogueras alumbrando la noche de Misteca. Cada hoguera un zombi. Cada zumbido, cada crepitación, cada explosión, cada ruido en la noche registraban sus ojos exaltados, que como globos de neón no parpadeaban. Eso duró minutos, hasta que se deslizó por la escalera que llevaba a una fábrica de vidrios, y desde allí atestiguó cómo era fumigado un enjambre de homúnculos. Mas temeroso de ser descubierto por los halcones del general Castañeda, se ocultó detrás de una pared medio construida, sólo para emerger en otra parte de la maquiladora, y ocultarse al notar que entraban en el edificio los lanzallamas.

"Odilón, Salomón, Ramón, Corazón", el coronel Milton Maldonado tenía en las manos la lista con los nombres reales o supuestos de los zombis para eliminar.

"Habacuc anda cerca", profirió El Oaxako. "Huelo pestilencia".

No era él, era un simulacro del zombi del sótano con zapatones de muñeco bailarín. Los pandilleros lo habían perseguido por el parque con chorros de fuego líquido para convertirlo en llamarada. Bajo un poste del alumbrado público, despojo ennegrecido, el fugitivo olía a petróleo. A su lado, los pandilleros habían colocado una moneda de diez pesos del tamaño de un plato. Su muerte era inminente, aunque ya era un presente ausente, un habitante deshabitado de sí mismo. Acostado o de pie, en el fango o en el piso, moviéndose o inmóvil, sin tristeza, sin sueños y sin desesperación, en la luz y en la oscuridad, en la humedad y bajo el sol, era un despojo.

"No sé por qué me preocupa la segunda muerte de gente que no sé qué es", dije a Sonia refiriéndome a una criatura que en la calle ardía.

"Mira quién está detrás de ti", susurró ella, "El Profeta de los Zombis". Una talega rojiza se movía sobre su vientre como la copa de una araña, hasta que, como una araña, de improviso saltó sobre Randy la Rana, y lo paralizó.

"Agárrenlo vivo o muerto", proclamó un policía feral por un altavoz al divisar a Habacuc delante del puente elevado que cruzaba el Río Bravo. Las luces amarillentas del anochecer se mezclaban con las aguas polutas que fluían entre los dos países como una metáfora de su mala relación. No se sabía si él dudaba entre cruzar al otro lado o zambullirse, o si contemplar las torres azulinas de Misteca. Bajo sus pies el tráfico zumbaba. Acechado por un lado por la Policía Feral y por el otro por la Patrulla Fronteriza a caza de migrantes indocumentados, los helicópteros lo buscaban en el Río Conchos, pues alguien lo había visto flotar boca arriba alumbrado por la luna. En ese afluente, nacido en Bocoyna a una altitud de 2,825 metros sobre el nivel del mar, que desembocaba en el Río Bravo, se deslizaba El Profeta de los Zombis.

## El Profeta de los Zombis

El sol del amanecer lo halló cubierto de arena. Como un adorador de Aten en Amarna contemplando en los Altares del Desierto el Horizonte, él, tal vez, había buscado en el lugar equivocado las Tumbas del Norte.

El sol ardía. El tiempo ardía. Los instantes eran llamas girando en torno del esplendor solar. Todo florecía y se desintegraba, y ante esos globos de fuego uno no podía mirar sin sentir un resquemor interno.

Las piedras del desierto parecían haberse reproducido de noche, y de las piedras viejas haber salido piedras tiernas, piedras lúdicas que formaban en torno de los saguaros jardineras de arena.

La calma se rompió. Un helicóptero notificó la ubicación del fugitivo y policías ferales lo ametrallaron desde las orillas del río. Él, haciéndose el muerto, recibió las lenguas encendidas como pétalos crujientes.

Pero al incorporarse se dio cuenta que le faltaba una pierna, y que por la carretera venía un vehículo para aplastarlo, y que el vehículo le echaba los faros a la cara, y que por una ventanilla le disparaba un rifle invisible.

Dos helicópteros artillados aterrizaron cerca de su cuerpo. Y los empleados de una estación de servicio huyeron. Y él pensó que era inútil querer ocultarse entre las bombas de gasolina, porque estaba perdido.

Atrapado, lo llevaron a una casa en ruinas. En un patio lo ataron a un poste. Le pusieron una camisa de fuerza, cadenas en los tobillos y le clavaron en la cabeza una corona de alfileres.

Entonces, empezó a temblar. Meciéndose el suelo con fuerza, él no pudo moverse. Sitiado por el vacío más que por las llamas, noqueado por la soledad más que por el miedo, siguió con los ojos los movimientos telúricos.

Lo impactó el fogonazo de un lanzallamas que, subiéndole por dentro de la armadura, le alcanzó los genitales y el pecho, y convirtió su cabeza en una llamarada. No gritó, sólo quiso apagar su fuego interno con las manos.

"Otro chingadazo como ése y no lo cuenta. Lamento que el señor Profeta no esté en condiciones de dar entrevistas", dijo el coronel Milton Maldonado a unos periodistas. "Aquí la acción ha terminado, váyanse al Club Geranio a echarse un trago. Son las siete de la mañana y los lanzallamas siguen quemando zombis en Barrio Encantado. En esa parte de la ciudad alumbran la mañana con fuegos andantes. Algunos tontos tratan de aferrarse a las ruedas de los coches. Otros, sólo fulguran y se apagan".

En ese momento, Habacuc, sin capacidad para dolerse de sí mismo, y de sostener las paredes que lo encerraban en sus escombros, inmerso en su miseria, oyendo sus chillidos como ajenos, y viendo su rostro en el espejo roto como a un orbe vacío, rodeado por metros de tabiques, kilos de concreto, distancias de metal y de madera, parecía una explosión visual, un cuerpo ajeno tirado en la banqueta, haciéndose pequeño, pequeño, a punto de desaparecer.

"Hey, quiero decirte algo", Sonia, con zapatos de tacón alto, andaba con cuidado para no torcerse los tobillos.

"¿Qué quieres decirme?"

"Me voy con Roberto".

"¿Dónde está él?"

"Se quedó atrás tomando fotos de zombis".

"Pensé que estaba con una amiga".

"La amiga soy yo", aclaró ella con la ferocidad de alguien que descubre su amor y teme que alguien se oponga a sus intenciones. Mas luego, viéndola dirigirse a Callejón Durango, pensé que Roberto estaba allá esperándola, y que si se habían citado para acostarse juntos era porque los vivos muertos habían ganado la guerra a los muertos vivientes. Y esto era como si la muerte hubiese triunfado sobre la muerte.

*Las rescatadas*

Las niñas de la trata fueron sacadas una por una del vasto complejo subterráneo del Señor de los Zombis que disimulaba su entrada con la modesta Estétika Akapulko y tenía como salida una casa de seguridad que comunicaba a través de un túnel con el búnker. La infraestructura del estupro podía ser intervenida en el lado sur pero podía seguir operando en el lado norte.

Las primeras chicas salieron teñidas del pelo con colores del arco iris. Las siguientes llevaban trenzas blancas, un toque de vejez erotizada y círculos morados en torno de los ojos para simular huellas de tortura. En anverso y reverso de las manos unas manchas cafés resaltaban una falsa ancianidad. Todo para estar a tono con El Señor de los Zombis, "viejo como la luna".

"¿Conocen a Elvira?", pregunté a Daniela y Karla. Pero ellas negaron con la cabeza. Se tapaban la cara con un sarape o con un capuchón, aunque sabíamos quiénes eran.

Por el corredor de la casa de seguridad, dos enfermeras empujaban carriolas con niñas pre-zombis. Las pequeñas tenían las mejillas ajadas, la nariz picuda, el mentón hundido, los ojos saltones, el pecho estrecho y las piernas flacas como si estuviesen enfermas de progeria.

"Pronto vivirán en un asilo", dijo Roberto.

Él y yo habíamos ingresado al "Ojo del Jefe", el cuarto secreto del Señor de los Zombis donde se registraban los movimientos de los visitantes y de los empleados "tóxicos", sin que éstos supieran que eran vigilados.

El cuarto secreto también llamado privado era oficina y comedor con aparatos de comunicación, cocineta y clósets con armas de fuego. En la cochera contigua aguardaban Mercedes, Ferraris, Porsches, Rolls Royces y Suvs con los motores prendidos. Esa mañana los choferes estaban de asueto o habían huido; las puertas de acero habían sido abiertas automáticamente por un mecanismo descubierto en un escritorio.

La arquitectura interior de la casa de seguridad reflejaba el delirio de construcción de un arquitecto narco para cuyas extravagancias La Malinche Negra, su contratista, no había reparado en gastos. Los estilos de la obra se mezclaban, se separaban y se contradecían: narco-colonial, narco-metrópolis, narco-gótico y narco-chalet suizo con toques de casino de Las Vegas. La oficina podía ser el centro de operaciones de un dictador, un empresario o un gobernador nuevo rico. Lo curioso es que las secretarias, los mozos, los guardaespaldas y los ingenieros de comunicaciones habían abandonado el recinto de sopetón dejando atrás uniformes, celulares, nóminas de pago, recibos de honorarios, números de contacto y fajos de billetes verdes en los estantes colocados en las vitrinas como libros.

La detective Norma Ortega con grandes pasos y con modales rudos se dirigió a los policías ferales que habían participado en el operativo de rescate reprochándoles no sólo su falta de cooperación sino su complicidad con los administradores de la estética que parecieron disfrutar de información privilegiada antes del operativo. El agente del Ministerio Público, que la esperaba sentado a una mesa de cristal, se levantó para saludarla, pero ella desdeñó su saludo e ignoró su presencia. Su jefa verdadera era la del retrato colgado en la pared: La Malinche Negra. Los amarillos y azules que atravesaban su rostro eran como trazos de maldad que había detectado el pintor anónimo. La tratante empuñaba en la mano zurda una paloma semejante a una teta.

Por un corredor subterráneo se llegaba al pequeño jardín de un hotel de cinco estrellas. Las suites, cuyas puertas se abrían con combinación, incluían discoteca, bañera de hidromasaje, sala de juego y gimnasio privado. El piso de El Señor de los Zombis, revestido de mármol, estaba adornado con arañas y lámparas de cristal de Murano.

La recámara principal era una réplica de la suite presidencial del Bellagio Hotel. Con más de 4 mil pies cuadrados, cama King-size, pantallas de plasma, solario y piscina, ducha de vapor, sala de conferencias y bar de lujo. Empotrada en el muro, la caja fuerte tenía la puerta abierta, pues la policía feral había vaciado sus valores. No para obtener evidencias contra el propietario, quien no tenía que esconderse de nadie, sino para robarle.

En un anexo alumbrado con luz sanguinolenta se exhibían fotos pornográficas de mujeres desfiguradas y de menores de edad con las piernas abiertas. Como en un altar de adoración perversa se mostraban retratos de la niña X: sacada de su domicilio por un comando, bailando con un militar de las Fuerzas Especiales mandado a Misteca para calentar la plaza; vestida como la esposa del marqués de Vargas Plata a un año de secuestrada; con los cabellos cortados y con el lápiz labial fuera de la boca; con el cuerpo desnudo y medio desnudo. En imágenes coloreadas, de tres cuartos, de busto, de perfil, de espaldas y hasta como niña zombi en el *Bois Noir* se le veía visitando la corte de la *Black Queen* en la Gonave. En secuencia de rostros, sus gestos pasaban de lo pasivo a lo agresivo, de lo estático a lo violento, del vértigo al éxtasis, como si su persona sirviera para una *Sucesión de Imágenes del Horror Erotizado*.

En un nicho sobre un sofá amarillo se mantenían las urnas de los ancestros del Señor de los Zombis, tanto las de los abatidos por fuerzas militares como las de los exitosos en el mundo de los negocios y la política. Un corredor subterráneo desembocaba en un piso de celdas refrigeradas en las que se mantenía a temperaturas bajo cero a amigos y enemigos, y a amantes desamadas. A ese depósito se le llamaba **BBBBRRRR**.

La cueva de los felinos, la madriguera de los reptiles y el aviario estaban decorados con rocas de plástico. No había monos. No eran del agrado de El Señor de los Zombis, se parecían demasiado a los hombres y detestaba a las criaturas graciosas. Un *spa* con alberca contaba con servicio de masajes, terapia de piedras calientes, exfoliación corporal, sauna, vapor, regadera de presión, jacuzzi y un tratamiento de rejuvenecimiento facial para zombis. Había un foso de aguas negras con un islote artificial llamado La Carroñera del que salían gruñidos. No de perros, sino de zombis, quienes habiendo perdido brazos y piernas servían para alimentar cocodrilos.

Por una andadera unos ministeriales trajeron a cuatro púberes cautivas. Vestidas por los diseñadores de la *Kasa de Modas Kuerpecito Loko* ellas traían vaqueros entallados, chaquetita de verano, mini falda, blusa corta, sandalias y tanga. Las tallas 13/14 les quedaban pequeñas o grandes. Una vestía de luto. Daniela o Karla, no se supo.

*"Mulheres vulgares, uma noite e nada mais"*, profirió un periodista portugués.

"¿Cómo llegué hasta aquí? Si soy maestra de Educación Física y de Artes Marciales del Colegio Americano", protestó Mrs. Petersen ante las cámaras de televisión con un traje sastre negro ajustado, el cabello rubio y las uñas esmaltadas. Piqué en mi tableta y apareció su imagen en un banco de información. Oriunda de Dallas, se llamaba realmente Antonia Dresser. Su padre, alcohólico, la había violado. Adolescente aún, cruzó la frontera, llegó a Misteca y vivió en Callejón Durango. Para protegerse de los depredadores se convirtió en depredadora. En defensa de su amiga prostituta Holly Méndez malhirió al proxeneta Cavernario Gómez. Internada en el Centro de Delincuencia Juvenil, huyó y entró a la banda de La Malinche Negra. Ahora la ex maestra de ojos acerados, proclamaba: "Estoy satisfecha de la justicia, las autoridades me han declarado inocente de todo cargo".

*Varias muertes*

El Matagatos andaba con su cadáver a cuestas. Vestido de amarillo arena, como vivo muerto y como muerto viviente se camuflaba con el desierto. Sobreviviente de varias muertes: le habían inyectado veneno en la Iglesia Promesa de Vida, estrangulado en el Hospital Pediátrico, baleado con rifles de alto poder en Colinas del Paraíso, cosido a puñaladas en un reclusorio, aventado sobre un lecho de faquir con vidrios ardientes, emboscado por sicarios de cárteles amigos y enemigos en carreteras y antros, seguía en pie.

"Al Matagatos habrá que liquidarlo con una bala de plata en el corazón, y una vez muerto, coserle los labios con alambre para que no responda al llamado de la resurrección de los zombis", pensaba yo cuando un mensaje de Sonia entró en el celular: "Un autobús con niñas rescatadas de la Estetika Akapulko camino de un albergue fue asaltado por El Matagatos. Lo abordó en una esquina, disparó al chofer y plagió a una niña, a la que mantiene cautiva en Barrio Encantado". Busqué en Internet.

**Júpiter Martínez alias El Matagatos. Militar que luchó en la guerra de los cárteles de la droga en Tijuana y Ciudad Juárez durante la guerra del narcotráfico, suele identificarse con placas de la Policía Feral y con badges de Marshal de la Police Force US. Sufre de estrés post-traumático y es sumamente peligroso. Vecinos no identificados han manifestado tenerle miedo porque por cualquier cosa, como tocar un claxon, pasear a un perro que se zurra en**

la acera o traspasar los límites no marcados de su propiedad, saca la pistola. **En una entrevista por televisión, una mujer, que no quiso decir su nombre, reveló que cuando este delincuente vino a ocupar la casa donde mantiene a la niña X, abrió una zanja de dos metros de profundidad y levantó un muro de cuatro metros de altura, y en su puerta colocó un letrero:** *Veterano Sicópata. Conserve su demencia (en vez de distancia).*

El falso militar, atrincherado en la casa con la niña, disponía de lanzallamas, metralletas, rifles de alto poder, granadas y pistolas. Todo un arsenal. Y además cintas adhesivas para taparle la boca.

"Este sujeto es una bomba de tiempo a punto de explotar... con la niña secuestrada", había declarado por radio la detective Norma Ortega, quien en la zona de conflicto había implementado un operativo con las órdenes de cogerlo vivo o muerto. Radio patrullas, helicópteros, motocicletas, vehículos de bomberos y ambulancias con agentes disfrazados de camilleros rodeaban la casa.

"El problema mayor es cómo proteger a la niña X", explicó el coronel Milton Maldonado. Al mando de 50 agentes identificados con el uniforme reglamentario y chalecos fosforescentes estaba listo para entrar en acción en cualquier momento.

"¿Hay posibilidades de rescatarla con vida?", pregunté.

"Todo depende de hasta dónde quiere llegar el delincuente. Esperaremos el tiempo necesario".

Pero El Matagatos no tenía paciencia, de repente abrió la puerta, emergió con los pelos de punta y con las manos en alto masculló entre chorros de espuma insultos contra la detective Ortega que le pisaba los talones, y con una escopeta empezó a disparar hacia la dirección donde él creía que ella podía estar.

"Cuelguen de los huevos a ese canalla, colúmpienlo de las patas hasta que se desangre", Ofelia la Fideo, asistente espontánea de Norma Ortega, hizo un primer disparo, que fue secundado por tiros de Randy la Rana. Y rociado de proyectiles, El Matagatos cayó sobre la acera. Mas no murió, agarrado a una alcantarilla, se resistía a despedirse de sí mismo, y tuvo que ser necesaria la descarga de la pistola de la detective Ortega para que aflojara las manos.

"Elvira", creí que la niña que sacaban de la casa tiritando de miedo era mi hija.

"Cruzaré la frontera con ella y la llevaré a la Ciudad de México", dijo Sonia a mi lado. "Pretende que no la conoces, halcones nos vigilan".

"Quiero protegerla".

"Si la ven contigo los matarán a los dos. Distrae a Castañeda, dile que escribirás en tu diario sobre el operativo".

*Planes Post-mortem.*
*La Mejor Opción Hospital Pediátrico.*
*Pida presupuesto al doctor Julio Salvatierra.*

Sobre la azotea de un inmueble se encendía y se apagaba el anuncio de neón con la efigie en rojo del médico pederasta.

Todo parecía conducir a una tarde tranquila hasta que policías ferales, avisados por una denuncia anónima que por allí andaba El Niño Sicario, empezaron a llegar. Y soldados del coronel Milton Maldonado, con pistolas y fusiles, patearon las puertas de las casas del vecindario en busca del delincuente precoz. Los vecinos, que no se esfumaron, dirían luego que no habían oído disparos y que no tenían idea de quién era El Niño Sicario, a pesar de los retratos hablados que habían salido en los canales de televisión.

Una fotografía aparecida en Facebook, cuando Iván Jiménez (El Niño Sicario) tenía 11 años, daba vuelta en las redes sociales. El problema para el coronel Milton Maldonado y la detective Ortega estaba en que aparecieron no menos de diez Ivanes, confundiéndose unos con otros. Y no fue hasta que picaron "Iván Niño Sicario" que surgió en el ordenador la cara de un chico desdeñoso con pelo en cresta teñido de verde. Debajo de la imagen estaba escrito con letras rojas: Iván Jiménez

El Niño Sicario alias El Mariachi 2 alias El Ceviche 3 alias El Ivancito Loco. Oriundo del pueblo de Ninguna Parte, hijo de la Puta Madre, sin nombre propio ni domicilio fijo se le llamaba tanto por sus apodos como por su nombre. Asociado a El Matagatos, convertido en administrador de prostitución infantil, al huir de la cárcel había subido un mensaje: "Cuídense Hijos de la Tiznada, estoy de vuelta, salí de prisión y me voy a poner al corriente matando a todo hijo de puta que encuentre en mi camino".

Era convincente. Desde que estaba en la escuela había mostrado conductas agresivas. En particular, con las niñas, a las que les metía la mano por debajo del vestido y despojaba de sus zapatos tenis, sus cuadernos y su dinero, y acosaba en el baño. La tarde de su expulsión andaba con una banda de robacoches. Recluido en el Centro para Adolescentes en Conflicto con la Ley, en la primera semana "le dio piso" a un interno quemándolo vivo. Libre bajo fianza, se convirtió en sicario. Atrapado, confesó haber asesinado a su puta madre, a su tío tacaño, a su prima alcahueta, al gerente garañón de una maquiladora, a dos patrulleros que aplicaban el alcoholímetro el sábado en la noche, a un comerciante de granos, a una parada de Callejón Durango, a un taxista que vendía drogas a menudeo fuera de una preparatoria, a una niña de la calle que puteaba en la plaza, a un burócrata de la tercera edad, a un enfermo de cáncer desahuciado y a un juez pestilente que no se había bañado en un siglo. Su currículum impresionaba. Evadido de un penal de alta seguridad había matado al policía que lo arrestó con toda su familia. Con ese expediente, y perseguido por igual por rufianes y agentes de la ley, el coronel Milton Maldonado estaba dispuesto a liquidarlo.

En Barrio Encantado Randy la Rana, a quien el sicario había matado un hermano, se precipitó a la calle. Por una ventana Rosa la Guitarra lo había visto salir de una bodega de productos biomédicos y echarse a correr. Armados con varillas y escopetas, los pandilleros empezaron a tirarle al fugitivo, gritando: "Allí va, allá va El Niño Sicario". Mas dándolo por perdido, ya emprendían el regreso cuando Ofelia la Fideo les avisó:

"Se fue por el callejón. Lo acabo de ver, lleva una sudadera negra y se cubre la cabeza con una gorra negra". Los pandilleros entonces, el dedo en el gatillo, enderezaron sus pasos.

Mas como El Niño Sicario enloquecido echaba bala tuvieron que parapetarse detrás de una camioneta negra. Hasta que Randy la Rana, sin poder contenerse al tener a su alcance al asesino de su hermano, le dio dos tiros en la espalda y uno en una pierna. Lo iba a rematar, pero El Niño Sicario, volviéndose de repente, le dio un balazo en el pecho. Rosa la Guitarra se lanzó para socorrer a su amigo, tendido en un charco de sangre, y los otros pandilleros trataron de ejecutarlo *in situ*. Pero El Niño Sicario, arrastrándose por el suelo, intentó meterse en un bar. Los policías ferales, al ver el reguero de sangre que dejaba a su paso, y de la facilidad con que mataba a la gente, obviaron pedirle la rendición o que depusiera las armas, pues cualquier intento de diálogo con él acababa a balazos. Así que, con los chalecos antibalas puestos y fusiles de alto poder, decidieron rodearlo.

Después de un largo rato el acoso no prosperó. La solución la dio el mismo Ivancito Jiménez, quien se asomó por la ventana de un primer piso tirando sobre policías y peatones, niños y ancianos, perros y gatos causando pánico. Hasta que aburrido de disparar desde la casa, se aventuró en la calle con una escopeta que al principio se tomó por una guitarra negra.

Los policías le dieron entonces docenas de balazos en diferentes partes del cuerpo, y ya rodeaban el cadáver con las armas en las manos para darle más cuando la detective Ortega se inclinó para examinarlo, contó cinco orificios solamente en la cabeza, tres en el vientre y dos en brazos y rodillas.

"Conocí al Niño Sicario", declaró Milton Maldonado a la prensa. "Lo vi matar a dos colegiales y dejar herido a un tercero. Nosotros andábamos tras él. Alguien se nos adelantó y lo mató en Barrio Encantado".

## El Señor de los Zombis

Los cabritos lechales serían sacrificados sin conocer el pasto. Atados a palos se hallaban cuando El Señor de los Zombis cuchillo en mano salió de su aposento. Se dirigió al corral. Cogió por la cabeza a un cabrito que sujetaban por las patas dos matarifes, y, como en trance, entornando los ojos visibles a través de las ranuras de una máscara, le asestó el cuchillazo en la yugular. Luego cogió otro, recogiendo los pinches en recipientes de plástico la sangre.

Degollados los cabritos, los matarifes los colocaron en una mesa boca arriba y los desollaron con un cuchillo cortándoles la piel hasta las extremidades en forma de cruz. Los cabritos, abiertos en canal, descabezados y sin patas, fueron insertados en varillas de metal clavadas en el piso y asados lentamente en las brasas de leña.

Los pinches sujetaban los asadores. El olor a grasa agradaba al Señor de los Zombis, quien degustaba, sin dejarse ver de frente, un vino tinto. El termómetro letal introducido por los matarifes en las entrañas de los animales los alertaría cuando se alcanzara la temperatura idónea de líquidos y sólidos. Pero inesperadamente, cuando El Señor de los Zombis se retiraba a su aposento, de la sierra llegaron los soldados del capitán Peter Ezequiel López y tomaron las calles aledañas al búnker. Sigilosos se encaminaron en busca de El Señor de los Zombis, quien, supuestamente, esa tarde tendría fiesta privada con la niña X, a la que Mrs. Petersen arrastraba de los cabellos, pues ella se resistía al ayuntamiento carnal. Animaría el ágape una banda de rockeros traída en avión de Los Ángeles.

Los "comandantes" El Amarillo y La Culebra guardaban las puertas. Tocaba la guitarra La Malinche Negra y en la pista una teibolera hacía la danza del vientre, cuando se presentó un halcón para comunicar que afuera estaban los marinos al mando de un capitán desconocido que tenía la intención de arrestar a su jefe. El Señor de los Zombis montó en cólera y mandó a La Culebra que ejecutara al halcón por haber mencionado la palabra arresto. Y por hacerlo el día de su fiesta privada. El Amarillo ordenó a los cuatros sicarios letales proceder a la captura del capitán y descuartizarlo delante de sus sardos.

Partieron los sicarios a comunicar a los jefes de los cinturones de seguridad que se cumplieran las órdenes y El Señor de los Zombis se retiró a su sauna en compañía de su pequeña novia mientras solícitos sirvientes añadían al banquete de cabritos asados un lomo de buey y mariscos gourmet. Halcones infiltrados pretendían ser meseros.

Los soldados rodearon la mansión. Montaraces, sin rango, bajados de la sierra, no temían a los sicarios. Después de todo, ¿cuánto valía la vida de un sardo?

Apostados sobre el piso de mármol, dispararon parejo. Tenían la intención de capturar a Bokor vivo, interrogarlo y extraditarlo a USA. El capitán Peter Ezequiel López con su metralleta apuntó al halcón que saltaba por la ventana, y le dio en la garganta. El esbirro derribó una mesa y el cabrito al pastor se llenó de sangre.

"Cabrón, por lo que acabas de hacer te comerán las ratas", El Amarillo, al ver al halcón derrumbado lo insultó, a la par que El Sik, El Kaibil, El Oaxako y El Kongo tiroteaban muros y techos y alcanzados por la metralla los sardos se convulsionaban. Pero cuando un sicario saltó hacia el capitán López con una granada, éste se replegó y le dio un tiro en la tetilla. La granada explotó en una mesa lanzando a los cabritos por los aires. Y cuando un vivo muerto quiso clavar al militar sus uñas afiladas, el sorprendido fue él, porque un sardo le atravesó el corazón dejándole la bayoneta bailándole en el pecho. Al acabársele al capitán las balas, ajustándose el chaleco blindado y calándose el casco, sacó sus pistolas con cachas de plata.

"Agárrenlo de las patas, átenle las manos en la espalda con una cuerda de plomo y cuélguenlo de una viga hasta que se desangre", gritó El Amarillo. Mientras Bokor escapaba por el baño levantando la tina mediante un mecanismo electrónico que descubría un corredor subterráneo de diez metros de largo, el cual conectaba con túneles que daban a casas de seguridad, al sistema de drenaje profundo y a vertederos de desechos tóxicos de maquiladoras. Los túneles, con techos iluminados y pisos de duela, por debajo de los pasos internacionales salían al otro lado de la frontera, a una carretera, al desierto, a Colinas del Paraíso, a la bodega de una maquiladora, a un hangar con helicópteros y patrullas, a una escuela para niños y al sótano de un edificio de condominios con vistas al mar; o desembocaban a kilómetros de distancia en el océano Pacífico. Por esos túneles Bokor podía caminar cómodamente con sus escoltas.

En sus intentos por atraparlo, las fuerzas especiales se toparon con las puertas de acero y pasaron minutos antes que pudieran abrirlas. En su persecución, algunos soldados se metieron en los túneles, cruzaron depósitos de aguas negras y se perdieron en la topografía de lo inmundo; otros se comunicaron con los puestos de vigilancia para localizar al fugitivo, pues en su estrategia de escape hacía que simulacros suyos se localizaran en diferentes partes, incluso en una tienda departamental, comiendo pollo placero en un mercado o dentro de la camioneta de una familia haciendo picnic. Finalmente, un helicóptero de la armada y seis vehículos artillados rodearon a la troca, en la que supuestamente huía, obligando a los ocupantes a descender. Pero no era él, eran dos sicarios de su seguridad personal. A ellos se les confiscaron armas de fuego, cartuchos de diversos calibres y millones de dólares en efectivo, con los que él planeaba comprar su libertad. Se supo que a través de un túnel había vuelto a su búnker, pero no a la residencia, sino a una torre de condominios que le servía de escondite en caso de emergencia.

Las rutas de escape de Bokor conformaban un narco laberinto subterráneo dividido en cuadrantes, subdivididos en estructuras, con senderos desorientadores, corredores que volvían al mismo sitio, umbrales que daban a paredes ciegas, falsos cubos de metal con señales que guiaban a salidas inexistentes. Los terrenos para sus casas de seguridad los había adquirido por medio de prestanombres y su estilo de construcción no debía desentonar con las viviendas de la zona. Dotadas de puertas de madera revestidas de acero, ventanas blindadas, vidrios polarizados y gruesas cortinas que impedían la vista al interior, cada habitación contaba con circuito cerrado de televisión para la vigilancia interior y exterior, y con televisión satelital. Para protegerse de los ladrones que depredaban a la clase media de Misteca había erigido altas bardas de piedra con alambradas electrificadas y rejas de hierro. Las cocheras albergaban lo mismo Mercedes Benz, BMWs y Ferraris que Volkswagens, Toyotas y Surus procedentes de una agencia distribuidora de automóviles cuyo propietario era él mismo. Los arquitectos y los albañiles responsables de las obras de las casas y de la elaboración de las rutas de escape habían acabado emparedados entre los materiales de construcción para deleite de los arqueólogos del futuro.

Los policías ferales que se habían quedado a resguardar la casa al registrar los cuartos encontraron sobre la mesa de una cocina tortas de jamón y de carne asada, tomates rojos de Sinaloa, pan untado con mostaza Dijon, catsup y chiles chipotles. Y, para las niñas que solían visitarlo, bolsas de dulces y de chocolates, hot-dogs y hot-cakes, latas de leche enlatada Nido, muñecos de peluche y muñecas Barbie, piezas de Lego para armar un Zombitrón, y cocas con y sin apellido. Para Bokor había botellas de whisky Buchanan y bolsitas de Cocaplus.

Cuando se localizó al capo en el piso trece de una torre de condominios de lujo, el capitán Peter Ezequiel López lo presentó a los fotógrafos en playera negra, bermudas rojas, despeinado y doblegado por los marinos. Parecía autista, perdido no sólo en el espacio, sino en su cuerpo. Privado de movimientos, con voz ahogada, emitió su nombre como desconectado del mundo exterior. A la adolescente con cuerpo de modelo que se halló en una cama se le echó encima una toalla y así en cueros fue metida en una camioneta negra. No se sabe si para ser interrogada por la Policía Feral o para ser deportada a

Puerto Rico o para otros fines. Su nombre nunca figuraría en la lista de arrestados, quedando sólo de su presencia en el lugar del operativo una maletita rosa con unas sandalias, una tanga y un cepillo de dientes. Una foto furtiva tomada con un celular en la terraza del edificio en la que se le veía de espaldas al capo arrojando una mirada llena de nostalgia al remoto Pacífico, se encontró luego. Mas al avieso guardaespaldas que salió de un clóset para defender a su jefe con una metralleta, se le exhibiría en pantalones cortos, esposado y con la cabeza ensangrentada bajo la bota de un marino. Las gafas de espejo hacían juego con sus dientes de oro. En la jerarquía del cártel se le conocía como "El 66", no obstante que una credencial lo identificaba con el nombre de Agustín Ramírez, vendedor de coches usados, oriundo de Coralillo, Sinaloa, con residencia en Chicago.

Al ser Bokor trasladado a su búnker, en un descuido de los guardias se echó a correr por un corredor, tratando de escudarse con una recamarera. Lo alcanzó un lanzallamas. Rodó sobre una alfombra turca como una bola ígnea como si un corto circuito le corriera por las arterias, los músculos, los huesos y los tejidos hasta explotarle como un tablado eléctrico. Todo él chisporroteó, hasta volverse un puñado de cenizas.

Sobre una mesa cubierta con un paño verde depositaron los restos del narcotraficante más buscado del mundo. Ennegrecido y con las vísceras expuestas. El soplo de sangre sobre su frente estaba hundido, los ojos de obsidiana ciegos, los labios dobles (tal vez arrancados del rostro de una mujer o de una niña, o de Khali, Freya o Coatlicue, las deidades de la tríada del sacrificio humano) llenos de pellejos.

A unos metros estaba La Malinche Negra, quien aunque suicidada con una cápsula de cianuro, fue liquidada más por fuego amigo que enemigo, más por lo que sabía que por lo que debía. Con la diadema abrasada, la cabellera chamuscada, los brazaletes de oro ensartados en las muñecas y los pezones con rastros de sangre, tenía cara de desconfiar hasta de su muerte.

En la cocina aparecieron decapitadas Cristal y Mezcal, y dos cocineras que en cazos de cobre solían disolver miembros humanos sazonados con frijoles y flores de calabaza en el "cocido" de la casa. En un salón estaba El Kaibil, detenido en su carrera por un policía feral cuando intentaba huir por una puerta oculta. Siempre a la sombra, operando luces, filtros de agua y sistemas telefónicos, el sicario se mantenía cerca de su jefe. A unos pasos El Oaxako tenía la boca hecha un agujero negro, el murciélago tatuado en el pecho parecía resina derretida. El pelo del Sik, caído el turbante, había sido abrasado por el fuego. Apretaba en la mano no una granada, sino la lata vacía que en sus tiempos de mensajero en Calcuta llevaba en la chaqueta como un talismán. El Kongo, arrodillado bajo la imagen de su dios ignoto, resoplaba y gruñía. En la discoteca, el simulacro de Baron Samedi tenía las gafas negras rotas y los puños abiertos como soltando espíritus y sombras. Mrs. Petersen al tratar de protegerlo con las manos fue baleada. El cuero herido de sus zapatos de charol no afectó el barniz, que conservó su brillo extraño.

"Hizo popó, El Señor de los Zombis de miedo hizo popó, hizo popó". Se oyó la voz de la niña X en el corredor mientras sobre los tálamos del estupro caían pedazos de yeso, de vidrieras y de espejos. En un estante del librero estaba un *técpatl* (el cuchillo de pedernal de dos filos también llamado *itzpapálotl*, mariposa de obsidiana); y en una vasija de barro se exhibían corazones quemados como chiles secos.

En el dormitorio de las niñas no encontré a Elvira, hallé en cambio el collar de jade que adornaba el pecho de La Malinche Negra en sus visitas al Club Geranio, y otras joyas suyas, que oculté en bolsas de plástico con la intención de dárselos a la primera víctima de la trata que hallara en mi camino. Mi inspección se frustró cuando hordas de policías ferales llegaron a la recámara principal con órdenes de desalojar el recinto, pero más bien para saquear la caja fuerte, y el "guardarropa", donde estaban los "encobijados" listos para el Semefo.

Los vivos muertos conducían los autos que los choferes tenían en las cocheras. En su afán por eliminar evidencias volaban con explosivos secciones del búnker y derrumbaban los túneles por los que pasaban drogas y personas debajo de la frontera. Algunos vivos muertos no querían soltar los grifos de oro de las salas de baño. Otros, en la cava de vinos saqueada yacían junto al *sommelier*. Un zombi borracho se sentaba en el suelo entre las botellas rotas. Con los pies púrpuras por la bebida derramada cogía con ambas manos cristales y corchos.

Afuera las chicas secuestradas huían por las calles perseguidas por proxenetas y agentes migratorios tratando de atraparlas para la prostitución forzada. En un separo de la policía se interrogaba a El Amarillo. Éste, sentado con las piernas abiertas y los ojos cerrados, cuando le preguntaban su nombre, contestaba: "No es asunto suyo". Y sobre El Señor de los Zombis: "No es asunto suyo". Y sobre sus trabajos en la organización: "No es asunto suyo".

"Ha muerto Bokor. Su imperio de violencia, corrupción y tráfico de drogas, que se extendió a Norte, Centro y Sudamérica, Europa, Asia, África y Australia, llegó a su fin", declaró el coronel Milton Maldonado, y la noticia fue cacareada por los diarios, la televisión, el radio y las redes sociales. Pero nadie mencionaba si Carlos Bokor o su mellizo Charlie Bokor era El Señor de los Zombis, porque todo lo relacionado con él, ellos, era conjetura, incluso su muerte. Hasta se escamoteó su cadáver, el cual, subido en un helicóptero artillado de la Policía Feral, se fue volando con rumbo desconocido.

Lo que se sabía de Carlos Bokor era cuando se le sorprendía en el Triángulo Dorado, en la Zona del Silencio, en un hotel de lujo de Mazatlán o de Madrid rodeado de mujeres, socios y gatilleros, es que ya había volado; que experto en túneles y fugas, y en sobornar a autoridades, cuando llegaba a un lugar ya tenía preparada su fuga. En todo momento tenía a su alcance la telefonía satelital y un reguero de teléfonos celulares con números cambiantes que usaba en cada desplazamiento.

Hasta en su muerte el narco ocultó su fisonomía. No sólo engañó a sus perseguidores sino también a los colocadores de propaganda política de la alcaldía de Misteca, quienes, al retirar los retratos (sin rostro) de El Señor de los Zombis subieron los retratos (sin rostro) de El Señor de los Suelos, sin notar diferencia entre ellos. Pues la historia siempre se burla de las expectativas de cambio del hombre pequeño.

*Noticias de Elvira*

Al amanecer entró un correo de Hilaria.

*Hola Daniel,*
*Hace unas horas apareció Elvira en el Bosque de Chapul-*
*tepec en un sendero donde los deportistas corren por la mañana.*
*Sus captores la aventaron desde un coche en marcha. Semides-*
*nuda, con sólo una chamarra puesta. Según la policía, la banda*
*de tratantes que la mantuvo atada a una cama en una ciudad*
*del norte, no dejó pista alguna, y nadie vio nada.*
*Con ella me entregaron un bulto con ropas de tallas diferen-*
*tes, y con collares de bisutería y zapatos blancos de tacón alto de*
*mujer adulta, que no eran suyos. Como sonámbula, al principio no*
*me reconoció. Y como a una extraña, se negó a hablarme. Espero*
*que no me hayan entregado a la hija desaparecida de otra familia.*
*Te acompaño una foto con su cara actual, con el cabello más*
*largo y con lentes. Habla incoherente, como si no recordara nada*
*de su vida pasada. Es normal que esté trastornada. Me dicen.*
*Pero yo no me explico que alguien pueda sufrir tantos cambios en*
*tan poco tiempo.*
*Quizá por la experiencia que tuvo nunca volverá a ser la*
*misma. Esto suele suceder a las personas plagiadas, que habiendo*
*estado semanas y meses encerradas entre cuatro paredes, con los*
*ojos vendados y las manos y los pies amarrados, sin saber cuándo*
*es de día y cuándo de noche, creyéndose cortadas del mundo y*
*abandonadas por sus parientes, sufren un trauma post-secuestro.*
*Creo que necesitará una terapia y una evaluación médica de*
*su estado de salud (para ver si no pescó una enfermedad venérea,*

sida o hepatitis durante su cautiverio). Y si no fue preñada, pues hay rastros de violación. Cuando vuelvas discutiremos juntos lo que debemos hacer para que vuelva a ser nuestra niña amada. No será fácil. Te advierto que es posible que te halles con una Elvira distinta a la que conociste. Ya verás por ti mismo. Habrá que esperar a que se reponga, recupere su confianza y nos cuente lo qué pasó, la manera en que fue molestada. Sin duda, le hicieron cosas horribles.

"El monstruo es el monstruo", repite obsesivamente, y guarda silencio. Tal vez pensando en el hombre que la raptó, la drogó y se la llevó al norte. Sabemos que fue tan brutalmente golpeada que tuvieron que atenderla con un nombre falso en una clínica pediátrica. Y que allí una enfermera la ayudó a escapar del médico pederasta dándole una nueva identidad. Pero otra vez plagiada, la misma enfermera reportó su caso al Centro Nacional para Niños Perdidos y Explotados. Buscada en todas partes, la banda decidió librarse de ella aventándola desde un coche en marcha.

Lo importante es que la recobramos viva, a diferencia de otras chicas desaparecidas que sus padres hallan mutiladas en el Semefo o en una fosa común. O vagando dementes por una ciudad perdida. O, con suerte, cautivas en un burdel de la frontera.

Siempre creí que Elvira volvería a casa. Pero te prevengo, las cicatrices que le dejaron los secuestradores en cuerpo y alma son indelebles. Quizá durante algún tiempo tendrá pesadillas. Por eso, cuando regreses, veremos qué tratamiento podemos darle. Por ahora, mis planes son no despegarme de ella ni de día ni de noche.

¿No es una gran noticia? Nos entregan un fantasma y debemos estar felices.

Háblame por teléfono o mándame unas líneas.

Te ama, Hilaria

Contesté:

Querida Hilaria,

Qué alegría me ha causado el retorno de Elvira. Pero, ¿estás segura que es ella? ¿No la habrán cambiado por otra y tratan de engañarnos? Leí de una niña de cinco años llamada Jocelyn que desapareció en el preescolar Jardines de Tonantzin y semanas

*después la policía devolvió a su padre a una niña de ojos vivaces*
*y sonrisa franca, falda a cuadros y tez blanca, que no respondía*
*al nombre de Jocelyn, sino al de Cecilia. A la verdadera Jocelyn*
*la tenían de esclava sexual en un campamento de narcos en la sie-*
*rra de Sinaloa. Se supo de la impostura cuando apareció el cuerpo*
*de la verdadera Jocelyn en una noria junto a ocho cadáveres de*
*músicos colombianos que andaban de gira por la frontera. Los co-*
*lombianos y ella tenían al menos 36 horas de haber sido sacrifi-*
*cados en un rancho de El Señor de los Zombis o de El Señor de*
*los Suelos, el ubicuo criminal que supuestamente ha sido acribi-*
*llado siete veces, pero siempre se habla de él como si estuviese vivo,*
*porque cuando un capo muere otro toma su nombre y su metra-*
*lleta para hacer creer al mundo que el monstruo nunca muere.*

*Nadie sabe ni sabrá la causa de tanta mentira y maldad en*
*nuestra época enferma. El caso es que el padre de Jocelyn aún no*
*cree que el cadáver que le entregó la policía sea el de su hija, y él*
*sigue pidiendo ayuda para localizarla.*

*Te volveré a hacer la misma pregunta, pero antes de con-*
*testarme observa bien a la criatura que tienes enfrente: ¿Estás*
*segura que es Elvira? No vaya a ser que nos hayan entregado a*
*una sustituta. Después de tanto tiempo de buscarla y de recibir*
*de parte de las autoridades promesas y pistas falsas, no puedo*
*creerle a nadie.*

*Te ama, Daniel*

Pasé la noche en vela. En la madrugada recibí su respuesta, por la que me di cuenta que ella tampoco había podido
dormir:

*Hola Daniel,*
*Se me pasó decirte que hará una semana recibí una llamada*
*de larga distancia de una mujer que pretendía ser una niña. Su*
*voz me dio miedo: "Mami, ¿puedes oírme? Siempre te he amado*
*mucho. Recuerdo que cuando me regalaste a Tarzán el día de mi*
*cumpleaños mi papá quería devolverlo al albergue, pero como le*
*dije que si lo hacía me iba a ir de casa para asustarlo me escondí*
*en el depa de la vecina. Como no me encontrabas y llamaste a la*

*policía, me dio mucha risa. Oh, mamá, quiero volver a casa, por favor paga el rescate, los que me tienen quieren cortarme los dedos y las orejas". La voz de la mujer se convirtió en la de un hombre que empezó a insultarme, hasta que le colgué. Volvió a llamar. Y no le contesté. Discúlpame que no te hablé antes de esa llamada. No quería preocuparte.*

*Te ama, Hilaria*

Mi respuesta fue lacónica:

*Gracias por alimentar mi paranoia. Tengo la sensación que estoy perdiendo el tiempo en Misteca y debo regresar a casa inmediatamente. Pero temo volver con las manos vacías.*

*Te ama, Daniel*

*De USA con amor*

Eran los albores de un día bochornoso. La trompeta del cuartel militar tocó la diana y las tropas del coronel Milton Maldonado se pusieron en marcha para ocupar la residencia presidencial y las oficinas de los ministros del gobierno de la República.

La víspera miles de mexicanos deportados por la frontera norte arribaron a las calles de Misteca sin dinero, sin papeles y sin agua. La Policía Feral los arrebañó en los galerones de las maquiladoras con la intención de trasladarlos al interior del país en camiones. En el paso internacional y en las calles aledañas Roberto se puso a fotografiar la llegada masiva de trabajadores del otro lado.

En busca de Elvira, yo me subía y me bajaba de los metros llenos. Sonia me había dicho que desde la ofensiva de los militares zombis y sicarios se escondían en túneles y corredores del sistema de transporte colectivo con rehenes que habían sacado de casas de seguridad, de antros y de refugios clandestinos. Pero en la apretujada multitud no sólo era difícil localizar a alguien, sino conservar el equilibrio. En las estaciones zombis hambrientos tenían cara de querer lanzarse sobre el primer prójimo que pasara. En la plataforma golpeaban las máquinas automáticas para romper los vidrios y extraer refrescos y dulces, que se comían con todo y envoltura. Y hasta atacaban a los barrenderos para quitarles la basura. Entretanto aumentaba el calor y mis zapatos parecían platos de sopa. Todo parecía en confusa calma, hasta que un escuadrón de vivos muertos comenzó a disparar sobre zombis y no zombis haciéndolos correr por los pasillos, mientras los policías ferales cargaban con fusiles y lanzallamas al ritmo de música tecno. La escalera que llevaba a la salida estaba bloqueada por una cortina de metal y los fugitivos tenían que pegarse a la pared, ya que desde las escaleras los policías ferales disparaban.

A la salida del metro, Roberto y yo íbamos por Avenida Independencia cuando oímos las noticias de última hora en la televisión de Tacos Anita:

"El coronel Milton Maldonado, junto al capitán Peter Ezequiel López, al frente de una junta militar, depusieron al presidente de la República, cuyo destino se desconoce. Acusaron al general Porky Castañeda de colaborar con el crimen organizado y de violar derechos humanos, y procedieron a su arresto. El coronel Maldonado manifestó que cuando se restableciera el orden público convocaría a elecciones en un plazo no mayor de seis meses, si existían condiciones para realizarlas.

"Por su parte el gobierno de Estados Unidos anunció la invasión de México por los estados de California, Texas, Arizona, Nuevo México y La Florida".

Esta nueva guerra de intervención la llamaron From USA With Love. Calificada como "pacífica", el vocero de la Casa Blanca insistió en que su país no buscaría cesión de territorios. El vocero se refería al Tratado de Guadalupe Hidalgo firmado en la población de ese nombre el 2 de febrero de 1848 en el cual México cedió más de 2 millones de km$^2$ a cambio de un pago de 15 millones de dólares, luego de la anexión de Texas en 1845.

"De ninguna manera este operativo militar debe ser tomado como una excusa para fijar una nueva frontera con el territorio ocupado, que comprende áreas urbanas, vastos desiertos, rápidos del Río Bravo, pozos y zonas de petróleo del Golfo de México y del interior. Como medida preventiva será necesaria la movilización de los cuarenta mil agentes que resguardan la frontera Sur de Estados Unidos, la cual cuenta con un muro de 1,126 km cuya construcción consta de tres bardas de contención y de más de 800 km de barreras. Los agentes serán apoyados por camionetas todo terreno, helicópteros artillados, aviones no tripulados y patrullas fronterizas, y contarán con la asistencia de equipos de alta tecnología, sensores infrarrojos, detectores de movimientos, sistemas móviles, iluminación de alta intensidad y aparatos de visión nocturna.

"En la frontera de 3,185 km de largo se buscará controlar el paso de zombis, narcotraficantes y de migrantes en los cruces de Otay Mesa y Calexico, California; San Luis y Yuma, Arizona. Sólo así se resolverán los problemas de seguridad pública causados por las actividades de grupos criminales dedicados al tráfico de drogas y de personas.

"El Séptimo Grupo de Fuerzas Especiales en Servicio Activo del Ejército, estacionado en Carolina del Norte, ya está cruzando la frontera con México. Lo asisten elementos de la CIA y unidades de boinas verdes entrenadas en el empleo de armas de diversos calibres y pequeñas piezas de artillería. Capacitado para contiendas en sierras, desiertos y áreas urbanas luchará contra los muertos vivientes y los vivos muertos. Entretanto, en Estados Unidos se declaró un estado de emergencia ya que cientos de miles de drogadictos al cerrárseles el flujo de narcóticos por la frontera Sur podrían causar disturbios al privárseles de sus dosis habituales.

"La intervención, calificada por el vocero de la Casa Blanca como imprescindible para garantizar la paz pública en la frontera, ante la violencia fuera de control de los muertos vivientes y de los vivos muertos en la llamada guerra del narcotráfico, durará el tiempo que se considere suficiente. Por este motivo el coronel Milton Maldonado y el capitán Peter Ezequiel López enfatizaron la importancia de la cooperación entre las dos naciones. Acerca del paradero del presidente de la República y del general Porky Castañeda, los militares aseguraron que se encuentran en buen estado de salud y descansando, y en cuanto sea pertinente serán procesados, extraditados o liberados.

"Como medida precautoria, el coronel Milton Maldonado, jefe de gobierno provisional, ordenó confinar en el Auditorio Nacional y en el Campo Marte a los jefes de la oposición, los líderes sindicales y a grupos radicales del estudiantado, del magisterio y de la sociedad civil. Con el fin de sensibilizarlos en las prioridades de la Patria, los ha conminado a entonar cada amanecer y cada medianoche el Himno Nacional. "Tomaremos videos de aquellos que pretendan cantar, pero sólo muevan los labios", advirtió el capitán Ezequiel López. Mas con el fin de reventar cualquier posibilidad de protesta ciudadana, el coronel Maldonado ordenó que se desplegaran en la capital de la República y en la ciudad de Misteca cinco mil policías ferales, dos cuerpos de antimotines, tres regimientos de policía montada, siete helicópteros, veinte tanquetas de agua, tres unidades del ejército, quinientas motos policiales y cinco mil judiciales. Anunció que se custodiarán las cámaras de Diputados y de Senadores hasta que pase la emergencia".

"Daniel", dijo una voz conocida en la calle.

"Sonia, creí que habías cruzado la frontera".

"Sí, pero cuando me rechazaron en el puente internacional decidí regresar por ti".

"Qué idea descabellada. Ahora los dos estamos en peligro".

"Me hospedaré en el Gran Hotel para cuidarte".

"¿Y quién te cuidará a ti?"

"Roberto, ¿te importa?"

"No, pero no lo había considerado".

"Creí que sabías que me he visto en secreto con él y que vamos a vivir juntos. Esta es nuestra noticia".

## Éxodo de zombis

En el campo deportivo los zombis esperaban su último "paseo" con el rostro numerado. A la orilla de la oscuridad evitaban los reflectores del estadio y las luces de las torretas de las patrullas que los llevarían "a dar una vuelta". Después de la batalla final habían sido confinados en centros recreativos, hospitales, cementerios y corrales alambrados. Elementos de la Marina y de la Armada los trasladaban en camiones de carga y luego de un breve viaje regresaban sin ellos.

Si bien unos cuantos zombis habían escapado del estadio de futbol donde estaban cautivos y en lenta procesión se dirigían al centro, la mayoría, con los ojos en blanco, las mandíbulas descarnadas y el cableado de fuera como larvas que brotaban de su propia carroña, parecían despistados. Vestidos con ropas ajenas andaban entre los coches, atravesaban las calles sin fijarse en los semáforos, o bajo el calor abrasador, olvidados de sí mismos, se paraban delante de una puerta o caían en una zanja.

Obnubilados por las luces de los coches no sabían si ir por la derecha o por la izquierda, cargaban radios destartalados. Uno que otro, sin equipaje alguno, sobresalía en la masa anónima por una prenda o por un color, un pequeño detalle de individualidad. La niña del tipo que ve cosas, con los cabellos como llamas, iba detrás de una vieja zombi que empujaba un carromato con muñecas despanzurradas. Con cara verde, pechos incipientes y uñas negras avanzaba entre la multitud con ojos cambiando de color según la luz. El sol naufragaba en el crepúsculo. Una aridez caliginosa envolvía los árboles. En el trébol de cruces de la carretera una india de grandes chiches vendía frutas, setas de las llamadas Trompetas de la Muerte y mandrágoras semejantes a hombrecitos fálicos eyaculados *post-mortem* por zombis ahorcados.

"Ofrezco sexo por cerebro", murmuraba Zombi María a la salida del metro. Por sus ojeras resbalaban gotas hidratantes y soluciones oftálmicas. En una carrillera no llevaba balas, sino frascos de perfumes y lápices labiales.

Músicos deshilachados tocaban tubas y trombones; bailarinas danzaban semidesnudas ante un público escaso. En un autobús se sentaban pasajeros esqueléticos. Todos sonrientes con los dientes pelados. Todos ufanos con las calaveras limpias. Todos correctos con las piernas cortadas y los zapatos regados por el piso. El chofer había dejado la gorra en el asiento.

En una pantalla gigante sobre el edificio del Hospital Pediátrico aparecía el movimiento de la calle filmado por una cámara de televisión. Alcé la mano para saludarme mientras el rostro (sin facciones) del nuevo Señor de los Zombis miraba en la pantalla, como si el hecho de que el Espectro hablara, el Espectro estornudara o el Espectro se desplazara fuesen noticias de interés nacional.

Zombis con abrigos de colores muertos eran sombras a medio camino entre la putrefacción y la resurrección. Zombis aplastados como si les hubiese pasado un tráiler encima miraban con la expresión feroz de las criaturas enterradas vivas. Zombis sicarios conformaban la horda que pastoreaba a los exes: ex banqueros, ex médicos, ex prostitutas, ex jueces. Zombis emisarios del Juicio Final, ciudadanos de Ninguna Parte entonaban la melodía del fin:

*Adiós, mamá Carlota.*
*Adiós, mi tierno amor.*

Se oía en un aparato del Club Geranio. Voladas las paredes, el letrero con su nombre batía en el vacío. En un anuncio de neón La Maya invitaba al antro. Una sexoservidora metía en una bolsa raíces de mandrágora como a bebés.

"Madre", proferí en una esquina cuando divisé a la mujer que me había dado la vida. Sin poder contener mi emoción salí a su encuentro, quise abrazar su cuerpo, besar sus labios negros.

"Martha", llamé a la zombi que ante mi afecto permaneció impávida como si no se hubiese repuesto del trauma de su muerte en el falso retén. No me espantaban sus carnes sanguinolentas, lo que me horrorizaba es que no guardara recuerdo de mi voz, que se alejara sin reconocerme. Y, lo peor, que con las manos sobre el vientre soltara pedos y risotadas.

Habacuc, El Profeta de los Zombis, vino después montado en un caballo verde con cara blanca. La cabalgadura, reminiscente de la peste, relinchaba afónica. Un ojo le colgaba de un pómulo como bola blanca. Ebrio de rencor se agarraba de las riendas. Por qué estaba allí, si había sido quemado y sus cenizas esparcidas en el desierto. Tal vez los zombis reconstituyéndolo lo habían devuelto a Misteca. Tal vez era otro, un miembro de las huestes de El Señor de los Zombis. No tenía importancia, apestando la calle pateaba bolsas de plástico, perros muertos, latas de refrescos.

La multitud huérfana era una carroña andante. No el presidente no el gobernador no el obispo no el banquero eran los importantes, sino los cadáveres de gente de poca monta que pasaba a su siguiente ciclo sin pena ni gloria. El concepto de poder había desaparecido y en la procesión el pueblo menudo llevaba retratos de celebridades del cine, la canción o el deporte. Los capataces zombis daban latigazos a los choferes de los policías ferales obligándolos a conducir autobuses, camionetas, camiones de carga y "rinocerontes" capturados en la batalla. A los taxistas ladrones llevaban encadenados a su asiento con pedazos de estopa en la boca. Al paso de la procesión los gatos se escondían.

Por donde el Río Bravo se bifurca y una parte se dirige al interior y otra a la frontera, un zombi militar llevaba en una mano la cabeza de Tony Paranoia y en la otra la de Marlene Fernández. Un simulacro de Baron Samedi se apretaba la calva calavera como si sufriera de migraña mientras arrastraba los botines rojos de La Prostituta Santa.

Los que al andar apenas hacían ruido eran los espantosos doctores de la plaga de los zombis. Con sus trajes de cuero encerado cubriéndoles el cuerpo miraban por los agujeros de la máscara como si no tuviesen ojos. Pero no eran los médicos verdaderos, eran los zombis que se los habían comido y vestidos como ellos abandonaban la ciudad. El que parecía el jefe venía atrás moviendo el pico ganchudo. Al reparar que el grupo daba vuelta en la esquina giró sobre su sombra y se fue con el sol en la espalda.

Los Dentistas Sin Fronteras, Capítulo Ayúdales a Sonreír, que habían viajado conmigo en el autobús, bebían una botella de whisky. Pero no eran ellos, los zombis de Empalizada se los habían comido en la Escuela Benito Juárez.

"Ya no tenemos espacio en el cementerio para tanto muerto. Zombis color de arena, color de asfalto están abandonando la ciudad", declaró a la televisión, con gafas negras y la mandíbula rota entre los dedos alguien parecido al general Castañeda.

Una escolta de jinetes aviesos montaba yeguas con cara verde. Un sargento con aspecto de salir de una tumba colgaba de la grupa de un potrillo un cordero decapitado.

Un guardia llevaba encadenado al Decapitador Fantástico, quien a cada momento trataba de fugarse. Pero el custodio lo volvía a su lugar a fuetazos. Rodeado por alegradoras desnudas, con facciones bruñidas y hermosas manos blancas, el delincuente iba mugiendo.

Mientras los zombis partían me preguntaba si realmente se iban o sólo dejaban atrás contingentes con el fin de reorganizarse y volver, cuando entró a la calle un caballo en llamas. Lo jineteaba un muerto viviente. Atado a la silla, chisporroteando, casi ennegrecido, el cabalgador se abrazaba al pescuezo ígneo hasta que el animal cayó de rodillas.

"¿Qué te llevas de aquí? ¿La voz que profirió mi nombre con sílabas rotas, la voz huérfana de Zombi María?", me decía cuando apareció la zombi solitaria echando vaho por la boca igual que si saliera de un congelador. Parada sobre su sombra como sobre un pedazo de hielo, sus pelos blancos como rayos gélidos caían sobre su espalda.

Al supermercado entré tras ella. Llevaba vestido de novia con escote de pecho. Las aberturas laterales dejaban ver sus costillas. Un empleado la seguía por el pasillo de las frutas, vigilaba sus movimientos al poner una papaya, una piña, un melón en el carrito.

"¿Está haciendo su provisión para el Juicio Final?", le dijo. Pero ella abandonó el carrito, se dirigió a la salida. Desde la puerta me clavó unos ojos como colillas apagadas.

En la calle un vivo muerto que vendía pasteles de lodo y helados de aguas negras con ojos necrófilos se le quedó viendo. Mas la erótica *post-mortem* no era el fuerte de ella, y siguió andando. Hasta que, detenida por un semáforo en rojo, puso cara de estarse diciendo: "No es la vida la que me mata, es el vacío. Huérfana de ser lo mismo da tener ocho que ochenta años. Soy vejestorio en todos los horarios. Al dios desconocido pido que remueva de mí esta forma odiosa y me devuelva el rostro con que me vi de joven". Todos los caminos estaban abiertos. Cada hombre su laberinto. Cada hombre su resurrección espantosa.

Pasó un zombi en bicicleta. Su largo abrigo negro cubría las ruedas. Sus labios estaban cosidos por hilillos de hierro. Con guanteletes sujetaba el manubrio. Como un sonámbulo fijaba la vista en un pollo zombi girando en un alambre. El ave piaba en el rostizador eléctrico. Apareció el Komando de los Nakotecas, guerreros con trajes resistentes a balas y llamas acostumbrados al sakrificio humano. Venían en tankes todo terreno y vehíkulos blindados. Al servicio del nuevo señor de los zombis anunciaban una nueva era de inseguridad y muerte.

Arriba zumbó un avión apenas detectado por sus destellos. Capaz de teleportar a su misterioso pasajero (sin nombre, pero con apodos como Anarky Narko y Amerika Azteka), el aparato hipersónico cambiaba de forma en pleno vuelo. Al oírlo los zombis del tipo de los vivos muertos y de los muertos vivientes, malandros con uniforme y sin uniforme medio sepultados en el cieno, volvieron los ojos hacia el cielo. Luego, estimulados por las vueltas que daba en las alturas, desplegaron los brazos igual que si su piel y su ropa fuesen una sola cosa. Mas como una calle que se fuga al espacio dejando cuerpos y sombras abandonados en el vacío, el aparato se esfumó. Y el árbol al final de la mente apenas fue movido por el aire.

Zombi María enfiló hacia la carretera. Se detuvo delante de una puerta verde. Sin paredes. Sin casa. Sólo una puerta. Un coyote se le quedó mirando. Ella lo vio un momento. Sólo un momento. Abrió la puerta y se adentró en el desierto.

*La otra Elvira*

En el hotel no había a quien pagarle ni de quien despedirse, y los zombis que pasaban por la calle eran fantasmas de sí mismos sin memoria de la ciudad ni de su persona, y era como decirle adiós a nadie.

Al atardecer vinieron a Tacos Anita Sonia y Roberto a despedirse. Se había ido la luz por uno de esos apagones frecuentes en la ciudad de los que se sabe cuando comienzan pero no cuando terminan. La llama de una vela proyectaba su sombra sobre la sirena en la pared. Los pechos y el trasero de la dueña del establecimiento habían aumentado de tamaño, pero aún su perrillo se rascaba el lomo como si las moscas siguieran chupándolo. El ventilador seguía desenchufado.

"Cuantos vasos rotos y una sola botella en el mostrador", dijo Roberto.

"¿No que te habían matado?"

"Un periodista venal propagó la noticia de mi muerte previendo que los policías ferales me matarían mañana y los amigos me mirarían como a un difunto. Cuando a los periódicos fui a desmentir mi muerte no me creyeron. De hecho, volvieron a matarme en las ediciones de la noche".

"En vista de tu resurrección, bienvenido a Misteca".

"Voy a colgar la cámara, la fotografía sólo deja para sustos y disgustos, cuatro meses después te pagan la foto que casi te cuesta la vida. Seré candidato a gobernador de Misteca por el Partido de la Corrupción Institucional".

"¿Qué te mueve a pelear?"

"El escepticismo. En el balance de poder de la nación los cambios no son cambios, el relevo de hombres no existe, los retratos de viejos políticos corruptos son reemplazados por retratos de nuevos políticos corruptos, el 'quítate tú para que me ponga yo', la cínica expresión del funcionario cínico es la regla. Los políticos de hoy no han inventado la corrupción, pero la continúan. El Señor de los Zombis tal vez ha muerto, pero su doble vive".

"No sabía que Sonia y tú…"

"¿Éramos novios? Ese era nuestro secreto".

"Sonia, pensé que habías cruzado la frontera".

"La niña no era tu hija, apareció la madre. El asunto fue como un cambio de ropa. Cuando crucé al otro lado llevaba falda roja, blusa blanca, sostén azul, mallas azul marino, zapatos negros…, cuando regresé, pantalones de mezclilla, blusa verde, sostén transparente, mallas negras, tenis azules".

Después de un abrazo y un beso en la mejilla, Roberto y Sonia se alejaron entre los bloques de cemento caídos en la calle como en una ciudad colapsada. Cuando volvió la luz se oyeron a los reporteros de la televisión cacareando la muerte del Señor de los Zombis. "Durante una operación de la Marina fue acribillado y quemado hasta lo irreconocible Carlos Bokor, el infame líder del cártel de Misteca. Su cuerpo, despedazado por llamas y explosiones, fue identificado por agentes de la Policía Feral que le seguían la pista desde hace veinte años. Con su muerte, su imperio del mal ha acabado. No su cártel. En las últimas horas fuentes oficiales han mencionado la emergencia de nuevos señores del terror, como son El Señor de los Suelos y El Señor del Norte".

"Tal vez ni siquiera son otros, sino él mismo, quien fraguando su muerte espuria ahora desde la celda de un penal seguirá operando", me dije. Pagué la cuenta y salí a la calle. Entre tiendas de conveniencia y restaurantes de comida rápida, talleres de reparación de coches y antros anunciando Girls Boys Naked, una manifestación de vivos muertos y de muertos vivientes venía por Avenida Independencia. Al principio creí que eran estudiantes que se oponían a la invasión norteamericana, pero no, eran meseras, teiboleras, colegialas, empleadas de comercios y oficinas, amas de casa, reinas de belleza, y hasta niñas, con playeras, pantaloncillos, gorras y zapatos blancos protestando por la muerte del Señor de los Zombis. Reunidas en el Cementerio Colinas de Paraíso se dirigían a la plaza principal. Acompañadas de música de banda y de tambora, y de pancartas. Un zombi vivo muerto mostraba un letrero:

Misteka no te ekivokes aun muerto soy tu dueño:
Carlos Bokor

Una chica con sudadera roja agitaba una cartulina:

Bokor, te amo, hazme un bebé.

Portaba un cartel un niño enmascarado:

Bokor, yo kiero ser sikario.

Dos mujeres topless expresaban:

Bokor es un asesino, pero es nuestro asesino.
Bokor, Misteka está kontigo.

Una manta a través de la calle manifestaba:

Proteja el diablo a Coralillo, al 66 y al 15.
Viva la estética de decapitados del Señor de los Zombis.
Arriba la Coatlicue con la cabeza
de Miss México en las manos.

Una pancarta decía:

Vivan nuestros narkos y tiranosaurios
que mantienen prósperos nuestros picaderos y burdeles,
amamos sus jeringas y sus armas largas

sus coches y sus putas último modelo.
Vivan nuestros narkos sicópatas sociales.

Atrás venía La Reina de la Koka con sonrisa Kolgate, los pechos desbordados y el kuerpo kontoneándose. La procesión se perdió en la distancia, siguió oyéndose la música de banda. Protegían la manifestación policías ferales y soldados en tanquetas y patrullas. Pero las dudas sobre la muerte de Bokor se propagaban por las redes sociales:

1. Un criminal tan elusivo como El Señor de los Zombis no es alguien que se retire de la vida ni de la muerte, es un inmortal de la maldad.

2. El Señor de los Zombis posiblemente mató a otro (a un sustituto o a un enemigo) y al incinerarlo quemó con él su propio pasado.

3. El Señor de los Zombis, haciéndose una cirugía plástica, y obteniendo documentos falsos para construirse una nueva identidad, ahora pasará su vida en una casa de seguridad con nombre y rostro nuevos.

4. Llama la atención que ni sus guardaespaldas ni sus familiares hayan venido a la funeraria a despedir sus restos mortales.

5. Al zombi encargado del protocolo oficial, con listón de duelo en el brazo, se le vio tranquilo. Seguro sigue la ley de silencio de la mafia.

6. El representante oficial del Gobierno de Misteca, después de proferir rebuznos y mugidos y hacerse con su móvil varios autorretratos con la estatua del Señor de los Zombis, partió con rumbo desconocido.

7. Si no ha visto la propaganda de los nuevos candidatos a puestos de elección, voltee a derecha e izquierda, mírelos y dígase: Mala hierba nunca muere.

**Vote por Júpiter Martínez Zaragoza para Gobernador de Misteca.**

**Vote por Kevin Gómez Portillo para Diputado
por el XVII Distrito.**

**Vote por Jesús López Zavala para Suplente
de Diputado.**

Un volante de la DEA pegado en la pared de una maquiladora, prometía:

**10 millones de dólares de recompensa
a quien proporcione información que conduzca
a la detención
o muerte de El Señor de los Zombis.**

En el recuadro aparecía la foto de un alter ego femenino de Carlos Bokor. Con chaqueta negra, ojos y labios pintados y peluca rubia, declaraba: "Soy mujer. Me llamo Brenda Bokor. Cambié de sexo. Nos vemos".

"¿Cómo es posible que se ofrezca una recompensa por El Señor de los Zombis si lo acaban de matar?", estaba estupefacto. "¿Cuántas veces se ha declarado difunto a ese tipejo y reaparece reciclado?"

Camino de la terminal de autobuses por el celular llamé a Roberto. Pero no contestó, volando tal vez con Sonia hacia un país innominado. A mi espalda oí una tos. Tosía El Matagatos acompañado por La Culebra y El Amarillo. O tosían sus relevos. No me alucinaba. Los acribillados tal vez habían sido simulacros. Delante de ellos se detuvo una camioneta negra. Sicarios les abrieron las puertas. Pero no la abordaron. El vehículo partió y siguieron allí, con las gabardinas negras abotonadas hasta el cuello. Luego se fueron en dirección opuesta a la manifestación.

"Señor Medina, señor Medina", apareció en la antesala de la terminal de autobuses Roberta Bodrio, la secretaria de la Oficina de Registro de Periodistas Foráneos. "La licenciada Ortega no podrá venir a despedirlo por encontrarse en una junta. Me pidió que le trajera a su hija".

"Me extraña que me la entregue en un sarape".

"Está un poco resfriada. No la destape hasta que se encuentre lejos de la ciudad, hay epidemia de influenza".

Con la niña en los brazos, mirando por la ventana del autobús, le decía adiós a la ciudad de los zombis cuando entró en mi celular la voz de Sonia:

"La policía cambió a las niñas rescatadas, y más de un padre y una madre recibieron hijas ajenas. A la señora Jacqueline Pichardo le entregaron una niña que no era suya y después de unas horas vino a reclamarla una mujer desconocida".

"¿Dónde estás?"

"Aquí donde me ves estoy".

"¿Dónde es eso? Veo detrás de ti un entorno cambiante: una calle, una arboleda, un carro que pasa, una ventana".

"Voy en coche".

"¿Qué hay de Elvira?"

"A Elvira la tengo yo. La niña que te entregaron no es tu hija biológica. Tienes que devolverla. Te recomiendo que destapes a la cosa que va contigo, a lo mejor llevas a una zombi. Si es así, deshazte de ella en la primera parada que haga el autobús".

"Descubriré a la desconocida que viene conmigo. Cada rostro guarda un secreto, y el secreto que esconde esta persona es espantoso".

"Aviéntala por la ventana", el rostro de Sonia se desvaneció en la pantalla del celular y en vez de ojos quedó un cuadro negro.

El autobús seguía su marcha como partiendo vientos, cientos de moscas se pegaban a unos vidrios que daban deseos de romper para que se fuera la pesadilla de los ojos. La campiña empezó a resollar como una inmensa zombi. Dos montículos semejantes a pechos resquebrajados arrojaron fumarolas amarillentas, piedras rojas.

"La erupción tan cacareada por los medios está teniendo lugar", el conductor detuvo el vehículo al borde de la carretera. "¿Alguien quiere bajar para ver la lava?", preguntó. Pero nadie se movió. Dijo: "Entonces vámonos, antes de que nos alcance el fuego".

La chica pretendía dormir con los ojos abiertos. Le quité el sarape y comprobé que no era Elvira. Tenía las facciones hendidas y los ojos apagados. Había en ella fealdad y furia. Era la niña del tipo que ve cosas. Una criatura extraña, mayor que Elvira, algo marchita y tan vieja que parecía sin edad.

*Ciudad de zombis*
se terminó de imprimir en el mes de julio de 21014 en los
talleres de La Buena Estrella Ediciones, S.A de C.V.,
Trigo 48, col. Granjas Esmeralda, México 09810 D.F.
La impresión consta de 3,500 ejemplares.